U0117902

问吧

WENBA

刘永连　王晓丽　李晓敏　徐乐帅　亓延坤　刘旭　撰写

9

有关唐朝的101个趣味问题

中华书局

图书在版编目（CIP）数据

问吧9，有关唐朝的101个趣味问题／刘永连等撰.—北京：中华书局，2008.12(2009.2重印)
ISBN 978 – 7 – 101 – 06407 – 0

Ⅰ.问… Ⅱ.刘… Ⅲ.①传统文化—中国—通俗读物②中国—古代史—唐代—通俗读物 Ⅳ.G12 – 49 K242.09

中国版本图书馆 CIP 数据核字(2008)第 194202 号

书　名	问吧 9——有关唐朝的 101 个趣味问题
撰 写 者	刘永连　王晓丽　李晓敏
	徐乐帅　刘　旭　亓延坤
责任编辑	王守青
出版发行	中华书局
	（北京市丰台区太平桥西里 38 号　100073）
	http://www.zhbc.com.cn
	E – mail: zhbc@zhbc.com.cn
印　　刷	北京未来科学技术研究所有限责任公司印刷厂
版　　次	2008 年 12 月北京第 1 版
	2009 年 2 月北京第 2 次印刷
规　　格	开本／700 × 1000 毫米　1/16
	印张 16¼　插页 2　字数 160 千字
印　　数	8001—16000 册
国际书号	ISBN 978 – 7 – 101 – 06407 – 0
定　　价	28.00 元

目录

1 唐朝国号怎么来的?

一国创制首先是要立国号,而立国号是件严肃的大事,必须有讲。那么,唐朝的国号是怎么来的?为什么号称"唐"呢?

有人会说,唐朝得号于爵位名,这确实没错。唐朝的开国之君李渊(566—635)是十六国时期西凉王李暠的后代。他的祖父李虎是北周的开国功臣,"八柱国"之一。据《旧唐书·高祖纪》载,李虎死后被"追封唐国公",并由李渊的父亲李昞世袭其爵位。隋文帝开皇二年(582)李昞死去,李渊袭唐国公位。隋朝末年,李渊感到杨家大势已去,于是起兵太原,攻占长安,假意拥戴隋炀帝的孙子杨侑为傀儡皇帝,并授意杨侑将自己进封唐王。公元618年,隋炀帝被宇文化及缢杀于扬州,李渊便正式称帝,年号武德,定都长安,以唐为国号。

但是如果细究起来,李渊称"唐"还有一层更深的含义。"唐"最早是陶唐氏的简称。陶唐氏是远古时期一个部落的名称,居住在平阳一带(现今山西临汾),首领是尧,因此称为"唐尧"。周成王时灭了唐尧,封其弟叔虞,称为唐叔虞。叔虞传子燮父,改"唐"为"晋",延用至今。后来不管"唐"及"唐国"有几处,其封地、辖境都在今山西境内。唐尧虽早在周朝已经灭亡,但文化的传承是有继承性的。比如"李"这个姓氏得于皋陶,皋陶是尧时执掌刑狱的"大理",子孙相袭,代为理官,以官为姓,故称"理氏"。后来"理

李渊画像

氏"子孙因避纣王之害逃到伊侯之墟，吃木子得以保全性命，遂改"理"为"李"。可见李姓与"唐"也有着密切的联系。就李渊而言，隋炀帝大业十二年（616）他出任太原留守，负责镇压山西一带的起义军。次年时机成熟，他就在太原起兵，而后据有天下。可以说，李氏起家于太原——这个古老的"唐"地。得到天下后，他命国号为"唐"，其实蕴含着深刻的纪念意义。（刘永连）

知识链接
古代历朝是怎样选取国号的？

我国历史悠久，朝代繁多，各个朝代建立国号也出自不同的原因和理由。考查从夏至清十八个主要王朝，可见选取国号出于以下两种因素者居多：

一是得自地名。如夏最早居于夏地，殷商始祖契曾经受封于商而盘庚又迁于殷，周起于周原，辽因契丹先居于辽水，宋则建都于开封这个古称为"宋"的地区。不过这里面又分两种情况，一种是以部族起源、始祖起家之地为号，如夏、商、周、唐、辽等国；另一种是以国都所在地区为号，如殷、宋等国。

二是得自爵号。如刘邦自己曾被项羽封为汉王，故以汉为国号；曹丕则因父亲受汉献帝封为"魏公"、"魏王"而建国号"魏"。其他如吴、晋、隋、夏、明等也是这一类情况，而唐也内含这一类因素。不过这类因素里也分建国者继承先王名号和沿用自己爵号两种细节，前者有曹魏、晋、隋、明等，后者有西汉等。

此外，有些朝代以先前部族名号为国号，如夏，也有人说它源于大夏部落；秦，则奠基于秦部落的发展壮大。有些朝代则是继承了同姓、同地王朝的国号，如东汉、蜀汉以及后汉、北汉、南汉等刘姓王朝。非常有趣的是，刘渊本属匈奴，但也要沿袭刘汉正统，称国号"汉"。三国孙吴，因为其所居之地上古称"吴"，所以沿袭"吴"号。还有些王朝的国号另有特殊含义。如女真人完颜部称国号"金"，一是因为女真人的兴起地是"按出虎水"（今阿什河），意思为"金水"，其地多产金；二是因为金乃女真人的特产，相对于铁而言不变不坏，表达了阿骨打消灭辽朝的决心；三是因为女真人的金子色发白,符合他们崇尚白色的习俗,有利于统一族群。蒙古孛儿只斤氏建国号"元",得之于《易》"大哉乾元,万物资始"的文义。而"明"字国号与国姓"朱"字相通,也受明教影响,寓意光明之世。女真人爱新觉罗氏原袭称"金",后改国号"清",则有以防金被火(明朝既称光明,以火为运)克,而要以水克火的谶纬之意。(刘永连)

唐朝皇帝为什么被称为"天可汗"?

可汗,又称大汗,亦可简称为汗,是古代北亚游牧民族柔然、突厥、吐谷浑、铁勒回纥、高昌回鹘、契丹、蒙古等民族对其最高首领的敬称。可汗作为一国之主的称号最早始于402年柔然首领社崘统一漠北自称。唐杜佑说,可汗"犹言皇帝"。唐朝太宗皇帝时,西北诸蕃尊称其为"天可汗",以后对唐朝其他皇帝都沿用这一称呼。那么,唐朝皇帝为什么被称为"天可汗"呢?

据两《唐书·突厥传》记载,在唐朝建立初期,突厥趁中原国力不强,连年侵扰,掠夺人口和土地,甚至曾经长驱直入关中地区,迫使京都长安实行戒严。626年,唐太宗刚刚继位,东突厥颉利、突利二可汗又率兵十万直逼长安。后虽签订"便桥之盟",但唐太宗认为突厥反复无常,决心彻底铲除,于是加紧军事训练,积极备战。629年,东突厥两可汗之间矛盾激化起来,突利可汗请求唐朝出兵援助,于是唐朝

太宗像

3

派大将李靖和李勣出兵讨伐，穿越阴山长途奔袭，直捣颉利可汗大营，一举击溃突厥主力，颉利也被俘获。经此一役，唐太宗把突厥从地图上抹去，大唐军功盛极一时，国威远播四方。

这个时候，北方各少数民族看到大唐帝国的威望，也慑于唐军势不可挡的兵势，于是在回纥酋长率领下前来长安，借大唐献俘庆典之际推戴唐太宗为各族共同的最高领袖。据《新唐书·突厥传》及《资治通鉴》、《唐会要》、《册府元龟》等史料记载，当时各族酋长纷纷上言曰："愿得天至尊为奴等天可汗，子子孙孙愿为天可汗奴，死无所恨。"太宗当时问：我身为大唐天子，亦可行使可汗事乎？诸蕃君长异口同声表示肯定，并欢呼万岁，顶礼膜拜。同时，朝廷大臣们也对此表示肯定，当时议论说："外俗以可汗为尊，不误'天子'二字含义。今称陛下为天可汗，令外俗知可汗以上，又有天可汗，自然益加畏服。"因而从此开始，唐朝皇帝针对边疆诸蕃行文，就用"皇帝天可汗"的称号。

各族首领拥戴唐朝皇帝为"天可汗"，意味着中原周边众多民族和外藩政权归属于大唐管理。它们与唐中央政权构成宗藩关系，平时战和必须听从唐朝皇帝调停和处置，并且有义务派兵跟随唐军征伐；各政权大小首领都被封为都督、刺史等官，可汗则多封为"归义王"之类的头衔；如果哪里有新可汗要当政，都必须经过唐朝皇帝允许和册封。太宗以后，唐朝国势继续发展，版图日益广阔，边疆各地政权乃至中亚昭武九姓、西亚波斯等国，都曾以"天可汗"尊称和侍奉唐朝皇帝。这样，"天可汗"作为唐朝皇帝的称号便沿袭下来。（刘永连）

知识链接
藏族首领为什么称唐朝皇帝为舅舅？

唐玄宗时，藏王尺带珠丹上表说："外甥是先皇帝舅宿亲，又蒙降金城公主，遂合同为一家，天下百姓普遍皆安乐。"藏王为什么自称为外甥，把唐朝皇帝称为舅舅呢？这就要从著名的文成公主入藏说起了。

唐朝初期，在中国西南边境建立起了一个强大的奴隶制政权，

唐蕃会盟碑

其首领为松赞干布，首府设在拉萨。634年，为了同日益强大的唐朝建立起更亲密的关系，松赞干布遣使至唐，唐遣使回访，松赞干布请求联姻。唐太宗接受他的请求，将宗室女文成公主嫁给他。文成公主出嫁西藏，是一件十分重大的事。唐太宗十分重视，他不仅给文成公主准备了丰富的嫁妆，而且准备了各种诗集、经史，还有生产上的技术书，上百种医药书，天文历法等书籍以及各种作物种子。除此之外，还带了许多掌握各种技术的工匠和一个乐队。吐蕃王松赞干布，为了迎接文成公主的到来，特地命人仿照唐朝的建筑，修了一座宫殿——大昭寺。至今在布达拉宫里面还有松赞干布与文成公主的塑像，以及他们结婚时的洞房遗址。唐高宗即位后，封松赞干布为"驸马都尉"、"西海郡王"。以后历代藏王多自认为唐朝皇帝的外甥，尊称唐朝皇帝为舅舅。（徐乐帅）

"东宫"之主究竟是娘娘还是太子？

"东宫"一词经常出现在小说戏剧里，并且往往与娘娘联系

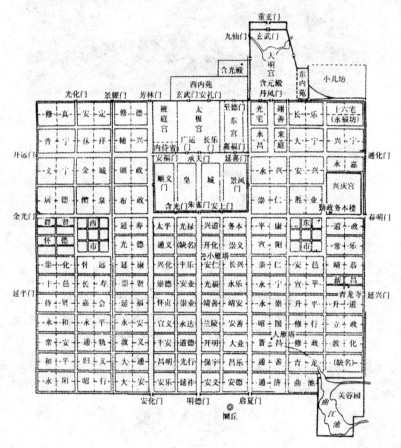

在一起，动辄就说"东宫娘娘"、"西宫娘娘"。

但从历代正史资料来看，"东宫"向来是太子所居之地，有时也指太子，与所谓娘娘并无任何联系。例如，唐初发生内部矛盾，分成了东宫和齐王府势力组成的政治集团，号称"宫府集团"，其中所谓东宫就是指太子李建成。那么，为什么太子及其所居之处号称"东宫"呢？

唐长安城平面图

据《唐两京城坊考》描述，宫廷分为三个部分：中间主体部分称"太极宫"，其前半部分是皇帝处理政务的场所，后半部分是皇帝及后妃生活起居之处；太极宫左右各有一块狭长城区拱卫，西部城区称"掖庭宫"，多居宦官杂役，并设太仓；东部城区即称"东宫"，是太子日常起居的地方。这种居住习惯早在秦汉以前就已经确立了。《诗经·卫风·硕人》："东宫之妹，邢侯之姨。"毛亨传："东宫，齐太子也。"孔颖达疏："太子居东宫，因以东宫表太子。"因此有时候就称太子为东宫。太子府的属官就称为东宫官。

但史料中也有其他说法。《春秋公羊传》僖公二十年载："西宫者何？小寝也。小寝则曷为谓之西宫？有西宫则有东宫矣。鲁子曰：以有西宫，亦知诸侯之有三宫也。"注："夫人居中宫，少在前，右媵居西宫，左媵居东宫，少在后。"此处之媵，指妾，即王侯之嫔妃。在夏、商、周三代，各个诸侯都有妻有妾。按照礼制，他们的正房夫人居住在中宫，位置较为靠前，右媵住在西面，其住的地方称为西宫，左媵也住西面，只是位置稍微靠后，但她住的地方就被叫做东宫。再据《汉书·刘向传》云："依东宫之尊，假甥舅之亲，以为威重。"其注云："师古曰：东宫，太后所居也。"在汉代时，太后住在长乐宫，长乐宫位于未央宫的东面，因而又称太后为东宫。但这也是很罕见的事情，在各个朝代并不都这样称呼太后。戏剧里面"东宫娘娘"就是指皇帝的左右贵妃，以上诸说与此有些类似，很可能就是这种说法的史料依据。（刘永连）

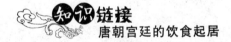

知识链接
唐朝宫廷的饮食起居

在唐代，皇帝制度达到成熟，宫廷之中的饮食起居都有成套礼仪和规矩。

宫中有专门掌管御膳的机构尚食局，属殿中省，设置奉御、直长、主食、主膳和食医等官，由宦官担任。作为技术官主食有16人，而主膳多达840人。同时后宫宫闱中还专设尚食、司膳、典膳、掌膳等官。他们负责日常把饭菜食品从采购食料到灶台炒制，再到分别食类，向各殿分发等各项工作，一定要把饮食准时、安全地送到皇帝和后妃们的眼前。宫中非常讲究饮食的丰富、新鲜、卫生及养生作用，不但天下山珍海味可以随时供应，而且食医门会根据气候节令搭配食谱，调配各种合适的食

品出来。

平时皇帝居住在太极宫，这里位居宫城正中，外侧有郭城从东、南、西三面环抱，犹如众星拱月，衬托出皇帝高高在上、与众不同的地位。太极宫中的太极殿是皇帝处理日常政务的场所；稍北有两仪殿是皇帝休息和接见大臣的地方；向南正对宫城正南一门承天门，门前横街宽广，是一个开阔的广场，可以聚集万人之众，因而就成为皇帝举行朝贺、庆典和接见外使、百姓的地点。宫城后半部分称作寝宫，是皇帝日常娱乐、寝宿之处。内设诸多宫院，各居后妃以服侍皇帝。该处管理最严，侍卫守护，黄门监督，臣民不得无故入内，即使百官应召入宫也要详细记录下其姓名、官爵、年貌等，并验证牌符，以防假冒。寝宫往后出玄武门是皇家禁苑，这里可不像北京故宫里的御花园那么狭小，而是绵延百里，极尽山水园林之美，是皇帝和后妃们休闲娱乐的洞天福地。（刘永连）

4 唐代的"飞钱"是会飞的钱吗?

"飞钱"虽然不会飞，但是这个名称非常生动形象，因为这个"钱"不需携带就可从一地到另一地。"飞钱"是中国早期的汇兑业务形式，又叫做"便换"，它最早出现在唐宪宗元和初年。

唐代的经济繁荣，尤其是商业兴盛，除了国内南北方的商业交流日益增加，对外贸易也日渐增多。许多国家与唐朝密切通商，其国内也流通"开元通宝"，唐朝官府与民间也经常以铜钱购买外国货物。这样一来，一方面随着对外贸易的发展，铜钱大量外流，各地经常出现"钱荒"，于是规定各地方政府禁止钱出境，以防止铜钱流入海外；另一方面，商品交易量的增加也使商人带上大量铜钱外出经商有很多不便之处。在这种背景下，就出现了中国汇兑业务的雏形——"飞钱"。

商人们先在京城把钱交给诸军、诸使、富家或诸道进奏院，开具一张凭证，上面记载着地方和钱币的数目，然后商人携带凭证到其他地区的指定地方取钱，这个凭证就是"飞钱"。飞钱盛行于长安以及扬州、广州、成都之间，反映了商业繁荣的一个侧面，同时促使唐代的货币经济及货币流通手段进入一个新的发展阶段。

　　"飞钱"有官办和私办两种形式，一种是官办，设于京城的"进奏院"，各地在京城的商人，把钱款交给各道驻京的进奏院，由进奏院开具发联单式的"文牒"或"公据"，一联交给商人，一联寄往本道。商人与节度使派遣在京的进奏院交涉完后，就可以以一纸凭据随时随地兑换现金。另一种是私办，由一些大商人利用总店与设在各地分店之间的联系，向不便携款远行的商人发放票据，商人可凭此票据在私商所开的联号取兑货款。

敦煌壁画《胡商遇盗图》

9

　　"飞钱"的出现一方面减低了铜钱的需求，缓和了钱币的不足，同时也给商人们在全国各地进行贸易活动时带来了极大的方便。但是"飞钱"本身不介入流通，不行使货币的职能，它只是一种汇兑业务，不是真正意义上的纸币，北宋时期四川成都的"交子"才是真正纸币的开始。

"飞钱"这种汇兑方式被北宋沿用。宋开宝三年(971),官府在开封设置官营汇兑的机构"便钱务",为行商直接办理异地汇款。(李晓敏)

知识链接
为什么说古代金融业真正形成在唐代？

中国历史上最早的金融机构就是典当行,也就是常说的当铺。"先有典当,后有票号,再有钱庄",这是对中国旧时代金融业发展过程的清晰描述。

著名历史学家范文澜先生曾指出:"后世典当业,从南朝佛寺开始。"当铺产生于公元4世纪的南北朝时期,距今已有一千六百余年的历史了。当铺最早出现在佛教寺院,南朝宋时的江陵令甄法崇的孙子甄彬,曾经到当地长沙寺的寺库中质钱,这里的寺库可能就是寺院经营的专门当铺,但也可能是寺院普通仓库而兼营典当。《南齐书》中也有:"渊薨,澄以钱万一千,就招提寺赎太祖所赐渊白貂坐褥,坏作裘及缨,又赎渊介帻犀导及渊常所乘黄牛。"服装以及生活用品甚至黄牛都可以当作抵押品到寺院中去借款,可见当时的佛寺已经兼营典当或有专门的典当机构。随着南朝佛寺典当经营活动的兴起和普及,典当业逐渐形成。

不过南北朝时期的典当业还仅仅是属于寺院经济的一个组成部分,处于萌芽阶段。直到唐代,中国典当业才真正跳出佛寺这个狭小的圈子,成为整个社会十分常见的蓬勃发展的金融业。唐代典当行业普及全社会,民间当铺也称为"质库"。《唐六典》中已对典当利率作出了规定。

宋代,典当已成为正式行业。京师汴梁的当铺已被列入"士农工商诸行百户"之内。南宋时,典当业更为发达,仅京都临安一地,城内城外的质库也就是当铺不下数十处,每天的交易量也十分惊人,"收解以千万计"。(李晓敏)

5 唐朝步兵靠什么对抗游牧骑兵?

在农耕民族建立的中原王朝与边疆的游牧民族政权发生战争时,尽管中原军队往往占有人数上的巨大优势,却往往在战争中处于劣势。原因无他,中原军队往往以步兵为主,对阵以骑兵为主的游牧民族军队,在军队的机动性、冲击性等方面有着天然的劣势,这种劣势往往是靠人数优势难以弥补的。而唐王朝在前期的对游牧民族的战争中却能够屡屡取得胜利,除了唐王朝本身也有一支强大的骑兵外,还因为当时拥有步兵对抗骑兵的利器——陌刀。

陌刀是唐朝特有的兵器,长击短接皆可适用,刀形似剑,双开刃,前锋略宽,连柄可长一丈,重15斤,兼有近战刀和枪的功能,为古代特有的斩马剑。陌刀是作为军队重要的战争物资装备的,严禁民间私造和私藏。

唐代陌刀

陌刀兵号称唐朝最富攻击性的独特兵种,但因其要求的苛刻和挑剔,训练和配备一个陌刀兵的成本和周期,不会比一名骑

兵少，以唐朝举国之力，也只在天下四大都护府之一安西大都护府，才有军级的编制。唐军中的步兵的陌刀如墙推进战术，创造了盛唐时期辉煌的战争历史，也创造了陌刀的神话，特别是在对抗安息、大食等国的那些轻甲甚至无甲的沙漠轻骑兵的战斗中有特效，一刀斩去，基本是人断马断的。陌刀军的参战，在任何可查询的战例中都是起到了决定性的作用，陌刀军作为战斗序列中单独的作战力量在唐军的征战中立下了汗马功劳。陌刀是汉民族与善骑射的游牧族战争中改变自己马少不精的劣势、发挥步兵多优势的关键兵器。但由于使用陌刀的成本过高，到了积贫积弱的宋代陌刀就退出了战争的舞台。（徐乐帅）

知识链接
唐王朝靠什么很快灭掉了当时强大的东突厥？

唐王朝之所以能够在立国之后很短的时间内就灭掉了当时亚洲大陆上的霸主东突厥，在很大程度上是因为唐人向突厥人学习，用轻骑兵取代重骑兵的结果。

中国古代自十六国至隋代，一直以"甲骑具装"即人马都披铠甲的重骑兵为军队的主力，至唐初却一变为以人披铠甲、马不披甲的轻骑兵为主力。这是因为自十六国至隋代，当时的战争往往是中原诸政权之间的战争，步兵往往是战场上的主力，而防护力强、机动力差的重骑兵是对付步兵的利器。到了唐代，随着中国再度完成统一，战争开始转化为唐王朝与周边诸游牧民族的战

贴金铠甲骑马俑（懿德太子墓出土）

争，而重装骑兵在对付游牧民族的轻骑兵过程中其机动性差的缺陷充分暴露，随着战争实践的发展，尤其是与突厥等游牧民族的战争，人们逐渐认识到对骑兵来说，机动性比防护力更重要。隋唐之际，在军事思想方面出现了一些新的变化，重视机动的思想代替了重视防护的思想。唐初名将李靖强调指出，"战贵其速"。

由于战争实践需要轻骑兵充当战场上的主力，唐朝军队开始以轻骑兵代替甲骑具装作为军队机动力量的主力。起初是增加了军队中轻骑兵的比例，减少了具装骑兵，后来逐渐以轻骑兵基本取代了具装骑兵。唐初轻骑兵在编成、装备、训练、战略、战术等方面都深受突厥的影响。唐高祖李渊早在太原起兵之前，就曾全面模仿突厥轻骑兵的模式，训练其军队，并收到了很好的效果。李渊认为轻骑兵"见利即前，知难便走，风驰电卷，不恒其阵"，行动迅速是突厥骑兵经常取胜的重要原因，而中原军队的特点恰恰与之相反，于是"简使能骑射者二千余人"，以突厥的方式加以训练，"饮食居止，一同突厥"。"突厥每见帝兵，咸谓以其所为，疑其部落"。后与突厥交战，"纵兵击而大破之"，致使"突厥丧胆，深服帝之能兵，收其所部，不敢南入"。此后，精锐的轻骑兵在唐王朝平定天下的过程中发挥了重大作用，如李世民本人就是一个非常善于带领轻骑兵作战的将领。李靖等人在击灭东突厥等的战争中也充分发挥了轻骑兵的威力。实际上，李靖灭东突厥的决定性之战就是利用三千轻骑突袭突厥可汗大帐，活捉了东突厥的最高统治者颉利可汗，从而使得东突厥灭亡，这也算得上是以其人之道还治其人之身了。（徐乐帅）

我们现在常用的"格式"这个词是从哪里来的？

今天的"格式"一词指的是写文章等的一定的规格样式，在唐代的时候这个词是两个字分开用的,是法律专用名词。唐代将法律文书区分为律、令、格、式四类。《唐六典》中有"律以正刑定罪,令以设范立制,格以禁违止邪,式以轨物程事"。可知律是判罪量刑的依据,也就是今天的刑法,而令则是关于各种规章制度的规定,类似今天的行政法规。"令"有二十七种,如官品、三师三公台省职员、寺监职员、卫府职员、东宫王府职员,以及祠、户、选举、考课、宫卫、军防、衣服、仪制、卤簿、公式、……丧葬、杂令,共 1546 条。格、式是对律、令的补充,格规定了文武百官的职责范围,是用来防止奸邪的禁令,有七卷二十四篇。式是尚书各部和诸寺、监、十六卫的工作章程细则,有二十卷三十三篇。四者互有区别而又互相联系,构成隋唐以后中国封建社会完整的法典体系。

唐前期以修定律令格式作为立法活动的主要内容。到了唐后期,"编敕"成了立法活动的主要内容,成为根据形势需要调整法律的主要形式。唐后期的法制,既是唐前期法制的继续,又非前期法制的照搬。在唐后期,敕的地位日益重要,它不仅跻身正式法典,而且法律效力和适用范围也远远超过律、令、格、式,而后者则大多成为具文。

律、令、格、式并行的制度被五代以及宋朝所沿袭。后晋、后周都有关于制敕的编集,称为编敕,与格、式并用。到宋代,有敕、令、格、式的区别,而且敕的地位还重于令,这是既有沿袭又

唐律残片

略有演变。至于刑律,则自宋、元以至于明、清,基本上以唐律为蓝本。律、令、格、式的法典体系还广泛地影响了东亚各国,朝鲜、越南、日本都接受了这种体系,尤以日本受到的影响最为明显。

我们看到,律令格式中,前两者更加接近于今天社会中的法律的内容,而格和式规定的则是官员以及政府各部门的行政职责,也就是一种工作规范,换句话说,前两者告诉人们什么是不应该做的,而后两者告诉人们应该按照什么样的规范去做,所以由于这个含义而逐步地演化成为我们今天的"格式"。(李晓敏)

知识链接
为什么说唐朝是中国古代法律的最高峰?

唐太宗时颁布了《唐律》即《贞观律》,唐高宗时又有《永徽律》,永徽三年(652),唐高宗命长孙无忌领衔对《永徽律》的精神实质和500条律文逐条逐句进行注释,疏证解释,以阐明律条文义,并通过问答形式,分析律文的内涵,说明其中的疑义,并把这些附在律文之后,称作疏议,撰成《律疏》三十卷。《律疏》与《律》合为一体,统称为《永徽律疏》,宋元时称作《故唐律疏议》,明末清初开始叫作《唐律疏议》。

《唐律疏议》是中国历史上保存至今的最具影响力的封建法典,也是一部完整的、综合性的封建法典,它将法律条文与对条文的解释有机地结合在一起,反映了唐代律学的统一和发达。《律》和《疏》具有同等的法律效力,"自是断狱者皆引疏分析之"。此后律文在没有什么大的改动,以后各代大多修改编纂的是"令"和"格"、"式"。可以说,中国古代法律在这时已经基本定型了。

《唐律疏议》从结构上包含律文和相应的法律解释两部分,内容清晰且便于适用;唐律的条文涵盖广泛,疏而不漏,全面维护着唐朝封建统治秩序的稳定。它的基本特征就是对唐律律文进行周密、系统、完整的解释,即"疏议"部分,这部分是中国古代

律学之精华的体现。律文的解释丰富了律文的内容及其法理的色彩，建立起了一个律学的体系，从而使中国古代的律学达到了最高的水平，成为中国乃至世界封建法律的最高成就。唐代对律文的疏解是古代社会解律经验的集中体现，对律文的各种解释基本上都包括在这一部刑律之内，成为后世法律的典范。（李晓敏）

7 "正经"最初是什么意思？

"正经"是我们经常挂在嘴边的一个词汇。如果说某某是个正经人，就是评价他为人正派；如果说某人做的是正经事，那么这种事情肯定是正当合法的；如果说某人正正经经地做事情，那是说其人其事名副其实，绝不掺假；如果说我现在正经八百地来了、说了、做了，那就是说我是很严肃的。然而，"正经"一词最初与以上意思都不沾边，而是另有来历。

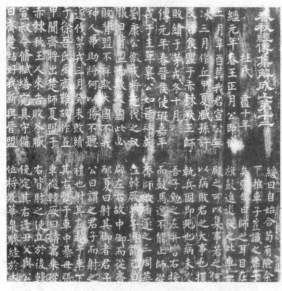

开成石经（局部）

"正经"最早是一个教育制度用语，起源于唐代中央官学的教学内容，与当时的学校教育密切相关。唐代教育发达，有官学和私学两大体系。官学又分中央官学和地方府、州、县、乡和里学。无论官学和私学，除了中央官学中的律学、书学、算学、医学等几个专门性学校和乡村基层里学外，其他学校都以儒家经典为主要教学内容。就其师资力量和教学制度而言，尤以国子学、太学、四门学以及弘文馆、崇文馆最为正规。在这些学校里，有博士、助教、直讲等各级教师授课，而且各有擅长，专业学术水平极高。同时设立课程上，又将所有的儒家经书分门别类，设立不同专业来研修。总的来讲，学生可以学习的儒家经典先有正经与旁经的区别，正经分三类共九种，旁经则分二种。这里所谓"正经"，是指主体课程，尽管不要求全部精通，允许选修，但是必须至少精通部分，否则无法合格毕业。研修正经又可细分三种情况：《礼记》、《春秋左氏传》为大经，学制为三年；《诗》、《周礼》、《仪礼》为中经，学制为二年；《易》、《尚书》、《春秋公羊传》、《谷梁传》则被称为小经，学制为一年半。学校对正经的研修非常重视，而其研修难度和水平要求也非旁经所能比。特别是大经，能通一经已属不易，如能通二经，则就是杰出人才，如果企求大、中、小全通，则是完全不可能的。因为即使是"五经博士"也都是自专一门的，千古以来还未有能全通正经的大师。

与"正经"相对是"旁经"，分为《孝经》和《论语》两种，学制为一年。虽然两种必须都学，但只是辅助性的课程，其重要性远远不及"正经"。（刘永连）

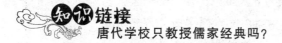

知识链接
唐代学校只教授儒家经典吗？

在我国古代，儒家经典往往是各种学校的主要教授内容，尤其是在科举时代，由于考试内容的限制，使得无数的学子皓首穷经，埋头于以四书五经为代表的儒家经典中，但在科举制刚刚兴起的唐代，情况并不是这样。虽然这时的儒家经典也是各级学校教授的主要内容，但不是全部。唐代的官学设置比较完善，在中央设置六学，即国子学、太学、四门学、书学、算学、律学六学，都归国子监统领。其中前三学国子学、太学、四门学，教授儒学经典，只不过是各学招收的学生身份各有不同。而另外三学则类似于专门学校，教授相关的专门知识。就以其中的算学为例，

问吧
九

当时设算学博士,算学学生必须修习《九章》、《海岛》、《孙子》、《五曹》、《张邱建》、《夏侯阳》、《周髀》等算经,学生年底要进行考核,尤为重要的是当时科举中设立"明算科",学生可以由此出身。另外律学传授法律知识,培养专门的法律人才,书学专门培养书法家和书法理论家,律学学生和书学学生同样可以通过不同的科举科目出身。不过虽然书学、律学与算学也为唐王朝培养了不少人才,但这三学与专门传授儒家经典的国子学、太学、四门学在规模、地位等各方面都没法比。例如在人数方面,国子学学生 300 人,太学学生 500 人,四门学生 1300 人,而律学、书学、算学生分别仅有 50 人;学生在以后的仕途上更是没法比,律学、书学和算学出身者几乎没有身至高位者。(徐乐帅)

8 为什么唐代教数学的老师官品最低?

唐朝为了在全国选拔数学人才,在科举考试中首创明算科,考试只考数学一科。只要考试"得中",便可直接授予官职。这一举措对数学教学推动极大,大大调动了人们学习数学的积极性。显庆元年(656)唐朝在国子监开办了数学专科学校——"算学馆",设算学博士和算学助教主持日常数学教学工作。这样国子监内就有了国子、太学、四门、律学、书学、算学六个学馆。唐朝政府明令《算经十书》作为专门的数学教科书。各地方还有完备的官学和名目繁多的私学、家学、经学兼授、僧道传授等数学教学形式,这些做法有力地推动了唐代数学教学的发展。

唐代采用了全国统考的方式,设计了命题形式、命题范围、评分标准、录取办法等一整套考试规定,这在当时世界上是没有先例的。教师在数学教学中,多从生活实际和生活经验出发,结合具体数学问题进行讲解,使学生容易理解和掌握。这就是今天说的"理论结合实际"。但实际上这也导致了中国古代数学更多流于实际操作而缺失理论的总结和突破，不可能发展成为一门真正的现代科学。

当时著名的数学家有李淳风、僧一行等。李淳风编订了十部算经，作为国子监的教材，这是中国历史上最早的数学教材，还撰写过《九章算经要诀》一卷，公元644年编成《甲子元历》，对后世天文、历法和数学的发展贡献很大。

唐代最著名的数学家、天文学家僧一行把数学与天文学结合起来，创造了世界上最早的不等间距二次内插法公式；他组织并领导的在全国十二个点对北极高度和日影长短的测量，是世界上第一次对子午线的实测。

唐代的数学的确取得了很大的成就，在国子监中设立"算学"就是5世纪以后数学获得高度发展的反映。但是当时的数学教学仍然是不受重视的。如国子博士的官阶是正五品上，但其中算学博士的官阶却是从九品下，是官阶中最低的一级。科举考试中明算科及第的出身很差，应试的人很少，到晚唐时期，明算科考试就停止了。

中国古代数学教育的特点是没有形成一个独立的学科，始终置于政府的控制之下，数学典籍的编纂、增修和注释一般是在政府官员的主持下进行的。官办数学教育的目的是为政府培养专业计算人员。这种实施数学教育的做法，在世界史上是少见的。（李晓敏）

知识链接
我国什么时候开始有了专门的数学教材？

中国是数学教育开始最早的国家，西周时期以五礼、六乐、五射、五御、六书、九数等六艺作为教育的基本内容。数学已成为贵族子弟教育的必修课程之一（"九数"即方田、粟米、衰分、少广、商功、均输、盈不足、方程、勾股）。可见我国数学教育至少开始于三千多年以前。

中国古代的数学著作似乎都可以作为数学教材，因为大多

问吧
九

数著作的出发点是指导实践,首先考虑的是如何便于教给人们掌握,所以较为注重由浅入深,举一反三。但最早的专门的数学教材出现在唐代。

唐代的数学教育有了很大进步,在当时的最高学府国子监设立了专门的算学馆。唐高宗时的太史令李淳风受诏与国子监算学博士梁述、太学助教王真儒等校注和编定《周髀》、《九章》等十部算经,也叫《算经十书》。书完成后,定出学习年限,安排每月考试,被颁布用于国子监的教材,同时也是科举考试所依据的经典。这应该就是中国最早的数学教材了。这是公元 656 年以前的事,现在有传本的《算经十书》每卷的第 1 页上都题:"唐谏议大夫、行太史令、上轻车都尉臣李淳风等奉效法释。"

唐代的数学向外传播到朝鲜、日本、印度等地。这部最早的数学教材也随之流传到了日本和朝鲜。朝鲜日本的"遣唐使"中有些是专门来学习中国历法和数学的。日本在公元 701—703 年开始确立了类似我国的数学教育制度。朝鲜在公元 918—1392 年仿照我国设立学校的算学馆,不仅采用唐、宋编定的《算经十书》作教材,连教授和考试的方法也相同。（李晓敏）

9 古代的"医生"是指行医的人吗?

现在,我们把专门治病救人的人称作"医生"。如果从字面讲,看似不难理解,说成"以行医为生计或职业的人"也不矛盾。但是,如果从文化发展的角度看,远非这么简单。

我国医学行业的发展有着其特殊的经历。从现在往回看,"医生"普遍用于称呼行医的人并不是很久。以前人们习惯称呼行医的人为"郎中",也习惯称之为"大夫"。这些称谓来自古代行医者所任的官职名称。大致从宋代起,太医署中的医师最高职衔为大夫，其次为郎中。如果再往上溯，大夫是朝中某些大臣的官名（如御史大夫）和散位名号（如光禄大夫），郎中是三省六部里面的郎官们的名号，它们则都与行医者没有任何关系了。从唐代往前，医术往往为宗教界的道士、僧侣或方士们所掌握，他们在传教的同时兼行治病救人的善举。而行医者在朝廷尚有医官，在民间则还没有职业行医的人。

不过，"医生"作为一种称谓倒是早在唐朝就已经有了，而且与医学、医术有联系。唐代太医署下开始设立专门的医学，属于学校性质的教育机构，招收学生，培养医学人才。针对不同的专业，学校将学生分为五种：医生、针生、按摩生、咒禁生、药园生。其中所谓"医生"，其实就是学习医学病理的学生。而其他学生分别以学习针灸、按摩推拿、念咒施法、识用药材而命名。这时候"医生"一词专指一种医学学生，与现在的医生有很大距离。

孙思邈诊脉图

那么，"医生"是怎么成为职业行医者的称谓的呢？这与近代西医东传有直接的关系。在西方，对职业行医者一般称为"Physician"，可以理解为"有医科专长的人"，或称"医师"。西医东传以后，日本从明治维新后称职业行医者为"医师先生"。在中国，渐渐演化为"医生"。这其实与"博士"、"学士"在学位上的用法来历类似，是采用中国古代早已存在的相关名词，拿来称谓西方传来的新的文化内容。（刘永连）

知识链接
唐代学校是怎么进行医学教育的？

中国医学在唐代比较突出的发展之一，就是开办了中国历史上最早的专门进行医学教育的学校。武德年间（618—626），首先在京城长安创办了直接隶属太医署的"医学"，相当于现在国家直属的医科大学；贞观三年（629）起又开始在各州府陆续创办地方医学，相当于现在地方医学院之类的学校。

在唐代"医学"学校里，专业分类已很正规，初分医学和药学两大体系，医学体系中又分医、针、按摩、咒禁等四科。而医科又分为：体疗科，相当于今天的内科；疮肿科，相当于今天的外科；少小科，相当于今天的儿科；耳目口齿科，相当于今天的五官科；角法科，相当于今天的针灸科，包括拔火罐等。医科学生首先要学习《素问》《神农本草经》《针灸甲乙经》等基础课程，然后分科学习，学制三至七年不等，并安排临床实习。至于针科，专门学习穴位针理和针灸方法；按摩科，专门学习血脉经络和按摩推拿；咒禁科，则专门学习如何念咒施法，召唤魂魄。这不奇怪，因为在古代医术与巫术向来是密不可分的。虽然这些名称的含义与今天不尽相同，但其教学安排还是和我们现在的高校教育有相通之处的。

唐代的医学教育已经有了比较完备的管理制度。在师资配备上，据《新唐书》记载，医学校里各科都配备有博士、助教、师、工等教职员工。在选拔人才上，首次在科举考试中设立医科，主要从医学里选拔成熟和杰出医术人才来做官。（刘永连）

10 中国古代有没有"大长今"那样的"医女"？

新近发现的天一阁藏明抄本宋《天圣令》，其中《医疾令》篇保存了一条规定女医教育的唐令条文"女医"条："诸女医，取官户婢年二十以上三十以下、无夫及无男女、性识慧了者五十人，别所安置，内给事四人，并监门守当。医博士教以安胎产难及疮肿、伤折、针灸之法，皆按文口授。每季女医之内业成者试之，年终医监、正试。限五年成。"这条资料表明，在唐代，已经出现了专门培养女医的教育机构。

从这条记载来看，唐代的女医地位还是比较低的。首先从出身来看，她们是从地位卑贱的官户婢中选取；其次在学习过程中还要被宦官严密看守；再者在学习过程中主要学习安胎产难，兼及疮肿、伤折、针灸之法。而且教习的方式是"按文口授"，这就注定她们即使是毕业后，也是所学有限，只能在医疗过程中起一个辅助角色，地位并不会有大的提高，何况当时医生地位本身就不高。另外，女医的学制是"五年"。在学习期间，女医要进行季试和年终试。季试由学业有成的女医主掌，年终试由医监、医正主掌，所试应该主要是实践能力。她们学业有成之后应当是主要为后宫的嫔妃和宫女服务的。

从现在的史料来看，女医教育，应是在隋唐年间才出现，而且很可能是唐代的创设，是医学教育走向具体化和完善化过程中的产物。而这个产物，从唐《医疾令》的"女医"条令文来看，似乎尚未正规化，其正规化要到宋代才完成。（徐乐帅）

知识链接

唐代曾经出现了唯一的女皇帝，那么其他女性能不能做官？

唐代在内宫设有女官，与身份低贱的女医不同，这些女官身份都比较高，她们根据身份的不同而拥有不同的品级。她们分为内官与宫官两个系统。内官的地位较高，这其中品级最高的是妃三人，均为正一品，惠妃一，丽妃二，华妃三，三妃负责辅佐皇后管理内宫的大小事务，"坐而论妇礼者也，其于内，则无所不统"。其下是六仪六人，正二品，负责率其所属，举行典礼时依照仪式赞唱引导皇后。美人四人，正三品，掌率女官，负责祭祀、接

23

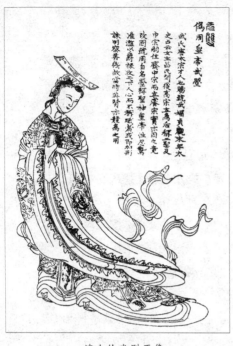

清人绘武则天像

待宾客等事宜。才人七人，正四品，负责宴席等事宜以及缲丝绩麻之事。宫官指六尚，如同外朝六尚书之职掌。有尚宫二人，正五品，负责出纳文簿等事务；尚仪二人，正五品，负责礼仪起居等事务；尚服二人，正五品，负责专供内廷的衣服以及饰品等事务；尚食二人，正五品，负责后厨事务；尚寝二人，正五品，负责燕寝进御之次序；尚功二人，正五品，掌女功的考课；宫正一人，正五品，掌戒令、纠禁、谪罚之事。诸尚宫之下都还有不同的辅佐女官，她们也属于宫官，内官与宫官构成一个庞大的女官系统。

（徐乐帅）

11 究竟是谁把纸送到了西方？

众所周知，早在西汉时期中国劳动人民就已经发明了造纸术，先后出现絮纸和麻纤维纸。东汉蔡伦105年改进造纸术，出现了植物纤维纸。6世纪的时候，造纸术传到了朝鲜、越南和日本。纸的发明改变了中国社会的发展历程，同时也对世界历史的发展做出了重要贡献。那么造纸术是如何传到西方的？到底是谁把纸送到了西方？这要从中亚一场国际性的战争讲起。

8世纪中叶，在西亚兴起的阿拉伯帝国侵入中亚地区，彻底消灭萨珊波斯，并打击、侵蚀中亚，于是以石国为代表的昭武九姓纷纷上书唐朝皇帝，请求中央出兵支援。751年，朝廷命令西域大将高仙芝率领大军挺进中亚，力图稳定局势。不过令人遗憾的是，刚在不久前征服大小勃律的高仙芝变得骄横起来，他率领由多民族士兵组成的区区三万蕃汉军队，一直深入到中亚北部的怛逻斯河岸（今哈萨克斯坦的江布尔城附近），丝毫没有预料到一场大规模恶战的发生。同时他违反了唐朝一贯的怀柔政策，对少数暂时屈服于阿拉伯帝国的政权残酷打击，特别是杀掉了石国国王。这一举动震撼了昭武九姓各国，它们在石国太子带领下纷纷倒向阿拉伯帝国一方。结果在怛逻斯与阿拉伯军队遭遇时，唐军陷入孤立无援的危险境地。大战开始，两军锋芒皆盛，对峙五天未分胜负。但突然间，"葛罗禄部众叛，与大食夹攻唐军，仙芝大败，士卒死亡略尽，所余才数千人"。另据巴托尔德《突厥斯坦》和沙畹《西突厥史料》记载：这次大战后，阿拉伯将军齐雅德·伊本·萨里带着数千名唐军俘虏回到撒马尔罕。

就在这些被俘获的唐军士兵当中，有不少是造纸工匠。阿拔斯王朝第一任哈里发阿布·阿拔斯·萨法赫在撒马尔罕专门设立了造纸作坊，请这些造纸工匠为阿拉伯帝国工作。不久，这里开始出产一种质地优良的纸张，闻名于整个西方世界，被称为撒马尔罕纸。后来，阿拉伯人又请中国工人到报达（当时是阿拔斯王朝德国都），建立纸厂，从事造纸。这样，阿拉伯人就掌握了造纸技术。中国的造纸术由此而被带到了中亚和西亚各地，在13世纪又由阿拉伯人传到了欧洲，之后进一步传播到美洲等世界各地。（刘永连）

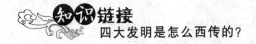
四大发明是怎么西传的？

造纸术、印刷术、火药和指南针是中国古代伟大的四项发明，它们的出现深深地影响和改变了人类社会和历史的发展进程。那么，除了造纸术之外，其他几项发明又是如何西传的呢？

指南针。战国时期我国带动人民根据磁石指南的特性发明了"司南"。北宋时已会使用磁针指南，后装于罗盘上，制成指南针用于航海。南宋时随着中外海上贸易和航海事业的发展，指南针传到了印度、阿拉伯、波斯等国，为新航路的开辟和实现环球航行提供了重要条件。

印刷术。隋唐时期已有雕版印刷的佛经和诗，现存世界上最早的雕版印刷品是 868 年我国印制的《金刚经》卷子。11 世纪，北宋毕昇发明活字印刷术，比欧洲早四百年。活字印刷术发明以后，随着中外贸易活动的发展，向东传入朝鲜、日本，向西传入埃及和欧洲，改变了当时欧洲只有僧侣才能读书和受高等教育的状况。

火药。火药的发明来源于中国古代的炼丹术。唐朝时火药开始用于军事，北宋时火药已在军事上广泛使用，南宋时又有所发展。金朝火器制造业发达，曾用火器打败蒙古军队。我国的火药随着 13 世纪蒙古军队的西征而传入阿拉伯，后由阿拉伯人传入了欧洲。

可以说，四大发明向西传播到世界各地，从经济、文化、军事等各个领域促进了整个人类文明突飞猛进的发展，是中国人民对人类社会的巨大贡献。（刘永连）

12 "爆竹"何时变成了"鞭炮"?

鞭炮起源于古代的"爆竹"，至今已有两千多年的历史了。关于"爆竹"的演变过程，《通俗编·排优》是这样记载的："古时爆竹，皆以真竹着火爆之，故唐人诗亦称爆竿。后人卷纸为之，称曰'爆竹'。"也就是说，最初，人们燃放爆竹的时候，是把真正的竹子点上火，让它发出爆裂的声音。据《说郛》所引《荆楚岁时记》记载："正月一日，鸡鸣而起。先于庭前爆竹，以避山臊恶鬼。"可见当时已经有了春节放爆竹的习俗，而且这一时期燃烧

"爆竹",是希望利用竹子着火之后爆裂的声音来赶走怪兽恶鬼。到了唐朝,爆竹又被人们称为"爆竿",也是燃烧竹竿,使其发出爆裂声的意思。唐朝诗人来鹄的《早春诗》中有"新历才将半纸开,小庭犹聚爆竿灰"的句子,这里的"爆竿"就是指的"爆竹"。

从唐代开始,爆竹开始有了新的发展。唐初,就开始有人把硝石装在竹筒里燃放。后来,炼丹家在炼制丹药的过程中,经过不断的试验,发现硝石、硫黄和木炭合在一起能引起燃烧和爆炸,于是便发明了火药。火药出现之后,人们就开始把火药填充在竹筒里燃烧,这样爆炸之后产生的声音更大。此后,火烧竹子这一古老的习俗也就随之发生了根本性的变化。到了宋代,民间开始普遍用纸筒和麻茎裹上火药,编成串,做成"编炮",也就是我们现在说的"鞭炮",并且已经有了单响双响等不同的种类。

(王晓丽)

知识链接
春节贴春联的习俗到底是何时形成的?

新春佳节贴春联早已成为中国人的一项重要民俗活动。这项活动是从什么时候开始的呢?从传统的文献资料来看,最早的对联是五代时期后蜀君主孟昶写的。据《宋史·蜀世家》记载,孟昶在乾德元年(963)岁除日,自命笔题桃符,其辞为:"新年纳余庆,嘉节号长春。"《楹联丛话》对此评论说:"楹帖始于桃符,蜀孟昶'余庆、长春'一联最古。"然而事实并非如此,敦煌藏经洞出土的一份唐代时期的文书,为人们了解这一久远的民俗,提供了详细的资料。这份卷号为斯坦因0610的文书中抄录了当时的桃符题词和对联,内容如下:"岁日:三阳始布,四序初开。福庆初新,寿禄延长……三阳□始,四序来祥。福延新日,庆寿无疆……立春日:铜浑初庆垫,玉律始调阳。五福除三祸,万古□(殓)百殃。宝鸡能僻(辟)恶,瑞燕解呈祥。立春□(著)户上,富贵子孙昌……三阳始布,四猛(孟)初开。□□故往,逐吉新来。年年多庆,月月无灾。鸡□辟恶,燕复宜财。门神护卫,厉鬼藏埋。书门左右,吾傥康哉!"

27

据敦煌民俗专家谭蝉雪的研究，这一文书上所载的对联从时间上看，"岁日"、"立春日"正是我国传统习俗书写楹联的时候，也是唐代人挂桃符的时候；从内容上看，这些对联全都是祈福禳灾的内容；从句式上看，文句对偶，正是对联的格式，而且文中有"书门左右"的明确交待，因此，这一文书所载的无疑就是桃符题辞，也就是后来所说的对联。这些对联都是写在文书的背面，前后均无题记，正面是《启颜录》的抄本，尾题："开元十一年捌月五日写了，刘丘子投二舅。"结合对联中所提到的民俗流行的历史时期，谭蝉雪研究员认为这些对联的写作时间大体上应该是在盛唐。也就是说，在唐代，不但已经有了对联，而且春节贴春联的习俗也已经形成了。（王晓丽）

13 "唐三彩"真的只有三种色彩吗？

唐三彩是唐朝生产的一种彩陶工艺品。它以造型生动逼真、色泽艳丽和富有生活气息而著称。从质地上讲，这是一种低温釉陶器。它主要是陶坯上涂上的彩釉，在烘制过程中发生化学变化。由于在色釉中加入不同的金属氧化物，经过焙烧，便形成浅黄、赭黄、浅绿、深绿、天蓝、褐红、茄紫等多种色彩，但多以黄、褐、绿三色为主。其色釉浓淡变化、互相浸润、斑驳淋漓、色彩自然协调，花纹流畅，是一种具有中国独特风格的传统工艺品。

"唐三彩"一词，不见于古代文献，最早的记载是民国时期，但专业研究者则多以"唐彩色釉陶"之名称呼，从严格意义上说，后者更具科学性，因为从工艺上看，唐三彩是"釉"而算不上"彩"。这种釉陶以黄、褐、绿为基本釉色，但不一定每件成品都是三色俱全，还可利用三色交叉混合的上釉技术来制造出五彩缤纷的美丽图案。三彩陶器主要用作明器（随葬器物），凡建筑、家具、日用品、牲畜、人物等等，形形色色应有尽有。从现存的各种唐三彩看，它是反映唐代社会生活最完整的手工艺品，几乎没有一种唐代手工艺品的种类可以超过唐三彩的品种。其中较为人喜爱的是马俑，有的扬足飞奔，有的徘徊伫立，有的引颈嘶鸣，均表现出栩栩如生的各种姿态。人物造型有妇女、文官、武将、胡俑、天王，根据人物的社会地位和等级，刻画出不同的性格和特征：贵妇面部丰圆，梳成各式发髻，穿着色彩鲜艳的服装；文官彬彬有礼；武士刚烈勇猛；胡俑高鼻深目；天王怒目威武，是我国古代雕塑的典范精品。

唐三彩载乐骆驼俑

　　唐三彩生产基地主要分布在长安和洛阳两地，在长安的称西窑，在洛阳的称东窑。唐三彩流行于唐高宗至唐玄宗时期，造型多样，釉色润泽，色彩绚丽，开元后期突然衰落。盛唐乃是唐代与西方联系最密切的时间段，唐三彩反映了这一时代特点，器型往往仿中亚和西亚的金银器，雕塑也出现骆驼和胡人之类形象，所以唐三彩往往被今人当作丝绸之路的形象资料。天宝后两京地区之外的三彩还延续了很长时间，出现了实用器，但由于含铅、有毒而未能流行。（刘永连）

知识链接
唐三彩是唐朝最名贵的陶瓷吗？

　　唐三彩用于随葬，是明器，再加上其胎质松脆，防水性能差，实用性远不如当时已经出现的青瓷和白瓷。换言之，唐三彩并不是唐朝最名贵的陶瓷。唐朝的名贵陶瓷多出自当时的一些制

问吧
九

瓷名窑。

唐朝陶瓷业达到了很高的水平。从这时起瓷器制造与陶器制造完全分离，形成一个独立的手工业生产部门，瓷器已代替金、银、漆器成为不可缺少的日用器皿，并且大量出口。一些制瓷中心逐渐形成名窑，出现了以青瓷和白瓷为代表的两大系统。青瓷以越窑为代表，白瓷以邢窑、曲阳窑为代表。

花釉瓷壶

唐代已可以烧造出精美的白瓷。唐代陆羽在他的《茶经》中用"类银"、"类雪"来形容邢窑白瓷的釉色，其胎、其釉的白度相当成熟。邢窑白瓷在烧成技术上也比较高超，从现有实物来看，没有变型、歪塌等缺陷，制作工艺精细、造型端正，不失为一代名瓷。邢窑白瓷除以色白见长外，其另一个特点是朴素少饰，匠师的艺术表现多施于造型之中，器型简洁、质朴、端庄而大气。它所构成的器皿容量大、重心稳、使用方便。这一时期最具特点的器皿是执壶，据考证是由前代的鸡头壶演变而来，是一种酒具，唐人称为"注子"。此外，黄河流域瓷窑多烧白瓷，河南、山西、陕西的广大地区都以烧白瓷为主。杜甫在《于韦处乞大邑瓷碗》诗中咏白瓷说："大邑烧瓷轻且坚，扣如哀玉（清脆的玉声）锦城传。君家白碗胜霜雪，急送茅斋也可怜。"

不过，当时水平最高的还是青瓷。它是唐代瓷器的主流，窑址遍布南北。由于唐代的饮茶之风兴盛及朝廷对青瓷的需求量增大，促使唐代的越窑青瓷质量不断提高。尤其在晚唐时期，形成了以浙江余姚为中心的瓷区，产品胎质细腻，釉层匀净，造型规整，品种丰富。在装饰处理上也是以釉色装饰为主流，以素面为主，形成独特风格。刻花装饰以简洁流畅的线条，寥寥数笔就描绘出荷花、荷叶等花卉，绝无繁琐多余之笔。唐陆龟蒙诗："九秋风露越窑开，夺得千峰翠色来"，将它比作荷叶，比作澄澄秋水,则是赞美其釉色晶莹清澈,青翠莹润。陆羽在《茶经》里评价各地瓷茶具时就特别崇尚青瓷:"碗,越州上,鼎州次,婺州次,岳州次,寿州、洪州次。或者以邢州处越州上,殊为不然。"(卢坤霞、刘永连)

14 唐朝人为什么用香料来建造房子?

香料是人们生活中珍贵的用品,不但一般人难以有条件使用,而且使用上一般制成粉剂和香水,只是微量地用来香身除臭。然而,在唐朝香料还有惊人的用法,譬如用来建造房子。

根据两《唐书》和唐人笔记载录,我们惊奇地发现唐朝人竟然用香料建造亭台楼阁。例如,唐玄宗在兴庆宫里为杨贵妃全用沉香木建造了沉香亭;杨国忠家里也曾以沉香木建造了一座楼阁。此外,武则天面首张昌宗、唐中宗小女儿安乐公主以及中宗宰相宗楚客、德宗宰相元载等也都曾把沉香用在建筑上。

令人更为惊讶的是,用沉香建造房子不是个别现象,而是流行成风。有什么根据呢?《资治通鉴》记载,以理财大家杜佑为代表,唐人对沉香取材的认识已经形成一套理论。杜佑说:"沉香所出非一,形多异而名亦不一:有如犀角者,谓之犀角沉;如燕口者,谓之燕口沉;如附子者,谓之附子沉;如梭者,谓之梭沉;纹坚而理致者,谓之横阳沉。今其材(指当时刚由波斯人李苏沙进献到朝廷来的一批沉香)可为亭子,则条段又非诸沉比矣。"看来,唐人已经非常清楚什么样的沉香材质可以建造房子。

其实,唐人能用沉香建造房子不是偶然的。首先它与唐代香料贸易的发达有直接关系。大约自唐朝中期开始,海陆交通超越陆路而发达,海船可以直接往来于南中国海与波斯湾之间,从而使东南亚、南亚、西亚乃至非洲等地的香料大量涌入中国。《大唐和尚东征传》就记述,鉴真和尚曾在广州看到珠江水面云集着各国海船,船上香料山堆海积。另据其他各种文献透露,香料品种琳琅满目,至少几十种。如此一来,香料就不像其他朝代那么稀奇难得。其次沉香不比其他香料。乳香出自一种树木乳液,麝香是一种类似鹿的动物的分泌液,苏合香是多种香粉调配而成。然而沉香出自一种珍奇的树木,质地特别坚硬沉重,放进水里就会沉底,故而得名沉香。据说中南半岛南端的土著居民,将这种树木采伐成段,埋藏在地下,多年之后树皮腐烂,只留下坚硬的木质部分,黑硬如铁,就成为沉香。用这种木料来建造房子,不但香气满庭,而且坚固异常。再次这还与当时社会背景密切相关。唐代是人们物质生产丰富而且精神视野广阔的一个时代,人们攀比豪奢,在建筑上也无奇不有。除了使用香料外,其他奇珍异宝多不胜数。例如,张易之宅第"红粉泥壁,文柏贴柱,琉璃沉香为饰";宗楚客房子"皆是文柏为梁,沉香和红粉以泥壁,开门则向其蓬勃。磨文石为阶砌及地,着吉莫靴者行则仆地";元载芸辉堂"以沉香为梁栋,金银为户牖"……因此,尽管千年过去了,但是唐代建筑业仍有许多神秘奇特之处值得我们探讨。(刘永连)

知识链接
唐朝都有哪些建筑奇迹?

唐朝是一个创造奇迹的时代,建筑业上也为其他朝代所不逮。其建筑奇迹不但多,而且空前绝后。

唐朝最大的奇迹是都城长安的兴建。该城东西长 9721 米,南北长 8651 米,总面积达到了 84 平方公里,相当于明代长安城的十倍,是中国古代最大的一座城市,也是当时世界上最大的城市。非但如此,该城在城市规划上也是当时世界一流水平。全城内外三层,有宫城、皇城、外郭城,有 110 个以坊为名的居民区,有千千万万高门大院、亭台楼阁乃至巍峨宫殿,但是在布局上却能做到整齐划一。全城 14 条东西大街、11 条南北大街,将城内分割成棋盘条块,里门坊墙、钟楼鼓楼等安全设施一应俱全;绿化林荫、排水沟渠等城建措施百无一疏。同时,由于城内河渠密布,园林众多,布局典雅,后来学者公认长安是世界古代园林城市的典范。

长安城里最显眼的建筑群是大明宫。从高宗至唐末二百余年,皇帝基本上都在这里办公居住,面积是明清故宫的二倍,殿阁规模更非其他宫殿能比。其正殿称含元殿,高高地矗立于长安最高处龙首原上。据考古发掘可知,该殿东西有11间,进深4间,每间有5米长宽,殿侧有对称的回廊和楼阁,殿前是宽阔且悠长的玉阶龙道,整个布局协调,气势宏伟。

大雁塔

大、小雁塔是保存至今的唐代建筑。其中大雁塔是唐高宗为存放玄奘法师从印度带来的佛教经卷而敕令建造的,样式为仿木结构的楼阁式砖塔,现高64米,塔身为四方锥形,逐层缩小,造型简洁,古朴大方,每层都有券门、隐柱、斗拱以及塔檐、栏额等,既稳固如山,又雕画精细,一千三百多年的风雨战火仍然没有损伤其雄姿丽影,可谓是建筑史上一大奇迹。小雁塔建于中宗时期,原高15层,为密檐式砖塔,俊秀挺拔,小巧玲珑。让人称奇的是,该塔曾在明代成化二十三年(1487)因遭临潼6.5级地震而塔身中裂,自顶至足出现一道一尺多宽的裂缝,但三十四年后关中再震,其裂缝反而弥合。建筑专家研究后指出,这主要是因为该塔塔基预先设计了一种称球状可以调节塔身平衡的巧妙机关。面对这种千年以前就有的建筑技术,我们不得不望洋兴叹。(刘永连)

15 "李白斗酒诗百篇"，但为什么说李白算不上海量呢？

我们都熟悉的大诗人李白是个多才而又嗜酒之人，有"李白斗酒诗百篇"之说。然而就当时情况而言，李白还算不上海量，这是为什么呢？

在中国，酒的历史和文化源远流长。早在远古时期，一些含有糖分的水果、兽乳等自然发酵而形成酒，传说中的"猿猴造酒"其实就是猿猴吃剩的水果自然发酵而成的酒。之后，人们开始自觉地人工造酒。大概在距今四五千年以前，就已经出现了用谷物和水果酿成的酒，其中谷物酒占的比重比较大。仰韶文化、龙山文化时期的古人用发了芽的谷粒（称为蘖）酿造谷物酒。秦汉时期，用蘖造酒的技术仍然沿用，但是人们已经开始大量地使用酒曲。《汉书·食货志》记载："一酿用粗米二斛，麹一斛，得成酒六斛六斗。"可见人们用曲作酒已经非常熟练了。在文献当中，一般把用蘖酿造的"酒"称为醴，把用曲制作的"酒"称为酒。宋应星在《天工开物》一书中说道："古来曲造酒，蘖造醴。后世厌醴味薄，遂致失传，则并蘖法亦亡。"可见醴是比酒更淡的一种饮料。到了魏晋南北朝时期，制作酒曲的工艺日益完善。北魏贾思勰所著的农书《齐民要术》中记载了十二种制曲的方法，这些酒曲的基本制造方法现在仍然应用于高粱酒的酿造当中。

实际上，不管是用蘖酿成的"醴"还是用酒曲酿成的"酒"，度数都是很低的。这是因为酒精是酵母菌糖代谢的产物，对酵母

鎏金伎乐纹八棱银杯

汉代酿酒图（画像砖）

菌的发酵有一定抑制作用，在单纯的酒曲发酵过程中，当酒精的成分达到一定程度时，酵母菌就会停止繁殖，发酵的过程也就随之放慢。据估计，传统酒曲发酵工艺酿造出来的酒，酒精度仅在10%左右，大概相当于我们今天喝的啤酒的酒精度。这样看来，唐代的"李白斗酒诗百篇"和宋代的武松连喝十八碗打死老虎这样的惊人酒量也就不那么令人咋舌了。

　　与酿造酒相区别，跟我们今天喝的白酒更为接近的是蒸馏酒，也就是民间所说的烧酒。这种酒的制作工艺，简单地说，就是把酒曲发酵酿造的酒用蒸馏器再蒸馏一下，以得到度数更高的酒。（王晓丽）

知识链接
经过蒸馏的烧酒究竟发明于何时？

　　那么，我们何时才有了像现在白酒这样经过蒸馏的白酒呢？

　　有专家列举唐诗数首和李肇《唐国史补》以为证据，认为在中国经过蒸馏的烧酒是唐宋时期开始出现的。白居易云："荔枝新熟鸡冠色，烧酒初闻琥珀香。"雍陶亦云："自到成都烧酒熟，不思身更入长安。"李肇《唐国史补》也提到"酒则有剑南之烧春"。但是另有专家认为，这些不足以说明问题，因为从四川

问吧

九

烧酒的资料看，当时的烧酒应与吃火锅类似，喝的是一种额外加热的米酒，而非现代蒸馏的烧酒。还有人凭借考古中发现的一套金代的铜制蒸馏器（1975 年发现于河北青龙县）来证明"唐宋"说。但测量后有人认为，这套器皿尽管确属蒸馏器，不过却无法用于实际的酿酒生产，所以不能认定这时候的酒是蒸馏加工的烧酒。

目前学术界认为"蒙元"说比较可信。李时珍《本草纲目》云："烧酒非古法也，自元时创始。其法用浓酒和糟入甑，蒸令气上，用器承滴露。凡酿坏之酒皆可蒸烧。近时唯以糯米或粳米或黍或秫或大麦，蒸熟和曲酿瓮中七日，以甑蒸取，其清如水，味极浓烈。"这些叙述已颇准确可靠。同时考古上有江西李渡烧酒作坊、成都水井街酒坊等元末明初考古遗迹发现，炉灶、晾堂以及蒸馏设施一应俱全。可见这一时期有蒸馏烧酒生产确凿无疑。

其实，一种东西的传播不见得能够一蹴而就，历史上许许多多的技术乃至简单的物种、物品传播都有多次传播、多次发展的过程。我们不能武断否定经过蒸馏的烧酒在唐代就确实没有，不过李白等大多数人所喝的酒绝非这一类酒，因为很可能这时候烧酒只是初步传入，还没有获得人们适应和较大规模生产。即使到了宋、元时期，尽管甚至已可明确有了这种酿酒技术，但是也还是逐步推广的。因为《水浒传》中描绘武松打虎的情节，说他喝了 18 碗酒，按古代碗具的容量算，起码也有十几斤，此酒不可能是烧酒。蒸馏烧酒普及中国，恐怕确实要到李时珍时代甚至更晚，这并不意味着中国进步太慢，因为米酒作为不胜酒力者的饮品比烧酒更是美味，完全可以两种酒类同时发展。就像今天，我们既有蒸馏过的白酒，也有啤酒、葡萄酒，其实米酒在陕西、浙江等许多地方照旧流行着。（刘永连）

16　中国人是从什么时候开始喝葡萄酒的呢？

对于中国而言，葡萄酒是一种舶来品。尽管在地中海沿岸包括埃及、西亚和南欧等地区，葡萄酒早在数千年前就已大量生产了，但是中国人喝到葡萄酒则是比较晚的事情了。

有学者认为，在秦汉时期中国境内已经酿造葡萄酒了。不过它还局限于西北边疆地区，并没有传播到中原一带。《汉武帝内传》记述，武帝招待西王母时，曾"列玉门之枣，酌葡萄之醴"。说的虽是神话，却也是现实的反映。这说明，尽管不能肯定中原地区也已学会了酿造葡萄酒的技术，但是中原社会上层确实喝到了葡萄酒了。

不过，此后数百年之间中国史籍没有提及葡萄酒的酿造技术。虽然不时有葡萄酒出现，但是它只是作为成品出现，而且局限于宫廷之中和社会上层。到东汉的时候，葡萄酒还非常的珍贵。《后汉书·宦者列传》注中引《三辅决录》说孟佗"以蒲陶酒一斗遗让，让即拜佗为凉州刺史"。可见当时葡萄酒的价值之高。魏晋南北朝时期，葡萄酒仍然属于难得之物，《北齐书·李元忠传》载李元忠"曾贡世宗蒲桃酒一盘，世宗报以百练缣"。

这种情况一直持续到唐代。《唐会要》卷100《杂录》记载："葡萄酒，西域有之，前世或有贡献。及破高昌，收马乳葡萄实于苑中种之，

海兽葡萄铜镜

并得其酒法，自损益造酒。酒成，凡有八色，芳香酷烈，味兼醍醐。既颁赐群臣，京中始识其味。"可见，在唐太宗贞观十四年（640）破高昌之后，葡萄酒的酿造技术正式传入中原。此后二百多年内，葡萄酒的酿造和在社会上的传播都得到了很大发展。史料反映，在唐代，中国人自己酿造的葡萄酒至少出现了两大名牌。最好的是凉州葡萄酒，产于今天的武威一带。据载当年李白写出《清平调》三首之时，杨贵妃就用凉州葡萄酒给予赏赐。另一种河东"乾和葡萄酒"，产于今天的山西一带，为好酒者所赞赏。这时候，咏叹葡萄酒的诗句也在唐人诗集里层出不穷地涌现。王翰《凉州词》中的"葡萄美酒夜光杯，欲饮琵琶马上催"为美味的葡萄酒千古留名；而李白、王维、白居易、刘禹锡、岑参和王绩等人的吟咏更使中国的各色葡萄酒璀璨斑斓。由此看，至少从唐代开始，葡萄酒在中国境内广泛酿制，终于成为中原官吏文人也能尝到的美酒了。（刘永连）

知识链接
葡萄种植是怎么传入中国的？

葡萄种植的传播是中国人酿制和喝到葡萄酒的前提和基础，也为学界至今所关注。但是关于葡萄种植究竟何时和怎样传入中国内地的这一问题，史料留有不少谜团，学界对此争论不休。

关于传入时间问题，学界流行着六种观点。一是西周时期早已传入。这一观点主要是凭借神话传说故事来判定。二是秦代传入。持此观点者认为司马相如在《上林赋》描写秦都咸阳胜景，已经提到葡萄种植。三是汉代以前说，凭借的也是司马相如的《上林赋》。四是至迟在西汉建元四年（前137）。这一年是《上林赋》成文时间，有学者认为司马相如撰文是在以古讽今，描写的还是当时现实情况。五是西汉元朔三年（前126），即张骞出使西域回来之年。六是西汉太初四年（前101），即李广利胜利完成远征大宛之役凯旋归来。

考察看似众说纷纭的以上观点，如果考虑到物种传播的基本规律和具体情况,我们就会发现其实它们并不矛盾。西周之说姑且不论,但大致在秦汉时期甚至以前已有葡萄种植传入是基本可以肯定的。

考察葡萄传播的路线和趋势可知,葡萄种植在数千年前发源于地中海沿岸,沿着陆上丝绸之路逐步向东传播,伴随着每一次西方民族的东迁都会向东伸展。而据人类学和民族学界的考据证明,至迟在公元前 1500 年左右塞族部落的东支——吐火罗人已经在我国新疆地区安家落户,带去了麦子等粮食,也可能带去了葡萄等水果。结合

葡萄花鸟纹银香囊

葡萄考古和文献记载,可以确定至少在公元前 6 世纪咸海以东、锡尔河沿岸已经种满葡萄;同时至少在公元前 2 世纪张骞出使西域之前中亚至新疆一带也已大规模种植着葡萄。而在张骞之前,并非没有人从中原进入西域。公元前 10 世纪的时候,我国古老的羌族部落早就蔓延到中亚地区,同时周穆王驾车西征,据说到了旷原即锡尔河以北草原,从西域带回了美玉,也可能带回了葡萄。至于沿丝路西行的商队,则不知已有多少支、多少回。正因为早在张骞之前已有不少人沿着丝绸之路往来,带回了不少西域物产,所以司马相如才得以早早在咸阳、长安见到种植的葡萄。

至于《史记·大宛列传》所载:"宛左右以蒲陶为酒,富人藏酒至万余石,久者数十岁不败。俗嗜酒,马嗜苜蓿。汉使取其实来,于是天子始种苜蓿、蒲陶肥饶地。及天马多,外国使来众,则离宫别观旁尽种蒲陶、苜蓿极望。"这已经是以非常确凿的史实证明了长安一带葡萄种植的盛况,不能称之为最早和开始。

关于葡萄种植的传入,可以这样说:古代中西交通不像现代

这么发达，文化交流也没有现在这么通畅，每一物种的传播几乎不可能做到一蹴而就。葡萄种植的东渐和传入是在无数人往来所促成的无数次文化涌动的情况下完成的。如果言其最早，可能早在先秦某个时候；如须形成一定规模，则在西汉武帝时期足以完成。

17

盗版书最早从何时在市面上泛滥？

改革开放以来，出版事业有了很大发展，不但大量图书得以出版发行，而且流行起一个比较时新的名词——"盗版书"。不过，如果仅就其性质而言，"盗版书"很早就已产生，并曾在市面泛滥成灾。那么，盗版书最早是从什么时候开始在市面上泛滥的？

隋唐时期，印刷术的早期形式——雕版印刷得以发明。唐太宗在位时期，曾经为长孙皇后刊印她的专著《女则》；玄奘取经回国之后，也曾用回锋纸雕印普贤菩萨像，一年就印五驮。宣宗在位时期，江南西道观察使纥干泉雕撰道家著述《刘宏传》，一次印出数千本，赠送给四海所有精心修道的人。

不过，以上都是经过朝廷允许才印刷的，还不在"盗版书"之列。盗版书与民间印刷业的发展密切相关。据研究，由于唐代民富国强，印刷术在民间也迅速发展起来。例如，德宗在位时期（780至804），市场上出现了可以作为商人交易凭据的印刷品——"印纸"。国内现存最早的印刷品《金刚经》卷子，据说是咸通九年（868）由一个叫王玠的人出资刊印的。从后世发现的敦煌卷子里，可以看到"京中李家于东市印"的医学著述、成都府樊家印行的历书等。在吐鲁番地区，还出土了印刷于武周时期（690至705）的《妙法莲华经》等许多佛教经卷（现藏日本书道博物馆）。

再具体一些，"盗版书"与唐代兴起的一股市场风潮有直接关系。史料显示，在印刷术发展的基础上，"历书"到唐代逐渐以印刷本形式流行起来。这种书籍与现在各种"日历"类似，每年一版，标识年、月、日等，不过还有提示农民四时耕种、起居行止等方面的内容，为民间百姓居家生活所亟需。这种东西本来应该先由司天监发布，然后官府统一印刷、供应，但是由于市场广阔，官方印刷业一时难以覆盖，严重供不应求。结果，不少私人印刷业主乘虚而入，大量盗版私印"历书"。文宗大和九年（835），东川节度使冯宿上报朝廷，说是在剑南东、西两川及淮南道等地区，发现有大量民间私印"历书""日鬻于市"，充斥了市场，甚至每年还未等到司天监发布颁行，民间私印的新年"历书""已满天下"。可见这时候"盗版书"已经泛滥成灾了。

还有史料反映，当时民间"盗版书"因技术水平有限而常出问题。《唐语林》卷七记述了一个案例。当时京城动乱，皇帝逃到剑南一带，官印"历书"不能普及，导致在江东一带私印"历书"泛滥。然而这些"历书"印刷粗劣，竟然出现不同印家印刷出来的"历书"所标识的大、小月相互矛盾，百姓邻居依据不一，各执己见，甚至发生纠纷。由于后果严重，朝廷多次下令"禁断"私人印刷"历书"，但是没有明显效果。

此外，据元稹为白居易诗集撰写的序言所说，早在白氏自己结集之前，他的诗歌早已被人纂辑起来，雕印成册在市面上到处叫卖，而高丽、日本等国使者每来中国，最重要的任务就是到市面上求购白居易、刘禹锡等著名诗人的诗集。这些未经作者同意而私自印刷出版的诗集，应该属于性质更为严重的"盗版"行为，只是当时还没有知识产权的概念，诗人们见到这种情况不但没有将其上告法庭，反而因为自己的作品受到欢迎而引以为荣。

（刘永连）

41

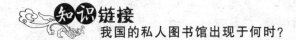
知识链接
我国的私人图书馆出现于何时？

唐代图书事业大发展的一个突出表现是，民间私人图书馆

问吧
九

开始出现了，从此开了私人藏书的先河。在唐代以前，历代图书都是主要由官府掌握，民间是不允许大量藏书的。在某些时代，如秦朝，甚至采取"焚书坑儒"的手段来取缔私人藏书。同时这时图书都是由人逐本抄写，极为不易，所以即使官府藏书量也极有限。唐朝时期就不同了。在印刷业发展的基础上，官府藏书有了重大发展，秘书监藏书量达数十万卷，数倍于隋朝时期的规模。同时由于文化政策开明，民间印刷业也很发达，私人藏书飞速发展。韩愈有诗描绘说，在老朋友邺侯家里，曾经是"插轴三万卷"，可见这一家藏书就有三万卷之多。唐朝末期，眉州有著名的"孙家书楼"，藏书量在四川地区首屈一指。（刘永连）

18

人类"文明之母"指的是什么东西？

印刷术和指南针、火药、造纸术共称为中国古代的四大发明。印刷术的发明可以分为两个阶段，第一个阶段是从隋代开始出现，到唐代达到极盛的雕刻印刷术，第二个阶段就是宋代开始出现的活字印刷术。印刷术的发明是我国古代劳动人民智慧的象征，它对人类文明的贡献是不可估量的。

在印刷术发明之前，文化的传播主要靠读书人用手抄书，不仅浪费时间，而且还容易出错，在很大程度上阻碍了社会文化的发展。隋代，出现了最早的印刷术——雕版印刷术。这种印刷方法是用刀在一块块木板上雕刻成凸出来的反写字，然后涂上墨，印到纸上。雕刻出来的每一块版都可以重复使用，印制大量的书籍，这样就使书籍的复制和传播变得相对容易。但是，雕版印刷都是整版的雕刻，每印一种新书，就要重新雕刻，一旦在雕刻过程中出现错误，就要毁掉重刻，因此，这种工作非常繁难而且速度很慢。北宋时期，在雕版印刷的基础上，发明了活字印刷术。这种印刷方法是用木头、泥块或者金属等材料先雕刻成一个个的单字,等到印刷的时候再根据书籍内容的需要进行组合印刷,这就大大提高了印刷效率。

印刷术的发明使印刷出来的书籍数量大增,从五代开始,中国就已经形成了官府刻书、坊间刻书和私人刻书三大刻书系统,出现了许多著名的刻书中心、刻书机构和刻书家,他们对中国文化的保存、积累、传播、交流都起到了巨大的作用。同时,印刷术还对世界文明的发展起到了推动作用。早在雕版印刷术发明不久,唐代的雕版印本就传到日本以及其他东方邻国,15世纪,活字印刷术又传到欧洲,改变了欧洲只有僧侣才能读书和受高等教育的状况,对于欧洲的文艺复兴、西方近代印刷术的产生和发展,以至整个世界文化的发展和传播都产生了深远的影响。因此,印刷术又被称为世界"文明之母"。(王晓丽)

知识链接

中国古代的书籍是从什么时候开始讲究版本的呢?

在印刷术发明之后,书籍就被大量地复制印刷,在文化传播的进程中起到了不可估量的作用。在中国古代,印刷术主要是雕版印刷和活字印刷,这两种印刷方法都需要先刻字,后印刷,人们习惯上把这样印刷出来的书籍称为"刻本"。一般来说,唐以后的刻本可以分为由朝廷或者是其他国家机构出资刻印的官刻本、由各地书商以盈利为目的自行刻印的坊刻本和私人自己刻印的私宅刻本等等。在唐代,雕版印刷的刻本主要以寺院刻本和坊刻本为主。

除了寺院刻经之外,在坊刻本中,根据对保留到今天的屈指可数的唐代印刷品的研究,可以知道当时的刻家有"龙池坊卞家"、"成都府樊赏家"、"西川过家"、"京中李家"等。如20世纪40年代在成都望江楼附近的唐代墓葬中出土的《陀罗尼经咒》,其上文字隐约可见"成都府"、"龙池坊卞家"等字样,这也是我国现存年代最早的印刷品。另外,敦煌遗书中的《剑南西川成都府樊赏家历》,带有"西川过家真印本"字样《金刚般若波罗蜜经》等都给我们提供了当时刻书名家的资料。由此可知，四川的印刷业在当时是盛极一时的。据唐代柳玭《家训序》记载，唐僖宗中和三年（883），随僖宗入蜀的中书舍人柳玭在成都"阅书于重城之东南，其书多阴阳杂记、占梦相宅、九宫五纬之流，又有字书小学，率雕版印纸"，可见这一时期成都坊刻的内容已经十分丰富。实际上，唐代中叶以后，坊刻书商就已经遍布四川、安徽、江苏、浙江等地，并出现了一批以印卖诗文、历书、字书、阴阳杂记为业的人，这些书坊的刻本，也随之销往敦煌等蜀地之外的广大地区。（王晓丽）

19 世界上最早"量地球"的人是谁？

僧一行，俗名张遂，是唐代著名的天文学家，与祖冲之、张衡、李时珍齐名于世。他也曾翻译过多种印度佛经，成为佛教密宗的领袖。

唐高宗咸亨四年（673）一行出生于魏州昌乐（今河南濮阳市南乐县）。他刻苦好学，青年时期就精通天文、历法。开元五年（717），一行来到京都长安，在长安生活了十年，于开元十五年（727）逝世。十年中他致力于天文研究和历法改革，做出了突出的贡献。

开元九年（721），唐玄宗命令一行主持修订历法。一行主张在实测日月五星运行情况的基础上编制新历。他和机械专家梁令瓒一起，创制了黄道游仪、水运浑天仪等大型仪器。黄道游仪是浑仪的一种，用来观测日、月、星辰的位置和运行情况。一行等以新制的黄道游仪观测日月五星的运动，测量一些恒星的赤道坐标和对黄道的相对位置，发现这些恒星的位置同汉代所测结果有很大变动。水运浑天仪（浑象）是用水力驱动的能模仿天体运动的仪器，类似于现代的天球仪。这个浑象附有报时装置，可以自动报时。

　　开元十二年(724)，一行发起和组织了一次大规模的天文测量活动。测量内容包括春分、秋分、冬至、夏至正午时分八尺之竿(表)的日影长、北极高度(天球北极的仰角)以及昼夜的长短等等。根据测量数据，一行计算出：北极高度差一度，南北两地相隔三百五十一里八十步，合现代的长度是151.07公里。这个数据实质上就是地球子午线(经线)上一度的长，虽然不十分精确，却是世界上大规模测量子午线的开端。国外最早实测子午线的是阿拉伯天文学家阿尔·花刺子模等人在公元814年进行的，晚于一行九十年。所以说一行是世界上最早"量地球"的人。(李晓敏)

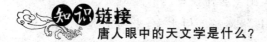

唐人眼中的天文学是什么？

　　唐代的天文学是以星占为主体和依托的，担负着上天和皇帝之间的"联络人"角色。对于唐代的人来说，根本没有什么专门的"天文学"一说，天文就是星占，星占就是天文，二者没有什么根本的区别。唐代的天文官员叫"太史令"，他的职责就是观察日月星辰的变化，风云气色的变异，判断这些变化的祥瑞与否，以此来警示和告诫皇帝要修善政，止恶行，达到统治的长治久安，归根到底是为政治服务的。星占在唐代政治生活中有着积极的作用，朝野上下对星占学的政治功能是深信不疑的。

　　中国有以"天人感应"为基础的传统星占学，唐代的星占学就是在此基础上发展起来的。在古人眼中，日月星辰、草木鱼虫、风云雷电的变化都有占卜的意义。如日食和月食，今天看来就是自然现象而已，在唐代大天文学家李淳风的眼里，却与国家的政治兴衰密不可分。唐代的文献中也留下了不少当时占卜的记录。

　　初唐著名的天文学家和星占家李淳风，曾经制造了新型的浑天黄道铜仪，并著有《法象志》7卷，他的另一部著作《乙巳占》

45

10 卷是一本天文星占作品，摘编了许多现已失传的古代星占著作的片断，包括天文、气象、星占，内容很广泛。

20 "跳龙门"是哪个朝代的典故？

"跳龙门"是唐朝一个典故。龙门就是现在洛阳南郊约 13 公里的伊河两岸，此处东西山对峙，伊水中流，远望如天然门阙，古称"伊阙"。传说很久以前龙门还未凿开，龙门山将伊水阻挡住，山南形成了一个大湖。居住在黄河的鲤鱼听说龙门山风景秀丽，想去观光，便通过洛河游到伊水中，来到龙门山下。但龙门山高，无水路可走，鲤鱼们便商议跳过龙门山，其中一条大红鲤鱼自告奋勇，率先起跳。它纵身一跃跳到半空中，夹杂着云雨向前冲，途中还被天火烧了尾巴，最终战胜了困难，跃过了龙门山落到山南的大湖里面，瞬间变成了一条龙。伊水中的鲤鱼们看到大红鲤鱼的情形被吓坏了，都不敢跳。天空中突然出现了一条龙，自称是大红鲤鱼的化身，鼓励它们都跳过去成为龙。鲤鱼们便纷纷跃起，向龙门山跳去，可是只有少数能够过去，跳不过去的从空中摔下来，额头上就落下一个黑疤，至今我们仍能在鲤鱼头部看到这个黑疤呢！唐朝大诗人李白就作诗咏叹此事："黄河三尺鲤，本在孟津居。点额不成龙，归来伴凡鱼。"同时《埤雅·释鱼》有云："俗说鱼跃龙门，过而为龙，唯鲤或然。"清代李元《蠕范·物体》则说得更为翔实："鲤，昔者每岁季春逆流登龙门山，天火自后烧其尾，则化为龙。"

不过，跳龙门在唐代还有另外一层意思。当时科举制度基本完善起来，天下士子们为高中科举而寒窗苦读，希望由此跻身仕途。据说由于千万士子趋之若鹜，每年的科举考试都十分热闹，曾惹得太宗皇帝兴奋异常，大手一挥豪迈地说："天下英雄入吾彀矣！"然而另一方面问题是，想中科举十分不易，特别是进士

福建省莆田市鳌山村雁阵宫屋顶的塑雕"鲤鱼跳龙门"

科目,每次都是按照百分之一二的比例录取,难度不亚于鲤鱼跳龙门。不过考中进士之后,这些士子就会身价倍增,高官得做,倒也是一般人不敢企望的。因此,人们便用"鲤鱼跳龙门"比喻进士及第,暗指其绝高的难度和士子前后截然不同的生活境遇。同时借用李白诗句中"点额而还"一词比喻科举考试中名落孙山的人。之后上千年间也确实有无数读书人鼓足勇气试跳"龙门",甚至不惜终身困顿科场。(刘永连)

知识链接
中了进士就能做官吗?

我们通常以为进士及第就像是"鲤鱼跳龙门"一般荣耀非凡,做官自然是水到渠成。可是在唐朝,中进士并非如此,不能直接做官。在唐朝的科举中通过了礼部试,即可获得"进士"的称号,只相当于有了出身,获得了做官的资格,要想获得官职还要通过吏部专门的选官考试,称为"吏部试",主要考察体貌、言词、书法、判案等能力,其中以判案最重要,四个方面都合格才可脱去白衫,穿上官服等待朝廷任命,称为"释褐"。进士还可以参

47

加贤良方正、直言极谏、博学宏词等制科的考试，通过的也可以授官。还可以先去各节度使那里做幕僚，经过了一段时间争取保举为官。比如韩愈三次经过吏部试都没有通过，他给宰相写信也没有被理睬，只得去节度使董晋那里做幕僚。有些进士没有门路，甚至及第后一二十年都没能做官。这一点与后来不一样，宋明清朝的科举中，只要参加殿试，就不会被淘汰，只是排一下名次，都可以获得"进士"称号。前几名如状元、榜眼、探花会被立刻授予高官，其余的进士只需等待，一般也可以获得官位。（刘永连）

21 进士第一名为什么称作"状元"或"状头"？

首先从其字面意思直接理解，所谓"元"或"头"，同"首"或"始"，实为"最高"和"第一名"的意思。那么，为什么前面用"状"字修饰而非其状呢？这就与科举考试的某些具体程序有关了。

安徽歙县槐塘村"丞相状元坊"

在科举考试过程中，礼部试是中间最重要的一关。在应考礼部试之前，举子们（地方选送的称"乡贡"或"贡生"；京城官学里的称"生徒"）必须先到礼部递送个人介绍资料，或叫说明身世和近况的书状，名为"投状"。因此考后成绩第一名就是投状者中的最高者，所以称为

"状元"或"状头"。

另有一种说法，经过评阅考试卷子，考生成绩要发榜公布。据说发布的皇榜是用卷轴式的麻纸或绸帛制成，可以打开挂在墙上。榜上书写及第人名次，第一甲三名位置居上，而第一名位置最靠前，处于皇榜最高处。故而，进士及第第一名称为"状元"、"状头"，又称"榜首"。

还有人认为，所谓"状元"，可以理解为考试卷的第一份，当然也是成绩最好的。

除此之外，由于在唐代甚至宋初，进士及第的第二名、第三名的名头还没有确定，第二名所谓"榜眼"、第三名所谓"探花"与第一名作为第一甲同样位于榜首，故而又可以同时称为"状元"。大致到了南宋时期，"状元"才真正固定在第一名上。这又是不少人所不曾了解的。（刘永连）

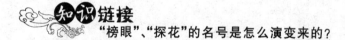

知识链接
"榜眼"、"探花"的名号是怎么演变来的？

"榜眼"和"探花"，现在一般认为分别是科举考试中进士考试名列第一甲第二名和第三名的称号，不过原来并非如此，而是经历了一定阶段演变来的。

在唐代，进士考试还没有"榜眼"的名号，而只有"探花"的名号。不过，"探花"当时称为"探花使"，与第三名也没有任何关系。它不是考试名次的标志，而是从当时进士及第后深受皇帝恩顾的趣味活动中产生出来的。进士及第后，朝廷一般会安排新进士们登临大雁塔、游玩曲江池等活动。在游玩了曲江池之后，皇帝要在曲江池边的杏林里摆设盛宴，招待这些荣登龙门的士子们。在杏林宴上，其中一个活动节目就是要在新进士中推选一个年轻英俊的小伙子，到皇家禁苑里采摘鲜花，以烘托宴席气氛。这位经过皇帝特许可以进入皇家禁苑的年轻进士号称"探花使"，往往被皇家或高官贵族看中而招为乘龙快婿，并且由于当时百姓围观人山人海，这种显眼的活动会赢得极大荣耀，所以成为新进士得意之处。这样，"探花"的名目就流传下来。

49

到了北宋，殿试成为必经的一次考试，皇帝钦点第一甲前三名（第一甲称为"进士及第"，第二甲、第三甲分别称为"进士出身"、"同进士出身"）。第二名、第三名分列状元左右，犹如其两眼，故而也称"榜眼"。也有人认为，其实"榜眼"与皇榜张挂的位置有关，因为书写第二名的两侧正好是皇榜卷轴挂钉的地方，犹如两眼，故称"榜眼"。不过这时候"榜眼"和"探花"的名号显然都还没有稳固确定在第二名和第三名上。

再到南宋，"榜眼"和"探花"才确定为进士考试第二名、第三名的名号，并与第一名亦即"状元"合成"三鼎甲"。不过，它们自始至终只是社会上对第一甲进士及第前三名的俗称，一般在礼部唱名和放榜时都还是称作进士及第第一名、第二名和第三名。

（刘永连）

22 "连中三元"是哪"三元"？

"三元"是我国科举制度的产物，是解元、会元、状元的统称，最早产生于科举制度完善起来的中晚唐时期。

不过，在唐朝时候尚无"三元"之说，只是有了与此类似的"三头"的讲究。读书人首先参加由地方府州举行的选送资格考试，考试合格者称乡贡进士，第一名称为"解头"或"解首"。然后参加中央举行的全国考试，考中者一律称为进士出身，其中的第一名称"状头"。唐代又把各种"制科"考试的第一名称为"敕头"。例如唐宪宗元和九年的"状头"张又新，之前是京兆府"解头"，到了元和十二年，又应博学宏词科得第一名，一时被人们称为"张三头"。在唐代，科举取士中三级考试制度已经基本完善，以后宋、元、明、清都是沿袭着一套制度来执行的。从这个意义上说，这"三头"之说尽管文字上与"三元"略有差异，但实质上大体一致，"连中三头"可以算作是"连中三元"的早期雏形。

宋代以后就出现真正意义上的"三元"了。读书人首先要在县、府参加考试，被录取者称为"生员"，俗称"秀才"。只有取得"秀才"称号，才可以参加以后的正式考试。正式考试也大致分三级，只是名称有所变化。首先是乡试，每三年在省府举行一次，考中的叫"举人"。吴敬梓笔下的《范进中举》描写的就是乡试

"连中三元"背魁星点斗铜花钱

的情形。举人中的第一名称为"解元"。然后是会试，这是礼部主持的考试。会试是在乡试后的次年春天的京城礼部举行。由举人参加，第一名称为"会元"。最后是殿试，是由会试的合格者参加。殿试是最高层次的考试，常由皇帝亲自主持。这一考试形式最早开始于武则天时期，不过多与皇帝临时下诏进行的制科相混。殿试合格者称为"进士"，分为三甲。其中一甲只取三名，第一名称为"状元"，第二名称为"榜眼"，第三名称为"探花"。二三甲分别取若干人。（刘永连）

知识链接
唐朝人做官要经过哪些程序？

唐代科举考试已经初步分为三级考试制度。首先要参加每年秋季府州主持的"乡试"，合格后才可能参加中央尚书省举行的省试。省试之前，先由地方长官于每年农历十一月把乡试录取名单报送尚书省，审核无误，办好证明。省试最初由尚书省吏部主持，唐玄宗开元二十四年移至礼部举行。每年暮春农历三月，省试在礼部贡院举行，因此被称为"春闱"、"礼闱"。省试分明经、进士等科，考试一直到夜深三只蜡烛燃尽才结束。

"省试"是科举考试的核心环节，这次考试影响面大，也最受社会关注。就其考试程序而言，明经科考试先考帖经，再考墨

义,最后考时务策。进士科在考帖经和墨义之后,还要加试时务策和杂文(指诗、赋而言)。从其录取情况来看,明经及第大概为十分之一二,进士及第只有百分之一二。当时人们用"三十老明经,五十少进士"来形容两者的难易程度。

省试考过后,主考官要把名单送到中书门下省宰相审定,然后才正式在礼部贡院前唱名并放榜。

不过,如果要做官,省试合格的士子们还要到吏部参加最后一次的选官考试,称为"吏部试",合格者才能授予官职。至此,一条"学而优则仕"的道路就算走到了终点。(刘永连)

23 "同年"就是同龄人吗?

唐代的"同年"跟年龄无关,指的是科举考试中同榜录取的人,他们之间互称同年。唐代称同中进士的人为同年,明清乡试、会试同榜登科者都称同年。顾炎武《生员论》有"同榜之士,谓之同年",类似今天的同学。

科举制是隋以后设科考试选拔官吏的制度,由于分科取士而得名。隋炀帝时开始设置进士科。唐代除进士科之外,又设置了秀才、明法、明书、明算等科,又有一史、三史、开元礼、童子、道举等科。武则天亲自举行殿试,并且增设了武举。各科之中,明经、进士两科成为唐代常科的主要科目,而其中进士科最为重要。唐高宗以后进士科尤其为当时人所重视,唐朝许多宰相大多是进士出身。

进士及第后,新科进士要凑钱举行庆贺活动,集体到杏园参加宴会,叫探花宴。还要选出两名少年俊秀的进士为探花使,在长安各大名园采摘各种名花,装点宴会。宴会以后,这些"同年"们还要同到慈恩寺的大雁塔下题名以显其荣耀,所以又把中进士称为"雁塔题名"。唐代诗人孟郊曾作《登科后》诗:"春风得意

马蹄疾,一日看尽长安花。"(李晓敏)

知识链接
及第的举子和考官之间是如何相互称呼的?

唐代科举常科考试最初由吏部考功员外郎主持,后改由礼部侍郎主持,称"权知贡举"。唐代省试一般都由礼部侍郎主持。公元689年,武则天亲自策问举人,这是由皇帝亲自主持省试,开了殿试的先河。中唐以后有时在长安洛阳两地同时举行省试,这时的主考官被称为"知两都"。对于及第的举子来说,主考官叫做"座主"、"座师",被录取的考生便是考官的"门生",还有"天子门生"的说法。宋太祖正式建立了殿试制度,即在吏部考试后,皇帝在殿廷之上主持最高一级的考试,决定录取的名单和名次。所有及第的人于是都成了"天子门生"。

门生一词可谓由来已久。东汉魏晋时期,想要进入仕途,主要通过察举、征辟,需要官僚举荐,所以一大批人为了追求功名利禄,投靠以儒学起家的官僚门下,充当门生,这种现象促进了门阀大族的形成和发展。门生与主人之间的关系非常紧密,为主人奔走服役,以君臣父子之礼事宗师举主,主子死了要服三年之丧,并继续侍奉其后人,形成一种世袭的臣属关系。

门生的含义到隋唐时期有了变化,科举考试中读书人如果考中举人或进士,就要拜本科的主考官为座主。而座主则称这些弟子为门生。虽然仍有投靠援引的含意,但是已不再是依附关系。而后世的门生,主要是指学术上的师承关系。

座主的称呼源于老师,但比老师更受尊重。因为座主兼有老师和仕途领路人的双重身份。座主一般都是朝中重臣,他们一旦掌握大权,便会提携重用自己的门生。门生对座主除了师生之间的道义,也含蕴了一些功利的因素。所以座主在门生心目中的地位是非常重要的。

科举制通过考试的方式将优秀的人才都吸纳到官僚体系中来,使大部分的读书人连接在了朝廷的战车上,让他们围着科考的指挥棒转,等于是围着中央政府在转。"太宗皇帝真长策,赚

得英雄尽白头"，说的就是这个意思。而这其中门生和座主的关系也起着很重要的作用。（李晓敏）

24 唐代的秀才和进士哪一个更难考？

"秀才"一词原来的意思是指"才之秀者"，也就是才能秀异之士。在汉魏两晋南北朝时期，"秀才"成为荐举人才的科目之一。唐初，科举考试的科目繁多。在常科所设的科目中，主要有"秀才"、"明经"、"进士"、"明法"、"明书"和"明算"等。其中"秀才科"被列在首位，是唐代科举的重要科目之一。不过这个科目存在的时间不长，到唐高宗永徽二年就被废止了。后来唐玄宗、唐代宗统治时期曾经有过几次短暂的恢复，但几乎都是昙花一现。

虽然秀才科存在的时间很短，但是在唐代的科举当中，秀才科的取士最为严格。据《唐六典》记载："其秀才，试方略策五条：文理俱高者为上上；文高理平、理高文平者为上中；文理俱平为上下；文理粗通为中上；文劣理滞为不第。"也就是说，秀才科只有一个考试项目，就是"方略策"五条。所谓的方略策，主要是论述圣贤治道、古今理体之类。要做好方略策，既要有博精的学识，又要有明晰的思辨；既要文采可观，

宋人绘制的科举考试图

又要理义精当,对于学子们而言,这是很难做到的。《唐六典》注中就说"此条取人稍峻,自贞观后遂绝"。事实上,从唐高祖武德年间到唐高宗永徽年间,每年考中秀才科的不过一两个人,可见秀才科之难考。

与如此难考的秀才科相比,唐代的进士科更受学子们的青睐。唐代人封演在《封氏闻见记》中说道:"国初,明经取通两经,先帖文,乃按章疏试墨策十道。秀才试方略策三道。进士试时务策五道。考功员外职当考试。其后举人惮于方略之科,为秀才者殆绝,而多趋明经、进士。"可以看出,虽然秀才和进士科都是考学子们的策论,但是秀才科的方略策比起进士科的时务策要难多了。

当然,秀才科虽然难考,但是一旦考中,地位也是极为崇高的。据《新唐书》志第三十四记载:"秀才上上第正八品上,上中第正八品下,上下第从八品上,中上第从八品下,明经上上第从八品下,上中第正九品上,上下第正九品下,中上第从九品下,进士、明法甲第从九品上,乙第从九品下。"也就是说,考中秀才科的人所获得的官职品阶要比考中进士的高很多。(王晓丽)

知识链接
唐代为什么会有"三十老明经,五十少进士"的说法呢?

除了取人极少的秀才科之外,在唐代的其他科举考试科目中,明经和进士科是最受重视的科目了。而这两者相比较,进士科又比明经科难考得多。

首先,从考试内容上来看,明经科的考试内容主要包括帖经和墨义。帖经一般是摘录经书的一句并遮去几个字,让考生填充缺掉的部分;墨义则是关于经书文章的问答。这两个部分考的大都是考生的背诵功夫,只要熟读经传及其注释,一般都能通过考试。进士科的考试内容虽然也有帖经,但主要的却是要求考生就指定的题目创作诗、赋,或者是时务策。这就要求考生有相当的文学功底,并能够充分发挥自己的个人能力,对于当时的

学子们来说，这是很不容易的。正如封演《封氏闻见记》中所说："（进士）策问五道，旧例，三通为时务策，一通为商，一通为征事。近者商略之中，或有异同，大抵非精博通赡之才难以应乎兹选矣。"

其次，就每年考中的人数来看，进士科也比明经科难考得多。据《通典·选举三》记载："其进士大抵千人，得第者百一二，明经倍之，得第者十一二。"也就是说，进士科每年应举的人数很多，大概在一千人左右，但是能够被录取的人很少，不过一二十人，而明经科的录取比例则要高出进士科十倍之多。

由于明经科的考试内容简单，录取人数较多，因此比较容易考取，经由明经科入仕的年龄也就偏低，如果三十岁考中明经，就会被人耻笑为"老明经"了；而进士科相对来说比较难考，再加上应举的人多，录取的人数较少，大多数应考的人是终身不第的，所以就算五十岁能考中进士也还算年轻，可以被称为"少进士"。这也就是唐代人所谓"三十老明经，五十少进士"的由来。

（王晓丽）

25 为什么说学士比博士级别更高？

我们知道，博士与学士指的是两种学位。学士作为一种学位名称，分为理学学士和工学学士等等，由国务院授权高等学校授予。高等学校本科文凭毕业生，成绩优良，达到规定的学术水平者，授予学士学位。博士则是指的学位中最高的一级。然而，最初的学士和博士却不是这个意思，它们是要分级别的，那么谁的级别更高呢？

"博士"最早是一种官名，始见于战国时代，负责保管文献档案，编撰著述，掌通古今，传授学问，培养人才。秦有七十人，汉初沿置，秩为比六百石，属奉常。到了唐朝，博士多指官学里的主讲学官;有时也把精通某种职业技术的人称之为"博士",如"医学博士"、"算学博士"等。《唐会要》卷66记载:"其国子、太学、四门三馆,各立五经博士……旧博士省称。"太常寺博士掌五礼之仪式,《旧唐书·职官志》记载:"博士四人,从七品上……博士,掌五礼之仪式,本先王之法制,适应随时而损益焉。"

汉画像石《五经博士讲说图》

学士一称最早出现于《周礼》,是指那些在学校读书的人。唐初开文学馆,以大臣十八人兼学士,讨论文典,号称十八学士;又置弘文馆学士,讲论文义,商量政事。开元十三年(725)置集贤院学士,撰集文章,整理经籍。开元二十六年(738)又置翰林学士,掌起草诏令,沿袭至明。唐东宫还有崇文馆学士,掌经籍图书,教授生徒。

学士和大学士差距很大,学士大多是舞文弄墨、实权不大的官员,可是大学士的地位就非同一般了。唐、宋时,"学士"前加"大"的可都是宰辅重臣。到了清代,大学士成为文臣的最高职位,官至正一品。由此显而易见,按官职级别,学士要明显高于博士了。(刘永连)

知识链接
唐代文雅与饱学之士受重视吗？

文化的繁荣往往更能体现文学之士的重要性，因而往往得到足够的尊敬和优厚的待遇。这些在唐朝充分表现出来。

唐朝政府不但以发展完善科举制度的举措给天下所有读书人以仕进和富贵的门路，而且把上层水平最高的文雅和饱学之士摆放在崇高职位，让整个社会可望而不可即。例如，在唐朝初年，李世民在做秦王时就创建文学馆，罗致天下饱学之士，最后得房玄龄、杜如晦等十八人并为学士，号称"秦王府十八学士"。这些人是李世民争取和掌握国家的文臣核心班子，部分成为宰相。李世民还命阎立本画像，褚亮作赞，题十八人名号、籍贯，将其收藏在宫中秘府。社会上反映是"时人倾慕，谓之登瀛洲"。瀛洲者，仙山也，将这十八学士比作升仙之人，可见其地位之崇高清要。

清人孙祜等绘《唐十八学士图》

开元年间，文化达到鼎盛，翰林院作为一种专门安置饱学之士的官僚机构固定下来。该院作为独立机构特设于皇宫之内，由皇帝遴选擅长词赋的可靠文臣充职入居，主要职责是代皇帝起草诏制，官名分为翰林学士、翰林待诏。翰林学士们日常跟随在皇帝身边，为皇帝近臣。其中翰林承旨作为翰林学士之首，可以参与国家机密大事，权势独立甚至凌驾于三省六部之上。到唐朝后期，翰林学士本身在很大程度上分割了宰相职权，可以视同宰相，也能转至三省任宰相职位，专有起草任免将相大臣、号令征伐大事、宣布大赦天下等重要诏敕，可谓位高权重。（刘永连）

26 "员外"是对土财主的称呼吗？

在唐代，职事官包括正员官和员外官。所谓的"员外官"，也就是正式编制以外的官，实际上只是编制以外的虚衔，不是正式的官员。员外官的设置是从武则天统治时期开始的，为了广揽人才，武则天发展和完善了科举制度，允许自举为官、试官，并设立员外官。据《唐会要》记载："员外及检校试官斜封官，皆神龙已后有之。"神龙二年（706），自京城至各州，共设置了两千多名员外官，还在宦官中破格提拔了七品以上的员外官近千人。之后，唐中宗统治时期又以"斜封"的形式任命了大量的员外官。员外官的设置，正是导致唐朝官僚机构膨胀的因素之一。

唐玄宗即位以后，下诏罢除所有的员外官、试官和检校官，并对以后这三种官的任命做出了明确规定。据《唐会要》卷67《员外官》记载："员外及检校试官斜封官……开元大革前事，多已除去，唯皇亲战功之外，

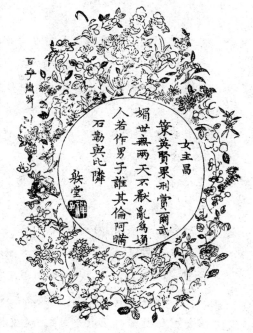

清人《无双谱》中武则天赞词

不复除授。今则贬责者，然后以员外官处之。"从这条记载可以看出，从唐玄宗开元以后，员外官就主要由被贬的官员充任了。据《旧唐书》记载，开元二年（714），唐玄宗下诏贬官，"诏曰青州刺史韦安石、太子宾客韦嗣立、刑部尚书赵彦昭等……宜从谪官之典，以励事君之节。安石可沔州别驾，嗣立可岳州别驾，彦昭可袁州别驾，并员外置"。此后，唐代官吏罪过较重者往往被贬为员外官。

随着时间推移和官制改革，明朝以后，员外官成为一种闲职，更与财富联系在一起，只要肯花银子，地主和商人都可以捐一个员外官来做。"员外"也就渐渐成为土财主的代名词了。

（王晓丽）

知识链接
唐朝为什么会有"斜封官"？

唐代的政治制度实行三省六部制，正常情况下，在任命普通官员的时候，要先经尚书省的吏部铨选，然后交付门下省审核，再由中书省起草任命的敕书，门下省盖印，最后下发吏部任命。通过这一系列程序正常下发的敕书，一般都用黄纸朱笔书写，正封。然而，在唐中宗统治的时候，却出现了墨笔斜封的敕书，通过这种敕书被任命的官员也就被称为"斜封官"。

武则天神龙二年（705），宰相张柬之等联合禁军将领，乘武则天病重之机，发动了宫廷政变，逼武则天让位给李显，也就是唐中宗。中宗复位之后，张柬之等人遭到排斥，韦皇后和安乐公主把持朝政，卖官鬻爵，造成了更加腐败的政治局面。据《资治通鉴》记载："安乐、长宁公主及皇后妹郕国夫人、上官婕妤、婕妤母沛国夫人郑氏、尚宫柴氏、贺娄氏、女巫第五英儿、陇西夫人赵氏皆依执用事，请谒受赇，虽屠沽臧获，用钱三十万，则别降墨敕除官，斜封付中书，时人谓之斜封官。"《新唐书·选举志》也记载说"中宗时，韦后及太平、安乐公主等用事，于侧门降墨敕斜封授官，号'斜封官'，凡数千员"。这里提到的"斜封官"就是不经两省审议签署，由皇帝直接任命的官员。为了与正常任命的官员相区别,这些"斜封官"一般都被冠以员外、同正、试、摄、检校、判、知等五花八门的头衔,他们的任命状也都改用墨笔书写,装敕书的封袋改用斜封,以便条的形式从侧门送到中书省直接下发吏部执行。

显而易见,"斜封官"的出现扰乱了正常的国家行政秩序,给当时的朝政带来了不小的负面影响。但是,惮于韦后和安乐公主等人的势力,三省官员大都对"斜封官"的存在不予过问,只向有关部门传达而已。据《资治通鉴》记载,当时只有吏部员外郎李朝隐拒绝执行这种墨敕任命,"前后执破一千四百余人,怨谤纷然,朝隐一无所顾"。一直到了唐睿宗景云元年(710),在姚崇、宋璟等人的建议下,中宗时任命的斜封官几千人才被悉数罢免。(王晓丽)

27 太子洗马和马有关系吗?

太子贵为储君,身边侍奉之人几乎可拟大内,干什么的都有。其中有"太子洗马"一职,颇能引人遐想:它和马有关系吗?这个官到底是干什么的呢?

应该说,太子洗马一职在早期倒也确实与马有关,不过并非从事洗马的粗活。早在秦代时该职就已设立,最早为太子太傅、少傅的属官。太子洗(xiǎn)马,也就是"太子先马"、"太子前马",意思是在太子马前驱驰,是太子的侍从官,职位如同谒者,是太子出行时的前导。

晋以后太子洗马的职务发生了变化,变为专掌东宫图书的属官。梁、陈时该职属于太子手下的经典局,到了隋唐时改属东宫司经局。此时的太子洗马在司经局中设有两人,官职是从五品下,主要掌管四库图书的缮写和编辑之类的工作。显然这时候太子洗马已经与马没有任何关系了。

太子洗马，官位虽然不高，职责也有所变化，但是自秦至清都一直存在。尽管人微言轻，但毕竟是太子心腹，有时也可以在政局中起到一定作用。例如唐代著名的"谏臣"魏徵就曾做过隐太子李建成的太子洗马，并为他出谋划策。（刘永连）

知识链接
太子东宫里为什么要配备庞杂的官僚体系？

太子号称"储君"，是未来的皇帝，地位仅次于在位的皇帝，其文化素质和政治才能关系到王朝的兴衰和皇位的传承，因此历朝历代对太子的成长和发展尤为重视，为其配备一系列属官，又称东宫属官。

章怀太子墓壁画《狩猎出行图》

东宫属官基本上是仿照朝中百官的结构体系来设置的。首先，为了从各个方面确保太子自小就受到良好而又全面的教育，使其成为才、学、识、德均足以君临天下的皇储，早在夏、商、周三代，就仿照皇帝身边高层顾问团的结构形式，为东宫设置了太子太师、太子太傅、太子太保和太子少师、太子少傅、太子少保，合称"太子三师"、"太子三少"或"东宫六傅"，多选德高望重、声誉卓著的朝中重臣担任，具体负责训育和教导太子。《唐六典》规定，作为六傅之首，"太子三师，以道德辅教太子者也"，皇太子每天的"动静起居，言语视听"，都必须向三师汇报，遵守三师的教导。

其次，由于太子在某些特殊时期如皇帝亲征、皇位悬虚等情况下，要代替皇帝管摄朝政，称为"太子监国"，这样就必须保证太子可以随时运转行政机构。而东宫属官往往是其登基后实施朝政的组织基础，必须具备中央政府的基本机制。为此，东宫仿照三省六部设立太子詹事府和左右春坊等机构。太子詹事府模仿尚书省组织，设立设置太子詹事、少詹事各一人，专掌东宫诸机构的政令，府内仿照六部诸司设丞、主簿、录事、司直等官员。左、右春坊相当于中书、门下二省，分别设置左、右庶子和太子中允、太子舍人各二人，以署理宣传令言、规谏驳议等诸多政事。

再次，还设有家令、率更和仆寺等三寺，制比大内诸司、监，掌管东宫日常后勤杂事。同时，东宫还配备十率府武官，负责东宫的仪仗、警卫、巡视等工作。

庞杂的东宫属官体系是太子模仿皇帝掌理朝政的象征，强化了太子特殊的崇高地位。同时还显示出皇帝有意识地特许并提供太子接触百官的机会（历代规矩一般不允许亲王、后妃等接触百官和干预朝政），以便为其即位亲政积蓄必不可少的经验和力量。（刘永连）

28 唐代官员晋级为什么要举办"烧尾宴"呢？

唐代前期社会安定，经济发展，文化繁荣，反映在饮食文化上，就是宴饮文化的发达，而著名的"烧尾宴"更是集中体现了这种繁荣与发达。唐代的"烧尾宴"是唐中宗时候开始的一种为庆贺举子及第或者是官员晋级而举办的宴会。据封演的《封氏闻见记》："士子初登荣进及迁除，朋僚慰贺，必盛置酒馔音乐，以展欢宴，谓之'烧尾'。"《辨物小志》则说："唐自中宗朝，大臣拜官，例献食于天子，名曰'烧尾'。"

在唐代，最著名的"烧尾宴"莫过于唐中宗景龙年间，韦巨源"官拜尚书左仆射"的时候，在家中为宴请唐中宗举办的那一次

63

了。五代宋初时人陶谷所作的《清异录》中记载了韦巨源举办"烧尾宴"时所留下的一份不完全的食单，其中包括五十八种菜点的名称和部分后人的注解，给我们展示了唐代社会上层饮食的奢华以及唐代高度发达的饮食文化之一斑。唐代的"烧尾宴"虽然盛行一时，但是持续的时间并不长，据《旧唐书·苏瓌传》记载："公卿大臣初拜官者，例许献食，名为烧尾。瓌拜仆射无所献。后因侍宴，将作大匠宗晋卿曰：'拜仆射竟不烧尾，岂不喜耶？'帝默然。瓌奏曰：'臣闻宰相者，主调阴阳，代天理物。今粒食踊贵，百姓不足，臣见宿卫兵至有三日不得食者。臣愚不称职，所以不敢烧尾。'"从此之后，"烧尾宴"即不再举行。

唐代这种为及第举子和晋级官员庆贺的宴会之所以被称为"烧尾宴"，自古以来有几种解释。封演的《封氏闻见记》中说："说者谓虎变为人，惟尾不化，须为焚除，乃得成人，故以初蒙拜受如虎得为人，本尾犹在，体气既合，方为焚之，故云烧尾。一云新羊入群，乃为诸羊所触，不相亲附，火烧其尾则定。"《太平广记》收录的《三秦记》则记载了鲤鱼跳龙门的传说，"龙门山，在河东界。禹凿山断门一里余，黄河自中流下，两岸不通车马……每岁季春，有黄鲤鱼自海及诸川争来赴之。一岁中登龙门者不过七十二。初登龙门，即有云雨随之，天火自后烧其尾，乃化为龙矣。"当然，无论是虎变成人，新羊入羊群，还是鲤鱼跳龙门，都是用来比喻举子和官员们社会地位一朝发生急剧变化，即将飞黄腾达的。（王晓丽）

知识链接
唐代进士宴会为什么叫做"曲江宴"呢？

进士宴会随着科举制度的确立而出现，从唐代开始，一直到明清时期，都有专门给新科进士举办的宴会。唐代的进士宴会名目很多，其中最为著名的就是在长安城东南的曲江边上进行的宴游了，因此，唐代的进士宴会又叫做"曲江宴"。

最初，科举考试张榜之后，朝廷都要在曲江边上为落第的举子们安排一场安抚性质的告别宴会。但是后来，这种宴会的性质渐渐发生了变化，变成了以及第的进士为主，另外还有很多高官参加的具有喜庆性质的宴游活动。这些宴游活动根据内容的不同，有着各种各样的名目，如大相识、次相识、小相识、闻喜、樱桃、月灯阁打毬、牡丹、看佛牙、关宴等等。

在这些宴游活动中，有朝廷下诏召集新进士们聚于曲江的闻喜宴会，也有新科进士们自己出钱组织的各种各样的宴会。尤其是到了中晚唐的时候，长安专门有"进士团"来负责筹备这种宴会。进士团主要由长安当地的一些闲散人员组成，设置录事、主宴、主酒、主乐、主菜等职位，专门负责组织进士们的宴游活动。他们往往是在当年的宴游一结束的时候，就开始筹备第二年的宴游活动了。当时的进士宴会办得非常豪华，据王定保《唐摭言》记载，在曲江宴上，进士们"竞车服之鲜华，骋杯盘之意气"，尤其是在饮食方面，"四海之内，水陆之珍，靡不毕备"。参加曲江宴的，除了刚刚及第的进士们之外，还有当年的主考官，朝廷里的公卿贵胄及其家眷，有时皇帝也会通过宫中的复道来到曲江边上的紫云楼观宴。在这场盛大的宴游活动中，新进士们恣意欢宴游乐，而公卿将相则借机为自己的女儿挑选乘龙快婿。王定保《唐摭言》里就提到"其日，公卿家倾城纵观于此，有若中东床之选者，十八九"。在每年进士宴会举办的同时，长安的曲江也随之名满天下。（王晓丽）

29 唐代官员的工作餐为什么称作"廊下食"？

廊下食起源于唐代，开始于唐太宗贞观年间，是基于朝参百官的实际需求而设立，并逐步完善的一种早朝礼仪形式。在唐代，参加早朝的百官凌晨就要起床上朝，来不及吃饭，如果退朝稍晚就会饿肚子。唐太宗贞观四年（630）十二月，下诏"所司于外廊置食一顿"，也就是说在早朝之后，朝廷有关部门要在朝堂外廊设食招待朝官一顿，以示优劳。因为这顿饭是在朝堂外的廊庑之下进行，所以又称"廊下食"。廊下食由官署供给，属于早朝仪式的一个组成部分，因此在廊下食的过程中有相当严格的礼仪规定，官员如果有"行坐失仪语闹"等行为，就要被罚掉一个月的俸禄。廊下食之后，官员们都回到本部门料理公务，若"百司无事，至午后放归"，整个朝参才算结束。

在唐代，百官廊下食的等级规格、四季差别、节日追加等都有严格的规定。据《唐会要》记载，唐睿宗景云二年（711），朝廷下诏"常参官职事五品以上及员外郎供一百盘，羊三口，余赐中书门下供奉官及监察御史、太常博士，百官六参日、节日加羊一口，冬月量造汤饼及黍臛，夏月冷淘粉粥，枣、栗、荔枝、桃、梨、榴、柑、柿等"，六品以下参与廊下食的官员，节日的时候也有加餐，"寒食加饧粥，正月七日、三月三日加煎饼，正月十五日、晦日加糕糜，五月五日加粽，七月七日加斫饼，九月九日加糕，十月一日加黍臛"。廊下赐食的等级差别、供料多少，显示了官员因品级不同而享受待遇的高低差异。

官员们在参加廊下食的时候，除了吃饭之外，还要"因食而集，评议公事"，因此，廊下食除了可以解决官员们的实际需要之外，还是督促官员"议政事"的一种手段。另外，由于廊下食有严格的官品位置排列、品食的先后次序以及揖让等规矩，还能起到约束官吏行为、维护统治秩序的作用。而且，官员们通过聚餐，还可以彼此联络感情，达到同事之间、上下级之间的团结协力。

（王晓丽）

知识链接
唐朝的官员每天都要上朝吗？

西汉年间，汉宣帝亲政后，规定每五日一上朝视事，并作为定式，开启了较为规范的常朝制度。之后，不同朝代不同皇帝规定的常朝时间都不尽相同。唐初，延续了隋代日日早朝的制度。据《旧唐书·杜正伦传》记载，唐太宗曾经说过："朕每日坐朝，欲出一言，即思此言于百姓有利益否，所以不能多言。"表明当时唐太宗每天都要临朝听政。另据《唐会要》记载:"贞观十三年十月三日,尚书左仆射房玄龄奏,天下太平,万机事简,请三日一临朝,诏许之。"这说明随着统治根基的日益稳固,常朝已经改成三天一次了。唐高宗刚即位之后,曾将"三日一临朝"的制度改为每日临朝。到了永徽年间,又改为五日一朝。直到显庆二年(657)五月庚子,"宰相奏天下无虞,请隔日视事,许之"。常朝制度又改为了隔日一上朝。唐中宗即位之后,"以时属炎暑,制令每隔日不坐",结果招致文武百

房玄龄像

官的批评和谴责。唐玄宗时期,常朝制度开始混乱。尤其是天宝年间,原有的五日一上朝的制度以及每逢初一十五举行的朔望朝制度都遭到破坏。唐德宗时期,常朝制度又有所改变。据《册府元龟·帝王部朝会一》记载,德宗贞元元年(785),由于蝗旱灾害,"八月甲子诏不御正殿,奏事悉于延英。庚寅,视朝于延英殿,群臣列位于延英门外"。这一因灾而避正殿的权宜之计后来竟演变为经常性的制度,也就是延英奏对制度。到了最后一个皇帝唐哀帝的时候,更下诏"每月只许一、五、九日开延英,计九度。其入阁日,仍于延英日一度指挥;如有大段公事,中书门下具榜子奏请开延英,不计日数"。这一诏令表明延英奏对实际上可以不受时间的限制,灵活性很大。

即使是在皇帝上朝的时候,也不是所有的官员都有资格参加的。唐朝对朝参官的身份有着明确的界定,按照官员们的品秩和等级,官员们上朝的时间也有差别。据《新唐书·百官志三》记载:"文武官职事九品以上及二王后,朝朔望。文官五品以上及两省供奉官、监察御史、员外郎、太常博士日参,号常参官。武官三品以上三日一朝,号九参官;五品以上及折冲当番者五日

一朝，号六参官。弘文、崇文馆、国子监学生四时参。凡诸王入朝及以恩迫至者，日参。"由此可见，唐代的官员并不是每个人都有上朝的资格，更不是每天都要上朝了。（王晓丽）

30 我们常用"不入流"来说某种东西不上档次，"不入流"一说是怎么来的？

现在我们常用"不入流"来评价某种事物不上档次或不够水平。然而，它究竟依据何典，出自何处？深究起来，它来源于我国古代官僚制度，是官吏品级迁转中的常用术语。

大约自魏晋时期起，我国官僚体系中开始以九品制确定等级制度，即官分九品，九品最低，一品最高。北魏时期，又将每品分为正、从两阶，共十八个级别，这种做法主要是针对可任实职的职事官，但散官、勋爵也都照此确定品级。

到隋唐时期，由于国家实现统一，疆域日益广阔，社会经济文化也繁荣发达起来，官僚集团无形中膨胀起来。为了加强管理，朝廷继续将品级制度细致化、严格化。首先是考虑到全国各级官僚机构管理范围和职权的特殊性更加丰富（如根据人口都督府和州、县可以各分为上、中、下三级；根据距离朝廷远近和地理位置重要性可将县分为京县、畿县和一般县等），将四至九品每品正、从进一步各分上、下，原来的九品十八阶就细化为九品三十阶。其次是把各级政府机构中的各色胥吏纳入规范化管理，也以九品区分、确定其等级。第三，整体考虑行政人事管理，在严格等级的前提下协调官员和胥吏两个行政群体之间的关系。

一般来讲，官员九品三十阶是整个官僚体系中的主体部分，属于这一九品中的官员被称为"流内"。从事各基层事务的胥吏相对被称为"流外"。这两个群体差别很大，前者为官，属于朝廷命官，级别、待遇乃至人事档案都由朝廷统一管理；后者为吏，属于杂役性质,没有固定编制,级别、待遇也不统一,无法与前者比拟。不过,朝廷并没有完全隔断"流内"与"流外"的关系。按照规定,如果胥吏积累了足够的工作资历(包括年限、考绩),特别是具有一定才能,就可以通过考核擢升为"流内官"。这种从"流外"胥吏升迁为"流内"官员的过程就称为"入流"。在这种机制背景下,一方面高高在上的流内官员们非常看不起相当仆役角色的流外胥吏,称其为"不入流者";另一方面不少胥吏抱着希望努力工作,得以"入流",甚至混成高层要员。

由此,"流外"、"流内"与"入流"、"不入流"便成为官僚机构中常用的行政术语,成为官员、胥吏都非常熟悉的常用词汇。再后来,人们逐渐用九品制度衡量社会各界,所谓"入流"、"不入流"也便成为人们评价各色人物够不够档次和水平的口头用语。

(刘永连)

知识链接

"三教九流"是什么意思?是怎么演化来的?

"三教九流"一词,目前一般认为是对社会上、下三百六十行职业人物所做出的基本区分和评价。不过,其反映内容和区分趣旨却前后发生了很多的变化。它们是怎么演化过来的呢?

最初,"三教"与"九流"并未联袂,而是各自流行。具体而言,所谓"三教",指儒教、道教和佛教。所谓"九流",有人说本来是指上古主要学术流派,见于《汉书·艺文志》。但是查阅该部分资料,班固只是提到"诸子十家,其可观者九家而已",所列举诸子是为十家,也并未用"流"字区分。可见此说不确,应另有来源。大约在南北朝时期,佛、道之争日趋激烈,甚至连带了儒家学说。为此各代帝王伤透脑筋,不得不费神安排三教的位次。佛、道争执不下,各代帝王喜好也有不同,因而三教地位屡有变动。据说周武灭佛,最先明文规定了儒、道、佛三教等级。但之后又经过了长期而激烈的斗争,直到晚唐才基本以儒、佛、道的顺序确定三教地位。因此,自南北朝时期起,所谓"三教"就成了儒、佛、道排列座次的术语。

作为一种规定和区分等级的做法，"九流"其实与"入流"、"不入流"很有关系。我们一眼就可看出，"三教九流"的衡量单位是从区分官阶品位上学来的。在官员与胥吏的品阶区别上，以"入流"与"不入流"或"流内"与"流外"来区分上、下两大不同等级的群体；而"九流"将人区分为九个等级，同样使用"流"为基本衡量单位。同时，由于衙门里官分九品，吏分九品而又区分为"流内九品"和"流外九品"，这恐怕也是九流区分法以及"上九流"和"下九流"的滥觞。

查阅资料，可知"九流"在早期并没有明确的内容。不过，后来衍生出来的上、中、下"九流"却很明确。一般认为，"上九流"是佛祖、天、皇帝、官、阁老、宰相、进士、举人、解元等，基本上为神为官，是高高在上的统治者。也有人分为帝王、圣贤、隐士、童仙、文人、武士、农、工、商等，也是在当时被认为地位优越或能干正当职业的群体。"中九流"是举子、医生、相士、画家、书生、琴棋手、和尚、道人、尼姑等，或编排为："一流秀才二流医，三流丹青四流皮（皮影），五流弹唱六流卜（卜卦），七僧八道九琴棋。"除去"上九流"已列述的举人外，这一部分都是伎巧艺人和僧道寄食者，主要靠手艺挣钱或靠神灵吃饭。"下九流"是："一流高台（唱戏）二流吹，三流马戏四流推（剃头），五流池子（北方的澡堂子）六搓背，七修八配（给家畜配种）九娼妓。"这些基本上是职业低贱、颇受歧视的群体，在旧社会属于最下层的百姓。（刘永连）

31

唐朝诗歌为什么能够繁荣无比？

唐代诗歌繁荣基于国家统一、经济发展、文化繁荣等多种条件，但唐诗达到繁荣无比的境地则与科举考试和爱诗风尚有着直接的关系。

高宗调露二年（680），朝廷规定进士考试第二场加试诗、赋各一篇（首），要求别出心裁者才算合格。开元年间，进一步规定这场考试专考诗歌，并提高要求水准。这些规定在全国范围内掀起学习诗歌的热潮。为了荣耀一生的进士及第，天下文人举子无不以极大热情学习和创作诗歌。许多史料透露，人们为了顺利考中进士，早在童蒙教育阶段就开始学习诗歌了。一些著名诗人如白居易、刘禹锡等大家的作品，曾被民间无数次搜求、辑录，作为教材在里学、私塾里使用。特别应该指出的是，唐朝皇帝对诗歌考试也特别重视，文宗、宣宗等皇帝每遇新科进士选拔出来，总是询问有无杰出的诗歌文学之才。他们对诗歌大家尊崇之至。例如，大诗人白居易去世后，宣宗皇帝深切悼念说："缀玉联珠六十年，谁教冥路作诗仙。浮云不系名居易，造化无为字乐天。童子解吟长恨曲，胡儿能唱琵琶篇。文章已满行人耳，一度思卿一怆然。"字里行间，充满了真挚的推崇和缅怀之情。上行下效，统治者的倡导起到了推波助澜的作用。唐代留下强盗爱诗的一则奇事：诗人李涉路遇强盗，没想到强盗说，既然是李博士（时人对李涉的尊称）驾临，我们就不抢什么了，但是求您送给我们一首诗吧。李涉马上口占一绝："暮雨潇潇江上村，绿林豪客夜知闻。他时不用逃名姓，世上如今半是君。"结果强盗们不但对李涉厚赠礼送，而且自己改邪归正，做起了良民。

　　在唐朝，吟诗作赋已经成为整个社会的风尚。士人、学子们见面总以诗歌较上下，这自不必说。上自皇帝、高官，下至樵夫、走卒，人人都能口占几句。据说，白居易每有新作，总得让邻居老妇评判一番，听得顺口才成定稿。同时名人们的诗作，往往被民间私自雕版印

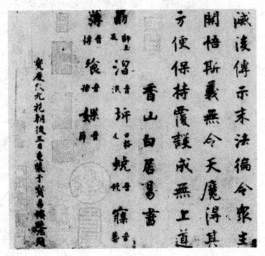

白居易手迹

刷，随时可以在市面上买到，这样人们非常方便学习经典诗句，也比较容易提高水平。在当时，岭南荒蛮之地竟能出现七岁女送别兄长的杰作，而长安小李泌五岁咏诗就能得到玄宗皇帝的好评。据统计，乾隆朝初编《全唐诗》的时候，就收有三千余名杰出诗人的大约五万首诗歌佳作。后来从杂史古籍和考古文献两大途径不断寻拣，今天已经可以看到大约十万首唐诗以及因遍及各个阶层和区域角落而难以估算的庞大的诗人群体，这是前后所有朝代都无法见到的奇迹。（刘永连）

知识链接
李贺为什么被称为"诗鬼"？

李贺，字长吉，祖籍陇西，生于福昌县（今河南洛阳宜阳县），李唐宗室后裔。李贺虽家道没落，但志向远大，平时勤奋苦学，博览群书，以诗名著于当代。然而，为什么人们称之以"诗鬼"呢？

这首先与李贺的诗风直接相关。李贺做诗异于常人，平时善于观察生活，苦思冥想，因而经常口出奇句。而偶有所得，就书写成句，投之以随身携带的锦囊。其作品，无不想象奇特，超越常人思维。他的诗多借鬼魅以叙事抒情，如《南山田中行》云："鬼灯如漆点松花。"《秋来》诗云："秋坟鬼唱鲍家诗，恨血千年土中碧。"《神弦曲》云："百年老鸮成木魅，笑声碧火巢中起。"神思奇句造就出一幅幅凄美的意境。即使不带"鬼"字，由于用语出奇，如《天上谣》云："东指曦和能走马，海尘新生石山下。"《杨生青花紫石砚歌》："端州石工巧如神，踏天磨刀割紫云。"《李凭箜篌引》云："昆山玉碎凤凰叫，芙蓉泣露香兰笑。"往往起到石破天惊、发聋振聩的效果。从此来看，李贺与"鬼"有缘，也不愧为诗中"鬼才"。

其次，李贺遭遇凄惨，生命短促，其命运似乎也与"鬼"类相近。尽管李贺才能出众，并且顺利通过了河南府试，年纪轻轻就可以冲刺进士考试，但是有嫉贤妒能者毁谤他，说他父名晋肃，当避父讳，不能参加进士考试。当时韩愈非常气愤，曾撰

《讳辩》一文驳斥这种无稽之谈，然而当时主考官昏昧至极，听信谣言，竟将李贺逐出考场。李贺生不逢时，前途坎坷，仅做过三年的九品微官奉礼郎，平时也愁苦多病，到二十七岁就溘然而逝。

与唐代其他著名诗人不同，李贺以其短促的一生，坎坷的命运，却在诗坛给人们造就一个充满神奇和精灵的另类意境和世界，因而迥异于"诗仙"、"诗圣"、"诗佛"等称号，而被推崇为"诗鬼"之才。（刘永连）

32 打油诗是怎么来的？

打油诗是一种直白浅显，不讲平仄、对仗的诗体。这类诗一般通俗易懂，诙谐幽默，有时暗含讥讽，风趣逗人，颇为一般百姓喜爱。那么，打油诗的名称是怎么得来的呢？

通常的一种说法，是因唐人张打油的名字而命名。张打油大致是玄宗、肃宗时期的一位读书人，名字不见经传。据明代李开先《词谑》载，在某州衙门里，大厅后面新建了一座粉白的墙壁。这天长官冒雪到大厅办公，瞧见有人在墙壁上题诗道："六出飘飘降九霄，街前街后尽琼瑶。有朝一日天晴了，使扫帚的使扫帚，使锹的使锹。"见此长官大怒，追问左右下属："什么人如此大胆，竟敢弄脏我的墙壁？"下属们都认为是张打油写的。很快张打油被带到面前，他狡辩说："我虽然没什么才能，但向来很懂得写诗，何至于这样胡说八道！您如果不信，就另外出个题目考我吧。"当时南阳被围，当地请求中央出兵相救，长官于是以此为题让他作诗。张打油马上脱口而出："天兵百万下南阳。"长官评价说："很有气概！墙上的臭诗肯定不是你做的。"于是让他再出下面三句。张打油接着说："也无救援也无粮。有朝一日城破了，哭爷的哭爷，哭娘的哭娘。"又和他以前的做派毫无二致了。不过，此诗惹得长官大笑，也不再追究他。张打油因此远近闻名。凡是诗词写得俚俗粗鄙者，一概称之为"张打油语"。明代著名文学家冯梦龙在谈论文学作品时也曾提到："唐人有张打油，作《雪》诗云：'江山一笼统，井上黑窟窿。黄狗身上白，白狗身上肿。'"看来，唐朝确实有张打油此人，并且习惯作些精灵古怪、令人叫绝的歪诗，"张打油语"无疑就是指"打油诗"。

　　同时，也有人称此类诗为"覆窠"、"俳体"或"钉铰"诗体。明人杨慎在《升庵别集》中引用《太平广记》史料说，唐末有伊用昌（死于天祐年间即公元 904 至 907 年）号伊疯子，善作此类诗，当时称之为"覆窠体"，其中题茶陵县一首云："茶陵一道好长街，两边栽柳不栽槐。夜后不闻更漏鼓，只听锤芒织草鞋。"他认为这种诗体以及杜甫所称的"俳谐体"，都与"打油诗"体裁一样，所以也可以称之为"覆窠"或"俳体"。据说创作打油诗的标志性人物还有一个叫胡钉铰的。胡钉铰，在唐人小说里有身世和事迹介绍，是"唐贞元、元和间（公元 785 至 820 年）人，名本能。以钉铰为业。能诗，不废钉铰之业，远近号为胡钉铰，其本名传不著"。钉铰，类似现在补锅、修鞋等活计，看来这位也是个民间诗人。明清文人品评诗词总将其与张打油相提并论。如杨慎评张祜诗云："张祜诗虽佳，而结句'终日醉醺醺'，已入张打油、胡钉铰矣。"又评韦应物诗云："'吴中盛文史，群彦今汪洋。方知大藩地，岂曰财赋强。'乃类张打油、胡钉铰之语。"故而"打油诗"还有

漫画《张打油赋诗》

"钉铰"一说。

无论以上何说,都毫无争议地说明,打油诗是唐代兴起于民间的一种文学形式。尽管没有像词曲一样从民间走向高层文坛,好像一直未登大雅之堂,但它千百年来长盛不衰,雅俗共赏,可谓唐人在文学史上的一大贡献。(刘永连)

知识链接
唐代"传奇"是什么文体?为什么称作"传奇"?

在唐代文学领域,开始流行一种叫做"传奇"的文体,很快成为中国文学史上的一朵奇葩。那么,它们为什么称作"传奇"呢?

如果从较大的外延来涵盖,唐代"传奇"文体属于小说,是我国古代小说的一种重要发展形式。但是,它与前后小说在内容形式上又有区别,具有自己的特殊内涵。与普通小说相比,它突出的特点正如同它的名字,主要体现在两个字上。

一个是"传",主要形成于人们的口头流传,借某些文人之笔记录下来的传闻之作。唐代传奇,或者记述作者亲身的离奇经历和见闻,或者明确解释如何听之于某人之口。例如,张文成的《游仙窟》叙述他赴任金城县尉路经积石山时候的情感经历,先传之于口,继而录于笔下。元稹《莺莺传》尽管把主人公

清代任颐《风尘三侠图》

的名号改为张生，但是大家都知道这是他对自己年轻未仕时候爱情故事的追忆。再如，白行简《李娃传》云："予伯祖尝牧晋州（指任晋州刺史），转户部，为水陆转运使。三任皆与生为代（生即李生，指主人公。该句意思是白行简伯祖与李生前后接任），故谙详其事。贞元中，予与陇西公佐话妇人操烈之品格，因遂述汧国（李娃封汧国夫人）。公佐拊掌竦听，命予为传。乃握管濡翰，疏而存之。时乙亥岁（即贞元十一年，亦即公元795年）秋八月，太原白行简云。"还有些作品虽无注明来源出处，但由好事者专门辑录成集，实属无暇考证之类，得自别人之口毋庸置疑。另外少数作品更值得注意，如牛僧孺《玄怪录》等，据考证其中故事全系作者杜撰用来攻击李党人物的，为了达到耸人听闻的效果，故事更是以离奇古怪见长。

另一个是"奇"，这些小说不止是多讲神仙鬼狐故事，而且即使叙述凡人俗事也无不出人意料。唐人小说集子不再像前代之神怪小说那样仅以"神"、"仙"命名，而多以"奇""异"、"怪"、"灵"、"广"、"幽"等作为题眼，如戴孚《广异记》、张荐《灵怪集》、牛肃《纪闻》、薛用弱《集异记》、陈邵《通幽记》、郑还古《博异志》、李玫《纂异记》等。其中记录神仙之事者自然可以称奇，记述凡人俗事也以奇见胜。最有代表性的是裴铏《传奇》，这本集子所收如《昆仑奴》等基本都是凡人奇闻异说的经典之作，"传奇"体裁命名恐怕就来源于此。

立足于小说发展史来看，唐代传奇比前代神怪小说在创作上增加了不少著名文人的构思润色，因而在情节上更为曲折紧凑，内容上加入凡人生活而更为广泛丰富，可以说是前代神怪小说的新的发展形式。从其影响而言，后世小说如《萤窗异草》、《聊斋志异》等直接继承了传奇的主流形式，同时元代和明清杂剧也从这里汲取了不少文化营养。唐代"传奇"正如它的名字一样，至今仍不失其神奇的魅力。（刘永连）

33 为什么说词牌"菩萨蛮"应该是"蛮菩萨"？它和外国妇女有什么关系？

宋人朱彧曾在其《萍洲可谈》中说："乐府有菩萨蛮，不知何物。"乐府是当时宋人对配乐吟唱的词牌的称谓。意思是说，他看到词牌中有《菩萨蛮》一种曲调，但不知其来历。其实该词流行于唐朝，说起来应该是"蛮菩萨"。

唐朝是词从民间逐步兴起的时代。在从民间走向文坛的过程中，这种东西既带来了不少原来属于民间的许多文化内涵，同时也沾染了当时充斥中原的外来文化色彩。有些词牌如《苏幕遮》等，就是直接取材于像泼寒胡戏等西域文艺活动，而《菩萨蛮》则是外来移民大量入境中国的真实反映。

唐朝时期中国境内充斥着无数外来移民，由于其民族文化的特殊性，他们以其服装、化妆等外在文化特色给予中国老百姓极其鲜明和深刻的印象。例如广州，这是当时中国南方最大的对外贸易港口，设置着市舶使专门管理对外贸易，外来的波斯、阿拉伯和昆仑商人云集口岸。他们主要聚居在珠江南岸的城郊蕃坊，但经常入城与中国人交易。同时，也不乏散居在广州城内的外来移民。平时休闲，往往有这些蕃商的家属在街道、集市上游玩。这使广州百姓感到非常好奇和新鲜。但由于他们并不明白这些外来移民的国度和种族差异，只是模糊认识到波斯人（包括西域波斯和南海波斯）是最多的，于是以"波斯"笼统称谓这些移民。不过，广州百姓对这些"波斯"人的扮相妆饰却了解细腻。庄绰《鸡肋编》就记录史料说："广州波斯妇，绕耳皆穿穴带环，有二十余枚者。"两只耳朵能带上二十多只耳环，在当时中国百姓看来不可思议。另外，唐末人苏鹗在《杜阳杂编》卷下载："蛮人类世人所画菩萨，故名曰菩萨蛮。"而研究海上丝路文化的陈裕菁也提到，有史料描绘南海诸国中蕃妇、国王多"如佛像之饰"。看来，所谓"菩萨蛮"的说法应该找到出处了。

苏鹗和陈裕菁的说法确实是有根据的。我们可以从佛教传播的角度来考虑这个问题。出自印度、跨越南洋而来广州的佛祖、菩萨，肯定是最初按照印度人的模子创造出来，后来则添加了一些东南亚人的妆饰特色。正因为如此，才有南海诸国人"如佛像之饰"的说法。如此说来，那些俗称"波斯妇"的外来移民妇女无疑就像在中国刚刚女性化的观世音菩萨了。其实，广州人称呼蕃妇为"菩萨蛮"的习俗到宋朝还在流行着。因而朱彧在提到已不知"菩萨蛮"词牌来历之后，又说到："在广中见呼蕃妇为菩萨蛮，因识之。"

中唐时期的菩萨像

广州人称呼"波斯妇"或蕃妇为"菩萨蛮"，这是史料确凿的客观事实。可能还有好事者对此编词谱曲，加以描绘反映，于是出现了冠以"菩萨蛮"曲牌的词章。如此以来，就给后人留下《菩萨蛮》这一词牌。只是包括宋人在内，我们大多数因不清楚唐宋广州的流俗，已无法了解这一词牌的来历了。最后还有一点，作为对外来妇女的称谓，这"菩萨蛮"其实应该说成"蛮菩萨"，是说蛮话的"菩萨"而非"菩萨"说蛮话。广州一带说粤语，而粤语向来习惯把主题词和修饰词倒过来搭配使用，所以"菩萨蛮"其实就是北方容易理解的"蛮菩萨"了。（刘永连）

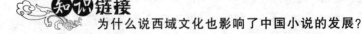

知识链接

为什么说西域文化也影响了中国小说的发展？

小说是中国文学领域里的一朵奇葩，最能反映中国传统文化。但是与诗词相比，它接受了更为丰富的西域文化。西域文化的传入推动了中古时代中国小说的发展，这如何理解呢？

首先，我们考察比较直观的内容题材，可以发现从汉魏到隋唐在中国小说里有西域器具、人物乃至生活习俗逐步充斥进来。汉魏小说多涉及西域奇物，如玛瑙杯、狮子皮、火毛鼠以及香料、珠宝等。《拾遗记》开始参用写实手法描绘玛瑙："玛瑙，石类也，南方者为之胜……丹丘之野多鬼血，化为丹石，则玛瑙也。"到了隋唐时期，西域商胡、术士、乐工女伎等形象日益丰富。在小说里，商胡通常是慧眼识宝的精明人，术士则类似现代欧洲的魔术师，乐工能以琵琶、箜篌独步乐坛，女伎舞蹈胡旋则令人叹为观止。

其次，西域文化的影响也导致中国小说情节的变化。例如《酉阳杂俎》中《叶限》一篇叙述了这样一个故事：南中一带有个姓吴的洞主，与正妻先后去世，留下女儿叶限由后母抚养。她的后母极其歹毒，经常迫使她上高山砍柴，下深涧提水，让她吃尽苦头。但叶限生性善良，不辞劳苦。她曾经悉心喂养着一条金鱼，相互亲昵信任。后母听说后就假意为叶限做新衣服，换上叶限的破衣服诱杀了金鱼。叶限恸哭一场把金鱼骨头收藏在房间里，此后每有心事对着鱼骨诉说。这时神异之事出现了，只要叶限以心愿祈祷，总能得到满足。一年一度的洞民节庆到了，后母及其亲生女儿都去狂欢，却命令叶限看守院里的果树。但叶限祈祷获得翠衣金履，也偷偷去参加欢庆活动。在欢庆会场，后母和她的亲生女儿突然看到一个满身漂亮衣服的女孩很像叶限，叶限也觉察到被发现了，于是仓惶逃回，跑丢了一只金鞋。后母回来后马上到后院查看，见叶限正身穿破衣抱树而眠，于是打消了怀疑。但叶限的金鞋被一个洞民进献到邻近强大的陀汗国，国王遍试全国少女，竟无一人穿着合适。国王感到奇怪，到处搜求金鞋的主人，最终找到叶限。看到叶限善良而且美丽，于是国王娶她为妻，而叶限的后母及其亲生女儿则遭到报应，被飞石击死了。这一故事情节出自西方"灰姑娘"故事模型，早就在欧洲和近东地区流行，后来被安徒生改编为童话。同时，"天鹅湖处女型"故事、智慧和愚人故事等不少情节，也都从印度文学渗透

到中国小说里。

再次，由于佛教信仰的影响，中国小说开始流行轮回转世观念及其相关故事，对天国和冥府世界的描写也更加具体丰富了。西域巫术技巧传入后，中国小说的思维理念也得到发展，作者的空间概念和想象能力进一步拓展开来。

总之，在中古及其以后的中国小说里，处处可见西域文化的色彩和影子，从而变得博大精深，生命力极强，最终成为明清以后中国文学的主要形式。（刘永连）

34 "泰斗"之说来源于何处？

"泰斗"是"泰山、北斗"的简称。古人尊泰山为山之首，北斗为星之尊。故而人们常用泰山北斗比喻在德行和事业的成就方面为众人所敬仰的人。

"泰斗"一词的由来与我国唐代著名的文学家韩愈有密切的关系。韩愈是唐代古文运动的倡导者，主张学习先秦两汉的散文语言，破骈为散，扩大文言文的表达功能；同时又强调学古要在继承的基础上有所创新，坚持"词必己出"、"陈言务去"。他以此为导向进行文学创作，在赋、诗、论、说、传、记、杂文等众多领域均有卓越成就。后人推他为"唐宋八大家"之首，并冠之"文章巨公"和"百代文宗"之名。

基于其崇高的文坛地位，《新唐书·韩愈传》用"泰山北斗"来称颂韩愈："自愈没（死后），其言大行，学者仰之如泰山北斗云。"是说他的主张及创作在其死后

广东潮州韩文公祠侍郎阁前的韩愈石雕像

广为信奉和流传,后继者将其喻为泰山、北斗,对其无限景仰。

后来,"泰斗"之说被人延伸引用,超出文坛之外,多用来比喻在某一方面成就突出,在社会上有名望、有影响的人。例如,现在人们把印度的泰戈尔、俄国的列夫·托尔斯泰、中国的鲁迅等,称为文学泰斗;把爱迪生、爱因斯坦、祖冲之、李四光等称为科学"泰斗"。(刘永连)

知识链接
为什么韩愈又被称颂为"文起八代之衰"?

"文起八代之衰"是宋人苏轼给予韩愈又一高度的评价,这应该从何说起呢?

苏轼在《潮州韩文公庙碑》中如是说:"自东汉以来,道丧文弊,异端并起。历唐贞观、开元之盛,辅以房、杜、姚、宋而不能救。独韩文公起布衣,谈笑而麾之,天下靡然从公,复归于正,盖三百年于此矣。文起八代之衰,道济天下之溺。忠犯人主之怒,而勇夺三军之帅。此岂非参天地,关盛衰,浩然而独存者乎?"

纵观文学发展史,以司马相如和扬雄的作品为代表,汉代辞赋形成散文这种体裁繁荣兴盛的第一个高峰。然而其后的东汉、魏、晋乃至宋、齐、梁、陈和隋,天道转衰,文风日弊,最后以南朝骈文为孽胎,片面追求繁缛的辞藻和华丽的形式,最终导致思想视野的狭窄有限和语言内容的陈旧空虚。文章远离了现实需要,成为文人矫饰辞藻的玩物。直至唐朝初期,社会的繁荣昌盛以及治世能臣们的努力都无法挽救这种时弊;文坛上,李华、元结、萧颖士、独孤及等许多名士的倡导也都没有产生效果。只有到了中唐这个时代,韩愈作为文坛领袖大手一挥,才掀起声势浩大的古文运动。

在这次古文运动中,韩愈倡导学习汉赋古文,力求文道合一,深入并反映社会现实;强调"言必己出","务去陈言",亦即文章的创造性;反对形式主义和淫靡之风,讲求实际内容和教化之功。这些主张为整个改革运动树立了旗帜,使其逐步深入地开展下去,一直到北宋欧阳修、苏轼等人,终于挽救了散文的颓势,再次赢得了我国散文的第二次大发展。

因此,苏轼的评价确切之至,是韩愈带头以古文运动消除了散文的积弊,在散文从东汉到隋朝经历了八个朝代的衰落低迷之后,终于使其再度兴起,并繁荣下去。可谓是旷绝古今的不世之功。(刘永连)

35 戏曲界为什么又称作"梨园"?

现代,"梨园"是戏曲界的雅称。不过,为什么戏曲界不称"桃园"、"杏园"呢?"梨园"到底有什么独特含义?这名字是怎么得来的呢?

清朝学者孙星衍在《吴郡老郎庙之记》中记述:"余往来京师,见有老郎庙(以唐玄宗为祭祀对象的庙宇)之神。相传唐玄宗时,庚令公之子名光者,雅善霓裳羽衣舞,赐姓李氏,恩养宫中教其子弟。光性嗜梨,故遍植梨树,因名曰梨园。后代奉以为乐之祖师。"这一记载颇为新奇,不过与其他史家考述有矛盾,只能聊备一说。

现代学者李尤白《梨园考论》认为,梨园位于长安城北皇家禁苑中,在唐朝初期不过是与枣园、桑园、桃园、樱桃园并存的一处果木园子。果木园中设有离宫别殿、酒亭球场等,是供帝后、皇戚、贵臣宴饮游乐的场所。后来该园为唐玄宗李隆基所利用,将其变成一座演习歌舞戏曲的专用场所。这一说法符合史实,比较可信。

不过,无论哪一说,把"梨园"演化为戏曲界的代称,无疑与唐玄宗有直接关系。《新唐书》中《礼乐志》记载:"玄宗既知音律,又酷爱法曲,选坐部伎子弟三百,教于梨园。声有误者,帝必觉而正之,号皇帝梨园弟子。"唐代是我国传统文化繁荣鼎盛的时代,当时歌舞戏剧艺术都有巨大发展。历史的需要,使唐玄宗——这个最为多才多艺的皇帝,以其无与伦比的身份和地位,承担起戏曲界最高领袖的重任。在他的远见卓识和大力倡导下，唐朝政府发展了太乐署的职能，以梨园为场所开办了中国历史上第一所专门培养文艺人才的艺术学院。由于李隆基乐舞艺术水平极高，亲自作为教师类培训人才，所以后世戏曲界共同推戴他为鼻祖，并创立老郎庙（李隆基小名三郎，是当年武则天最宠爱的"老疙瘩"）祭祀他。从这一角度看，将戏曲界雅称为"梨园"确实有着非同寻常的纪念意义。（刘永连）

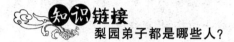

知识链接
梨园弟子都是哪些人？

尽管属于初创，在梨园中专业分工已很严格和规范。首先，梨园子弟分为乐部和舞部两大系统。其中乐部以演奏方式和身份地位为标准，可分为坐部和立部两大层次。坐部一般是资历较深的优秀演员，共分为六部，通常允许坐在堂上演奏。他们有固定的舞曲，多演奏《长寿》、《天授》、《小破阵》、《龙池》等乐曲；

梨园弟子立部伎和坐部伎（唐李静训墓墓门石刻线画）

问吧
九

伴舞者大抵为 3 至 12 人，舞姿文雅，用丝竹细乐伴奏。立部是一般演员，共分为八部，只能站在堂下演奏，曲目为《太平》、《破阵》、《庆善》、《圣寿》、《光圣》、《上元》等，舞者 60 人至 80 人不等，舞姿雄壮威武，伴奏的乐器有鼓和锣等，音量宏大。如果按声部发音和某些特殊乐曲区分，又有男部、女部和小部之别。小部为儿童演出队。

至于舞部，玄宗皇帝按舞蹈风格区分为文舞和健舞，各有专业演员。健舞曲目主要有《破阵舞》等，该舞来自唐朝初期的《秦王破阵乐》，描写秦王率军征战，冲锋陷阵的场景，需要男性舞蹈演员 128 人，皆着银铠持长戟，做战斗动作，壮观之至。文舞主要有《九功舞》等，反映高宗时期天下太平的社会状况，主要设儿童演员 64 人，头戴进德冠，漆髻皮履，款款而舞，象征天下安乐气象。此外还有字舞部分，主要曲目有《圣寿乐》、《鸟歌万岁乐》等。

唐执失奉节墓壁画《梨园巾舞》

唐章怀太子墓壁画《梨园袖舞》

从学生来源上讲，除了最初应招的宫女之外，玄宗还将太乐署里面的优秀人才选拔过来。梨园弟子里以女子为主，但也有男性演员，以应乐舞的全面需要。如闻名于开元年间的黄幡绰，善于表演参军戏，每寓匡谏，有人说："黄幡绰，玄宗一日不见，龙颜为之不舒。"平日侍从皇帝，亦常假借戏谑规谏其主，往往能解纷救祸，世称"滑稽之雄"。与其同时还有张野狐，善弄参军戏，又擅长觱篥（古代管乐器，用竹作管，用芦苇作嘴，汉代从西域传入)和箜篌(古代弦乐器)。安禄山作乱时,随玄宗入蜀,途中为玄宗制《雨霖铃》和《还京乐》二曲。咸通年间(860—874)有李可及,擅演参军戏,精通音律,善歌唱,腔调凄婉曲折,京城中的少年,争相模仿,称之为"拍弹",并编《叹百年》等歌舞,获得唐懿宗的欢心,甚至得授都知、威卫将军等官。

由于经济基础稳固,加上皇帝个人对音乐、舞蹈的嗜好,玄宗时期梨园里仅乐工就有数万人。像这样庞大的皇家艺术学院出现在一千多年前,可以说是世界艺术史上的一大奇迹。(刘永连)

36 为什么说唐朝已经有了双人相声?

相声是当代社会上下喜闻乐见的文艺表演形式,自老一辈艺人侯宝林、马三立等人算起,流行繁荣有多半个世纪。不过,至今人们还不清楚,其实相声拥有千年以上的发展史,至少在唐代,双人相声已经流行起来。

考察唐代文艺活动史料,我们发现当时存在着一种"参军戏",堪为双人相声的早期表演形式。所谓"参军戏",又称"弄参军"。唐人段安节《乐府杂录》云:"开元中,有李仙鹤善此戏,明皇特授韶州同正参军,以食其禄。是以陆鸿渐撰词'韶州参军',盖由此也。"

为什么说"参军戏"相当于双人相声呢?有专家说,它们的表演形式,"则以装扮人物,用对白

唐代参军戏陶俑

问吧
九

来作答，并配合上表情动作"，有时也加入歌舞吟唱。而其演员一般就只有两个，一个称为"参军"，扮演聪明机智的角色；另一个称为"苍鹘"，扮演愚蠢迟钝的角色，两个人也使用学（模仿人物）、说（叙述故事）、逗（诘难挑逗）、唱（歌舞吟唱）等手段，极尽诙谐幽默之趣，使得妙趣横生，雅俗共赏。就其内容而言，多取现实中的奇闻怪事，或者模仿某些滑稽的人物言行；表演目的，主要取乐，有时也寓以讽刺或者规谏之意。这些也都是相声的特点，其渊源关系非常明显。文艺界人士和学术界专家已有撰文，都认为参军戏就是相声在古代的表演形式。

在唐朝，参军戏的表演并不仅限于朝廷。薛能《吴姬》诗云："此日扬花初似雪，女儿弦管弄参军。"可见吴越一带即今长江下游地区非常流行参军戏。元稹做地方官时，与一位来自淮甸即今淮河地区的参军戏艺人刘采春有密切交往，可见淮河流域一带也流行这种文艺形式。李商隐《娇儿诗》云："忽复学参军，按声唤苍鹘。"连小孩子都熟悉参军戏。可见，参军戏已经家喻户晓，妇孺皆知，成为社会上下都已熟悉、喜爱的文艺表演了。（刘永连）

知识链接
戏剧的源头真的是元代杂剧吗？

戏剧，作为相对歌舞比较复杂的一种文艺表演形式，它的形成和发展也相对较迟。一般认为，戏剧只是在一百多年前徽班进京和京剧形成的时候才引起人们的关注，好像历史并不长；即使从文学艺术史的学术研究上看，一般也只把元代杂剧视为戏剧艺术的上源。由此看来，戏剧与唐代文化似乎没有什么关系。其实，这是一种只观察表面现象，而忽视了历史内在联系的看法。

其实，无论是仅具某些戏剧要素的前期雏形、还是具备了全面戏剧要素的成形戏剧，在唐代都已经产生了。

据史料记载，唐代出现了许多艺术表演形式，如大面、拨头、踏谣娘、合生及参军戏等。前四者可统称为歌舞戏，但已具有多种戏剧要素。例如，它们都有角色及其化妆手段。其中大面由北齐民众以歌舞颂扬兰陵王英勇善战、冲入敌阵救援守军的事迹发展而来，多表演英雄的角色，并且演员上场时要带面具，装扮成"衣紫、腰金、执鞭"的贵族将帅模样；拨头在唐初从西北少数民族地区传入，原来是反映一个胡儿因父亲遭猛兽吞噬而前去斗兽报仇的故事，演员要打扮成"披发、素衣、面作啼状"，表现出服丧且悲哀的样子；踏谣娘原来是表现北齐时一位农村妇女因常受丑陋无能的丈夫的殴打而跺脚诉苦并反抗的情态，要有一女两男，女俊男丑三个角色；合生主要以自编自演形式反映时事人情，但在角色上要求有一生一旦，一唱一和，类似于今天的东北二人转。再如，这些剧种在唐代已经都有丰富的故事情节。其中拨头反映胡儿上山寻父和战胜猛兽的过程，"山有八折，故曲有八迭"；踏谣娘则有谣娘哭诉、夫妻殴斗、债主追债等情节，场景自然也有多个。还有，从表演形式来讲，这些剧种既有歌舞，还有对白，并要模拟战阵厮杀、人兽搏斗、夫妻相殴等动作。

一般认为戏剧的前身是杂剧，有专家引证史料提出唐代中晚期杂剧就出现了。其证据有三种：一是杂剧及杂剧演员出现。唐文宗太和三年（829）发生了南诏进攻剑南、洗掠成都的事件，为此委任剑南西川节度使李德裕进行调查，上文汇报说有三位艺人被掳走，"其中一人是女子锦锦"，并"杂剧丈夫两人"。这是古籍史料上最早提到"杂剧"及其演员。二是杂剧班子出现。《酉阳杂俎》记述，西川地区有千满川、白迦、叶珪、张美、张翱等，"五人为火"组成戏剧班子，曾在监军院宴上演戏赚钱，结果被逐。元稹镇守浙东地区时，他所熟

初唐时期的踏谣娘舞俑（吐鲁番出土）

悉的刘彩春、周季南、周季崇等男女艺人，也是组成戏班来演出的。三是杂剧剧目形成。其中《刘辟责买》揭露地方军阀压榨百姓的罪恶，《旱税》抨击酷吏不顾天下大旱，重税盘剥百姓的恶行，都是针砭时弊的当代戏剧。《樊哙排君难》则取樊哙勇闯鸿门宴的故事，是一部地道的历史剧。

总而言之，尽管唐代的戏剧表演形式并不等同于现代戏剧，但从文化传播角度讲这些剧种无疑是现在戏剧的早期形式，说戏剧从此开启源头一点都不为过。（刘永连）

37 新疆维族舞蹈和安禄山有什么关系？

维吾尔族是一个善舞的民族，其舞蹈表演节奏明快，姿势健美，深得国人喜闻乐见。其中某些动作，特别是伴鼓点蹬踏旋转极有特色，是其他民族舞蹈中所没有的。说起来这种舞蹈不是维吾尔民族所固有的文艺表演形式，而是有着它自身源远流长而又辗转曲折的发展历程。不过，这种舞蹈与安禄山有什么关系呢？

据史料记述，安禄山也有其多才多艺、滑稽可笑的一面。他体态肥胖，"重三百三十斤"。然而又极善舞蹈，曾在皇家宴会上表演，"至玄宗前，作胡旋舞，疾如风焉"。白居易《胡旋女》诗云："天宝季年时欲变，臣妾人人学圆转。中有太真外禄山，二人最道能胡旋。"据考证，安禄山跳的这种"胡旋舞"就是维吾尔舞蹈的早期形式。

在唐代，胡旋舞在中国境内广为流传。白居易《胡旋舞》诗云："胡旋女，胡旋女，心应弦，手应鼓。弦鼓一声双袖举，回雪飘摇转蓬舞。左旋右转不知疲，千匝万周无已时。人间物类无可比，奔车轮缓旋风迟……"元稹《胡旋女》诗亦云："胡旋之义世莫知，胡旋之言我能传。蓬断霜根羊角疾，竿载朱盘火轮炫。骊珠逐珥逐飞星,虹晕轻巾掣流电。"从两诗的形象描写可以轻易看出,胡旋舞以鼓、弦为主要乐器,击打节拍明显,因而节奏明快,气势奔放,尤以旋转蹬踏动作为主要特征,故得名"胡旋舞"。仅就这些来看,可见胡旋舞与维吾尔族舞蹈基本是一致的,具有明显的发源和继承关系。

那么,维吾尔族是怎么学习并获取了这种文艺成果呢?这与安禄山所属民族密切相关。安禄山出身于粟特,而粟特族人就是胡旋舞的发明者。胡旋舞最早发源于以康国为首的粟特九姓国家。从魏晋南北朝时起粟特诸国就有许多商人东来贸易,6至8世纪强盛的突厥和8至9世纪强盛的回鹘,都是依赖这些东迁的粟特商人来

苏步井唐墓石门上的胡旋舞图

稳定国家经济基础和与中原政权进行政治、军事等方面交涉的。为了结好中国政权,这些国家也不断赠送能歌善舞的文艺人才过来。特别在开元天宝时期(712—755),就有康、米、史等国多次进献胡旋女——精通胡旋舞的女艺人。7至8世纪,阿拉伯帝国开始蚕食中亚地区,粟特九姓胡人亡国失据,大规模东迁中国境内。由于粟特整个民族舞蹈成风,甚至一般人都是能歌善舞的高手,因而胡旋舞在中国流传开来,致使不少汉人也醉心于胡旋舞了。考察粟特人东迁后情形,他们在回鹘地区(主要是我国西北部)居住最为密集,在回鹘社会中最为重要,也与回鹘人融合最深,因而回鹘人亦即现在的维吾尔族人接受粟特文化最为丰富和彻底,胡旋舞顺而流传下来,甚至成为维吾尔族主流舞蹈。(刘永连)

##

胡旋舞为什么没有在中原汉族地区流传下来？

上文已经提到，胡旋舞在西北地区和草原地带各少数民族中流传的同时，也曾在中原地区汉人之中盛行一时。那么，为什么它能在维吾尔以及哈萨克等民族中一脉相承地延续下来，却未能在汉人社会里流传下来呢？

这得从异质文化相互碰撞、交流的基本理论和现象来解释。一般情况下，两种本质不同的文化个体相遇，在相互交流的同时也会发生排斥，特别是它们在规模和质量上极不相当的时候，较小的一方要么被同化在对方体系中，要么被排斥到对方体系之外，就如同人与食物，食物要么被消化在体内成为身体血肉的一部分，要么被排泄到体外。当胡旋舞等西域文化因素渗入中原汉人社会时，就遇到了以上情况。隋唐时期，中国汉族社会已经规模非常庞大并且体系稳固、水平极高，一切外来的东西都必须以纳入汉文化体系、为汉人社会所用为前提，否则就会遭到排斥。相对而言，胡旋舞等粟特文化无法在汉地社会独立存在，而只能通过被消化在汉文化中的途径流传下来。但是，作为异质文化个体，粟特文化又与汉族文化存在许多差异，当这种差异违背汉族文化体系时，就遭到了汉文化的抵触和排斥。

从历史资料看，当胡旋舞流传中原的时候，它在让人耳目一新的同时也暴露出不能为汉人所接受的东西。首先，这些胡旋女身着胡服，装束奇特，其中紧袖直领的胡衫、方便活动的裤子乃至赏心悦目的胡帽革靴都为汉人所吸收，但也有某些在汉人看来非常怪异的妆扮违背了汉民族的审美观念，如乌唇、赭面、抛家髻之类。于是许多人加以排斥，白居易甚至还提醒世人不要盲从，因为"椎髻赭面非华风"。其次，胡族乐舞本有不少被汉人社会所吸收，如唐"十部乐"中的许多胡乐因素，但由于胡旋舞过于受人欢迎，甚至到了可以蛊惑君主、影响政治的程度，结果引起一些士人的警惕和担忧。元稹诗云："天宝之末胡欲乱，胡人献女能胡旋。旋得君王不觉迷，妖胡奄到长生殿……寄言旋目与旋心，有家有国当共谴。"无疑元稹认为胡旋舞和胡旋女都是胡人用来迷惑汉人以达到侵略目的的烟幕弹而已。白居易在诗里说："禄山胡旋迷君眼，兵过黄河疑未反。贵妃胡旋惑君心，死弃马嵬念更深。"他认为胡旋舞被胡人拿来做烟幕弹，而汉人学会了则贻害更深，杨贵妃罪有应得在马嵬坡被处置，但她死了却让玄宗皇帝更加刻骨铭心地思念。可见其对胡旋舞的排斥心理更为严重。尽管把一种艺术形式当作引起国难的祸因不见得正确，但是他们作为汉文化的卫道士抨击胡旋舞则反映了异质文明相互排斥的正常现象。（刘永连）

38 舞狮子的文艺活动究竟起源于何时？

　　舞狮子是全国普遍流行的一种群众性娱乐活动，在海外华人社区也经常出现在节日、庆典等场合。狮子文化是中华传统文化的重要组成部分，但其最初是从西域传播进来的，而舞狮子也不是中国自古就有的。那么，这种文艺活动是何时变成了中国传统文化的呢？

　　据史料记载，大致在东汉末年，狮子开始作为贡品由西域传入中国，而后逐渐兴起模拟狮子形象的表演活动。曹魏时代戏狮子的表演者被称为"象人"；"狮舞"在南北朝时期得到流传与发展，到了隋代甚至与其他拟兽舞一起登上了戏场。但是，舞狮子作为独立的大型艺术表演活动，却是伴随着唐代舞蹈艺术的发展而兴起的。

　　唐代的舞狮子活动被称作

吐鲁番出土舞狮子陶俑

"五方狮子舞",最早出现于宫廷。由人扮演的五个高一丈多的狮子各立一方,被装饰以不同的颜色,表演狮子的各种情态;另有两人扮演黑人,拿着拂逗弄狮子;此外还有140人随着狮子歌舞,场面宏大、壮观。另有记载说,每一狮子周围有12个"狮子郎"配合舞蹈,他们戴着红头巾,穿着彩衣,手拿红拂子,伴着乐曲戏狮子。

唐代的"狮子舞"随后在民间、军中广泛流传,成为各民族喜爱的民间舞蹈。通过许多有关的记载可以发现,当时的狮子舞与今天民间流传的舞狮子活动在内容上几乎一样。但是,唐代民间舞黄狮是被禁止的,因为黄狮子只能为皇帝表演。著名诗人王维就是因为由人为他舞了黄狮子而被除官贬职。

狮子是舶来品,狮子形象的中国化,是中外文化交流的产物,也是唐代文化兴盛的重要体现。舞狮子的活动自唐以来一直盛行于民间,千百年来广为流传。(刘永连)

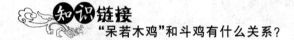

知识链接
"呆若木鸡"和斗鸡有什么关系?

除舞狮子之外,唐代还有不少拟兽技和驯兽技用于文体游艺活动。"呆如木鸡"一词就与斗鸡活动密切相关,并在这些活动中发挥到极致。

"呆若木鸡",今义是呆得像木头鸡一样,形容因恐惧或惊异而发愣的样子。但考查其出处,可知此典最早出自《庄子·达生》。故事讲述纪渻子为周宣王驯养斗鸡。当周宣王几次追问驯养的程度时,纪渻子最后才说可以了,因为这些鸡已经闻变不惊,"望之似木鸡已"。可见这个成语本来是训练斗鸡时的术语。

斗鸡活动从上古时期萌芽,到唐代发展到最高水平。不少史料反映唐人普遍喜欢观赏或参与这项活动,并且出现了一些训练和指挥斗鸡的高手。唐人陈鸿的小说《东城父老传》就记述斗鸡神通贾昌的高超技艺。故事说玄宗时期宫中、民间斗鸡风气正盛,玄宗专门设立鸡坊,选六军小儿五百人专门驯养斗鸡。但偶然间又发现贾昌这个孩子。听说他刚刚七岁,就聪明过人,能懂禽兽语言，只要让他进入鸡群，马上就能与它们亲密起来，里面哪些强壮，哪些弱小，哪些勇敢，哪些怯懦，甚至他们该何时喂养，有了哪些毛病等等，都能瞬间了解。在他面前，斗鸡们敬畏温驯，像人一样听从命令。玄宗考核如实，任命他做"五百小儿长"，不但平时侍从，即使在非常严肃的泰山封禅大典上也没忘带上。每年正月十五、清明节以及千秋节等节日，玄宗就在骊山行宫举行盛大的斗鸡活动。这天六宫毕从，百官助阵，贾昌头戴雕翠金华冠，锦绣衣裤，手里晃着铃铛，甩动拂尘，"顾眄如神，指挥风生"；而群鸡像百官朝会一样按位次整齐排列开来，"树尾振翼，砺吻磨距"。进入准备状态，群鸡马上聚精会神，虎视对手，呆若木鸡；比赛正式开始，斗鸡们根据贾昌的命令"进退有期"，"低昂不失"。胜负结果出来了，群鸡又在贾昌的指挥下，强者在前，弱者在后，"随昌雁行，归于鸡坊"。（刘永连）

39 举重在中国是怎么开始成为竞赛项目的？

举重运动与体力劳动紧密相关，其实在东西方都有着悠久的历史。原始社会人们猎取食物时，通常要举起沉重的石头狠狠打击猛兽，于是就有了最为原始的举重行为。据说在古希腊时代，运动场上专门放置一个沉重的铁球，人们只有举起这个铁球才能获得资格参赛。但比其还早的中国春秋时代，号称"举关"的体育活动已经流行。所谓"关"，就是城门上的门闩，城门巨大，当然门闩也非常结实沉重，一般人不易举起。据说当时孔子力能举关，这应是他能够当上鲁国司寇这一缉捕盗贼之官的重要体质条件。同时秦国武王有力好胜，专门与人比试扛鼎，赛过他的人可以封官。从此，举关、扛鼎就成为国人举重活动的重要项目，而稍后张良所派锤击秦始皇的侠士、与刘邦争霸不已的项羽等则都是力举千斤的猛士。

泥塑：翘关　　　　　　　　　　　　泥塑：扛鼎

魏晋南北朝隋唐时期，举重运动在中国获得重大发展。晋成帝咸和八年（333），朝廷下过一道特别选拔令，"令诸郡举力能举千五百斤以上者"。唐太宗组建"飞骑军"的时候，把"翘关"列为一项重要的考试科目和选拔标准。所谓"翘关"，与举关运动相近，即要把城门闩举到头顶以上。到长安二年（702），武则天创立"武举"，即定期在全国选拔能够打仗、领军的军事人才。这时候就将"翘关"确定为考试科目，并且在考试中明确规定："翘关，长丈七尺，径三寸半；凡十举后，手持关距，出处无过一尺。"看来，唐代举重作为选拔手段规定了明确的举重规格和动作要领，已经成为一种非常正规的竞赛项目了。于此同时，以军营为主要场所，选拔之外也非常盛行翘关、扛鼎活动。从此举重运动更加红红火火地开展下去。（刘永连）

知识链接
为什么举重运动在中国能够长兴不衰？

自从唐代武举开设，朝廷以翘关选拔力士，使举重运动得到规范化管理和更多财力的支持；而群众中流行翘关扛鼎之戏，则为举重运动积淀了雄厚的群众基础。因而举重运动在中国愈加兴盛起来。

不但如此，将举重作为武科举人的常规项目，这并非是官府的一时之举，而是此后各代沿袭下来，并且不断丰富发展，使举重项目也不断增加。如在明朝武举考试中，增加了要求将三百斤石墩提离地面一尺以上、能举百斤大刀绕身旋转而脚跟稳健等项目。戚继光选拔组建"戚家军"时，规定必须身扛三百斤铁人行走千步才能合格录取为士兵。与此同时，由于受到官府的鼓励和支持，举重运动在民间也日益受到重视和欢迎。自明朝以后，举石锁以练臂力成为百姓练武的基本功夫，这项运动普遍流行于全国各地。

这样，举重运动既有了政府的提倡和管理，又有雄厚的群众基础，而且各朝各代如此长期保持下来，所以在中国能够长盛不衰。（刘永连）

武松威震安平寨

40

中国跳水竞技最早起源于何时？

据史料记载，最晚在唐代跳水这种形式的体育活动就已经出现。当时水上体育项目内容丰富，一概统称"水戏"，但其中就包括了跳水。据《因话录》卷六记载，唐代洪州有个名叫曹赞的艺人，能够从"百尺樯上，不解衣投身而下，正坐水面若在茵席"。从这段描述来看，当时已经出现了跳水这一水上运动，只是这种跳水竞赛的看点与现代尚有不同，一是比其勇敢，可以临高百尺而不惧；二是比其从容，不脱衣服即可投身而下；三是比其浮力，

可以水上端坐不沉。尽管目击者的语言可能略带夸张性，但是足以看出当时跳水项目的难度绝对不亚于现代跳水运动。（刘永连）

古代水戏图

知识链接
唐代"水戏"是什么样子的？

作为水上运动项目统称的"水戏"，其花样非常之多。除了高处跳水外，唐代还出现了潜水、游龙门、弄潮等各种刺激性项目，并显示出了很高的技术水平。

《通幽记》里记载，唐德宗贞元年间，有个叫周邯的人，他有一个十四五岁的小奴，潜水技术相当之高，因此被周邯称为"水精"。他曾从四川沿江而下，潜入长江三峡，从中捞出许多金银器物。《新唐书·雷满传》里记载，雷满在府里有一个私人游泳池，经常设宴于泳池边，酒酣时，取各种器皿掷到水中，然后脱衣潜入水底，取回各种宝器，以此为娱乐。许多史料表明，从南海岛国来唐的昆仑奴普遍水性极好，可以潜入深海礁石和湍急河流中打捞沉船遗物。

游龙门也是唐代民间壮观的水戏活动。龙门是指黄河上晋陕交界处的险要地带，落差大，水流急。但据《唐国史补》记载，龙门人能够在此处游泳，"与悬水接水，上下如神"。

钱塘江入海口处，每到秋季海水升涨时，江潮倒涌，异常凶猛，但当地居民仍能下水游泳，称为"弄潮"。同时在江南水乡，许多女子敢于搏击长流，也是游泳能手。

此外，《因话录》还记述，曹赞能在水里"回旋出没，变易千状"；而雷满本传也说其可"戏弄于水面，久之方出"，看来当时已出现精彩的"花样游泳"。而曹赞"又于水上靴而浮，或令人以囊盛之，系其囊口，浮于江上，自解其系。至于见者，目骇神竦，莫能测之。恐有他术致之，不尔真轻生也"，这种神奇水戏就不是今人所能揣测的了。（肖仁龙、刘永连）

41

"锦标赛"何时出现在体育活动中？

"锦标"本是锦制的标旗，后泛指授给竞赛优胜者的奖品，如锦旗、银杯等。"锦标赛"是不同地区或竞赛大组的优胜者之间的一系列决赛之一，现已成为许多体育赛事的组织形式。其实早在唐代，锦标赛就已经出现在体育运动中。

唐代体育蓬勃发展，民间参与热情空前，赛龙舟可以说是中国古代民间规模最大的体育竞技项目了，"锦标"就出现在这一体育运动中。赛龙舟在古代被称作"竞渡"，多在农历五月初五端午节举行，在南方水乡尤为盛行。比赛赛场为一片较大的水面，起点用红旗作标志，终点树立起一根长竿，上端缠挂彩色锦缎，以红色为主色调，非常鲜艳夺目，称作"锦标"或"彩标"。竞渡船被称作"龙舟"，用独木做成，船头建有龙头，船尾竖起龙尾，两侧船身彩绘上龙鳞，非常轻便。比赛开始前，龙舟都已在起点处待命，岸上已是人山人海。擂鼓三下后，起点处红旗迅速向两边移开，比赛正式开始。龙船犹如蛟龙出水，而后迅速破浪前行，这时管弦齐奏、鼓声喧天，观众欢呼如雷，首先到达终点的龙舟夺得锦标获胜。

问吧
九

击鞠即打马球，是唐代盛行的体育活动之一，多出现在社会上层和军队中。球手们骑在经过训练的马上，用一种顶端成月牙状的木制球杖击打马球，马球选用质地坚硬、弹性好的木料做成，拳头大小、中空且在外层涂上红漆。比赛场地非常宽阔，四周树上红旗，比赛双方各分一半，根据比赛人数设球门一或两处。裁判员被称作"唱筹"，进球得分称作"得筹"。比赛时，参赛者纵马驰逐，用杖击球，以进球得分为"得筹"，得一筹即增红旗一面，失一筹即减红旗一面。待比赛结束后，以比赛双方得红旗多少决定胜负。（肖仁龙、刘永连）

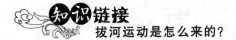

知识链接

拔河运动是怎么来的？

拔河至今仍是民间喜爱的群众体育运动，然而它最早起源于什么，又是怎么发展的，目前学界很少有人深入研究。

如果从"拔河"一词的出现来看，最早是在唐代，唐人诗词、歌赋和笔记小说多有涉及。可见这时候拔河运动已经蓬勃发展起来，肯定不是萌芽时代。那么，它到底起源于何时呢？

南朝萧梁宗懔《荆楚岁时记》云："施钩之戏，以绠作篾缆，绵亘数里，鸣鼓牵之。"可见这里记述的所谓"施钩之戏"就是拔河。隋人杜公瞻为该书作注，认为这种"施钩之戏"起源很久，是从春秋时期楚国水师的舟战发展而来。考索春秋战国史籍，《墨子》云："公输子自鲁南游焉，始为舟战之器，作为钩强之备，退者钩之，进者强之，量其钩强之长，而制之为兵。"不过，该文比较晦涩，"钩强"之意难解。查阅《太平御览》兵部所录《墨子》史料，文中"强"应作"拒"。清代学者孙诒让《墨子间诂》也指出："退者以物钩之则不能退，进者以物拒之则不得进，此作'钩强'无义。凡'强'字当从《太平御览》作'拒'。"由此大意可以明白，最初楚国水军舟战，由公输班发明了一种可以钩住敌船防其后退，拒住敌船阻其前进的兵器，创造"钩拒"战法，大概这种"钩拒"战法就是"施钩之戏"的最早源头。

不过，"施钩之戏"是怎么由军事战法演变为体育游艺的呢？

《隋书》地理志云："（襄阳、南郡）二郡又有牵钩之戏，云从讲武所出，楚将伐吴，以为教战……钩初发，皆有鼓节，群噪歌谣，震惊远近。云以此压胜，以致丰穰。其事亦传于他郡。"以上襄阳、南郡属于楚国之地，应该早有"钩拒"战法。由于可能经常用于军事演习，近千年之后这种军事战法逐渐演变成民间群众习俗活动，并沾染上驱邪免灾和祈求丰收的巫术色彩。

到了唐代，"施钩之戏"或"牵钩之戏"创造出新的竞赛工具和形式，使其发展到繁荣和鼎盛。这时候已经不用所谓"钩拒"货"篾缆"，而是用比较结实的麻纤维捻成粗大的绳子，上面再分出几百条小绳子，分列两段，牵引竞力。在其大绳中央，系以彩绸，下面划地为河，立大旗为界，牵拔过界者为胜，故名曰"拔河"。有唐一代，拔河运动在社会上下都很流行。朝廷不断组织大规模的拔河竞赛，壮观的场面中参赛者竟至千人，同时用力和呐喊，呼声地动山摇。皇帝也有兴趣组织高规格比赛，中宗时曾让七宰相二驸马为一朋，三宰相、五将军为一朋，两下较力，趣态百出。至于民间，更是常见拔河场面，特别在清明、中秋、重阳等节日，拔河是每次必玩的游艺活动。军中为了训练士兵听从指挥、齐心协力的组织观念和锻炼体质，也经常举行拔河竞赛。
（刘永连）

42

现代人踢足球，唐代人踢什么球呢？

蹴鞠作为现代足球的祖先，早在先秦时期就已经在中国出现了。一般来说，先秦时期的临淄被认为是蹴鞠的发源地。到了唐代，蹴鞠已经相当成熟，成为当时人们非常喜爱的一项体育活动。

唐代蹴鞠所用的球是充气球。唐代人仲无颜所作的《气球赋》描述说："气之为球，合而成质，俾腾跃而攸利，在吹嘘而取实。尽心规矩，初因方以致圆，假手弥缝，终使满而不溢。"唐代人在玩蹴鞠比赛的时候，最常采用的方法是设置两个球门，比赛的人分成两队来进行，角逐相当激烈。仲无颜《气球赋》中对此也有描述，说"苟投足之有便，知入门而无必。时也广场春霁，寒食景妍，交争竞逐，驰突喧阗，或略地以丸走，乍凌空以月圆"，形象地描绘了寒食节蹴鞠的热烈场面。除此之外，唐代蹴鞠的玩法还有单球门踢法：在场地中央设置一个球门，用两个长竿作门柱，再在两柱中部悬空联结一张网形成球门即为得分区，双方队员分别站在球门两侧，按一定的规则将球从得分区踢到对方的场地，最后以得分多者为胜；打鞠，也叫"一人场"，就是不用球门，也不拘人数多少，一人或多人各自独踢，用头、肩、背、臀、胸、腹、膝等身体部位支配球，花样繁多。比赛时，球手们轮流表演，以花样多的为赢。民间也把这种踢法作为个人健身活动的项目；白打，也叫"二人场"、"四人场"、"八人场"等，必须是偶数，比赛的时候也不用球门，就是二人或者是多人（偶数）传接对踢，既讲究花样又需要配合默契；趯鞠，是专门以踢高为比赛规则，在军队当中很流行；筑球鞠，《宋朝事实类苑》里面提到唐代时候的筑球："球为牛尿泡，贯气而张之，跳跃性强，民间少年筑围而蹴之，不使堕地，以失蹴为耻，久不堕为乐，曰'筑球鞠'。"

南宋　蹴鞠纹画像镜

在唐代，从皇帝到普通百姓都喜欢蹴鞠，蹴鞠运动风行一时。据说唐太宗和唐玄宗都喜欢踢球，在御园中专门设了打球官，建造了大规模的球场，妃嫔宫女都纷纷下场踢球。尤其是唐玄宗开元天宝年间，蹴鞠之风甚盛，以致引起大臣的不满，上书劝谏，不过没有什么效果。天宝以后，杜甫还写诗怀念"十年蹴鞠将雏远"，王维也有"蹴鞠屡过飞鸟上"的诗句,反映蹴鞠时候的盛况。唐代后期,蹴鞠仍然很流行,不少将相大臣都能上场踢上几脚。正所谓上行下效,在宫廷蹴鞠之风盛行的带动下,唐代社会上蹴鞠活动也非常流行。据史籍记载,唐代长安城就有永崇坊、光福坊、靖恭坊、平康坊等球场二十二个。在当时,蹴鞠不仅仅是一项重要的体育娱乐项目,人们还意识到它的健身功能。唐代人把蹴鞠叫做"发汗散",所以当时人们说"蹴鞠成功难尽言,消食健体得安眠",迷上蹴鞠之后,"肥风瘦瘵都罢"。(王晓丽)

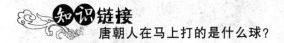

知识链接
唐朝人在马上打的是什么球?

　　除了蹴鞠之外,唐代还盛行一种在马上持杖击球的球戏,叫做"击鞠",又叫"击球"、"打球"。

　　击球最初是从吐蕃传入的(另有一说从波斯传入),唐初即开始风行,以至唐太宗曾经焚球以自诫。唐中宗"好击球,由是风俗相尚",击球运动开始在社会上盛行。金城公主出塞和亲,吐蕃派使迎亲的时候,还专门带来了一支球队,与唐朝的击球队在宫中举行了一次精彩的击球比赛。李隆基在这场比赛中表现非常突出,"东西驱突,风回电激,所向无前"。唐玄宗即位之后,击球活动更是达到极盛。其后,唐宣宗的击球技艺,曾使"二军老手,咸服其能"。唐末的唐僖宗李儇曾经自称:"朕若应击球进士举,须为状元。"还多次勒令地方官员举荐球技高超的青年入宫陪他击球。唐代政府专门设立"打球供奉",神策两军中也有不少的打球军将。每年科举之后的曲江宴中,新科进士们也要进行一场击球比赛。由于皇帝的带头提倡,社会上的上行下效,击球运动在唐代盛极一时,当时的都城长安成了唐击球运动的中心,建造了很多球场,社会上还出现了专门制造球杖的行业。

　　击球在唐代还被作为训练兵士骑术的一种方法,在唐军中被列为训练项目之一。唐代军中经常举行击球比赛,涌现出一大批击球能手。德宗初年有一个姓夏的河北军将,"常于球场中

问吧
九

章怀太子墓壁画《马球图》

累钱千余,走马以击鞠杖击之,一击一钱飞起六七丈"。但是,由于这项运动十分剧烈,在比赛中常有死伤致残的事情发生,"有碎首折臂者""以球丧一目"的情况不时出现,所以经常遭到人们的非难,韩愈就曾经专门写文章来反对击球。由于骑马击球的危险性太大,从唐中叶以来,社会上开始流行"驴鞠",也就是骑在驴上打球。由于驴的性情比较温和平稳,这种球戏在宫中和妇女当中十分流行。(王晓丽)

43

"盲棋"这种棋艺最早出现在何时?

唐朝是围棋发展到繁荣鼎盛的时期,不但高手云集,而且天外有天,奇中还奇。玄宗时期宫廷棋艺大师王积薪就遇到一桩他做梦也想不到的奇事。

据薛用弱《集异记》记述,当年安史之乱突然爆发,王积薪跟随唐玄宗仓猝向四川一带奔逃。一次借宿在深山一个只有婆媳两人的农家小院里，夜深了他还没睡着。这时候，忽然屋里东面一间住着的婆婆发话了："媳妇，这夜晚没什么好耍的，下一盘围棋，赌赌输赢怎样？"西间住着的媳妇答应说："好啊！"王积薪非常奇怪，屋里灯火都已熄灭了，婆媳俩又不在一个房间，怎么下得了围棋呢？于是附耳静听。

看来是媳妇先下，就听她说："我在东起第五、南起第九这个地方下一个子。"婆婆回应说："那我就在东起第五、南起第十二处下一个子。"媳妇又说："我再在西起第八、南起第十处下子。"婆婆又回应说："我又在西起第九、南起第十处下子了。"……屋里每下一子，都经过一番熟思，直到快四更天的时候，共下了三十六子，王积薪都暗暗铭记在心。这时候，婆婆收棋了："你已经输了，不过我只赢了九枰。"媳妇也表示服输。

稍懂棋艺的人都知道王积薪是唐代一流国手，他棋艺精深，著述丰富，见识也广，他所遇到的这件事情既是奇事，但又十分真实。从其下棋情形来看，这种不看棋盘和棋子，只凭着记忆下棋并完成赢棋过程的下棋方法无疑就是"盲棋"下法。应该说，在围棋史上很少见到的"盲棋"技艺，在唐代就已经出现了。（刘永连）

唐代围棋子

知识链接
第一场中日围棋赛是何时开战的？

　　围棋起源于中国，到了唐朝，已普遍使用十九道棋道，比赛规则已日臻完善，与今日几乎没有两样。唐朝时，围棋已经是一项非常流行的运动，就连唐宫廷中也有专门负责下棋的翰林院棋待诏。唐代有个著名的棋手叫做顾师言，是唐武宗、宣宗时代的翰林院棋待诏。《忘忧清乐集》中载有其与棋待诏阎景实争夺"盖金花碗"对局，号称晚唐第一高手。

　　唐苏鹗《杜阳杂编》及南宋王应麟《玉海》等均载：唐宣宗时，围棋已传入日本多年。有一位自幼爱好围棋，在日本国内已经号称无敌的日本王子来中国朝贡，向唐宣宗提出要与中国棋坛高手对弈的要求。唐宣宗答应了他的要求，并派出了顾师言出战，比赛在集贤殿举行。到了比赛日，双方坐定后，日本王子即命随从取出从日本带来的棋盘和棋子。棋盘通体光洁如镜，几可照人，宛如美玉。棋子则为玉质，晶莹光亮，大小如一。这时，日本王子炫耀地介绍说："我国东面三万里的大海深处，有座集真岛，岛上有个手潭池，池中出玉石，黑白大小一样，全是天然生成，而且冬暖夏凉。这些棋子即为手潭池中的玉石，名曰'冷暖玉棋子'。集真岛另产一种玉石，叫'如楸玉'，外表看上去，很像楸木。这块棋盘就是用如楸玉雕琢而成的。"双方经过一番推让后，最后还是由顾师言执黑先行，顾师言虽说是有备而来，但心底还是有些紧张，每次都反复思考成熟，才敢落子。日本王子也不敢贸然行棋，每走一步，总要凝思许久，甚至手伸出去又缩了回来。就这样双方你来我往，至三十三着还未决胜负；顾"惧辱君命，而汗手凝思，方敢落指，则谓之镇神头，乃是解两征势也"，使对方瞠目缩臂，中盘服输。日本王子输给了顾师言，便向唐朝礼宾官员问道："这位顾大人是贵国第几号棋手？"礼宾官员不动声色地答道："第三号。"日本王子点点头，又提出希望会一会唐朝的第一号棋手。礼宾官员笑道："胜了第三，才能会第二。胜了第二，方能见第一。"日本王子听后不便再多说，收拾起棋盘棋子，十分感慨地叹道："没想到小国的第一，竟胜不了贵国的第三!"这段故事是中日古代围棋交流中有影响的传说,此事亦见于《旧唐书·宣宗本纪》,但未记细节,弈棋时间为大中二年(848)三月间。(徐乐帅)

44

象棋里面的"砲"为什么是"石"字旁?

熟悉象棋的朋友一定知道,在两军对垒的阵营里有着一种类似于现代大炮、必须隔山打击对方的棋子,但至今仍然书写为"砲",这是为什么呢?

这与目前称之为"炮"的一种武器之发展历程密切相关。据研究,这种可以远程发射的武器其实在远古时期就已经发明使用了。不过由于火药还未创造出来,它所发射的并非可以爆炸的炮弹,而是只能砸人毁物的石头,所以称之为"砲"。准确一点说,这其实是一种发石机,主要是靠一种物体张力(如竹、木弯曲时产生的力量)或者靠杠杆旋转运动而带动的势能和动力而发射石弹,能在较远的距离杀伤敌人或摧毁城防设施,是非常重要的攻城武器。相传发石机初创于三千年前的周代,时称"抛车"。春秋时资料记述,当时的"抛车"可以将相当于现在十二斤的石头弹射到一百多米远的距离外。

春秋战国以后,这种称作"砲"的发石工具广泛用于古代战场,并在许多战役中发挥重大作用。在著名的官渡之战中,曹操与袁绍对垒时遭到敌人楼车居高临下的射击,于是集中工匠改造"抛车",制造出一种威力极大并且在支架上装有轮子的武器,号称"霹雳车"。之后曹军在夜幕掩护下把霹雳车推进阵地前沿,在黎明突然发起进攻。顿时石弹横飞,袁军楼车尽毁,而且死伤惨重。唐初秦王李世民攻打洛阳,李勣攻打高丽,安史之乱时李光弼守卫太原等战役中,也都显示出这种武器的巨大威力。

唐宋时期，发石机发展到鼎盛状态，已经发明使用砲楼（相当于四轮高架炮车）、行砲车、单梢砲、五梢砲、七梢砲、旋风砲和旋风五砲等多种武器。其中旋风砲凭借旋转的竖轴支持杠杆，可以向任一方向发射。单梢砲的石弹重2斤，需要40人拽放。七梢砲的石弹重100斤，250人拽放。还有一种回回砲，又称西域砲或襄阳砲，是回族人创制的，石弹重150斤，威力极大。与此同时，火药已经发明并应用于军事领域，有些聪明的将领开始用发石的"砲车"发射火药球等新式炮弹，而真正利用火药燃烧所形成的爆发力来发射弹丸的火铳也发明出来。于是，"砲车"开始与火药有了联系，逐渐变成现代使用的火炮。（刘永连）

知识链接
古代的"火箭"和现代的火箭有什么异同？

神州七号的发射大大促进了我国宇宙航空事业的发展，同时也使火箭这种东西为我们所日益熟悉。所谓火箭，是一种以热气流高速向后喷射产生反作用而向前运动的推进装置，主要用于发射人造卫星、载人飞船、空间站以及导弹等。不过，"火箭"一词古已有之，它与现代火箭有什么异同呢？

根据古书记载，早在公元前3世纪的时候，人们在作战中就懂得把一种携带硫磺、猛火油等易燃物质的箭矢发射出去，用来烧毁敌人城门、城楼、栅栏、营房等木制防守工具。这是最早的"火箭"，也是古代火攻的一种常见方式。

唐末五代火药逐步用于军事，这时候出现了另一种形式的"火箭"，即把装有火药的竹木小筒绑在箭杆上，点燃射出，利用发射惯性的同时也可以借助火药燃烧向后喷射产生的反作用力向前推进，比一般单用弓弩发射的箭矢要射程更远。甚至有些"火箭"还携带类似爆竹的"火药球"，射到空中可以爆响，又称"响箭"。在用途上，除了烧毁敌人防御工具外，还有报信示警等功能。据史料记述，宋代还有一种"火箭"，即把具有爆炸性能的火药球装配在箭杆上，点燃引线射出，可以冲入敌阵杀伤敌人，

又称"万人敌"。这些"火箭"尽管在技术上与当代火箭还有天然之别，但从运行原理上讲，它们已初具现代火箭的雏形。（刘永连）

45

"胡床"是睡觉用的吗？

我们现代人常误解古代文献或诗词中的"胡床"或"床"。古时候，床并不专指卧具，而大部分作为坐具使用。商朝甲骨文中，已有"床"的象形字。汉朝人许慎在《说文》中称床为"安身之几坐也"，明确说是坐具。至迟到唐代时，"床"仍然是"胡床"（即马扎，一种坐具），而不是指我们现在的睡觉的床（寝具）。

"胡床"亦称"交床"、"交椅"、"绳床"，是古代一种可以折叠的轻便坐具，类似于我们现在所熟知的马扎。胡床早期系用于军旅之中，相传大约是公元2世纪的汉灵帝从北方游牧民族中引入，故称为"胡床"。若用绳绷扎，则称为"绳床"，又因其形制可以转动折叠，故又称"交床"。《演繁露》云："今之交床，制本自虏来，始名胡床，桓伊下马据胡床取笛三弄是也。隋以谶有胡，改名交床。"《清异录·陈设》又载："胡床施转开以交足，穿便绦以容坐，转缩须臾，重不数斤。"看来这种坐具非常便于携带，因而常为战争时将军出征所带，所以后来便发展为权利的象征："交椅。"胡床在

北齐《校书图》中的胡床

107

魏晋南北朝至隋唐时期使用渐广，有钱有势人家不仅居室必备，就是出行时还要由侍从扛着胡床跟随左右以备临时休息之用。

"胡床"的使用始于两汉。《太平御览·风俗通》载："灵帝好胡床。"裴注《三国志》引《曹瞒传》云："公将过河，前队适过，超等奄至，公犹坐胡床不起。"唐代"胡床"的使用普遍起来，民间已不少见。李白的《寄上吴王三首》提到，"去时无一物，东壁挂胡床"。生动地体现了胡床的便携性，可以挂在墙壁上，随时取下使用。杜甫的《树间》诗云："岑寂双柑树，婆娑一院香。交柯低几杖，垂实碍衣裳。满岁如松碧，同时待菊黄。几回沾叶露，乘月坐胡床。"刘禹锡《洛中逢白监同话游梁之乐因寄宣武令狐相公》又云："借问风前兼月下，不知何寄对胡床？"这两首诗中描写作者坐床对月的活动。白居易《咏兴》诗云："池上有小舟，舟中有胡床。床前有新酒，独酌还独尝。"可见白居易可以把胡床带到船上去坐。（刘永连）

知识链接
中国人是怎么学会坐凳子的？

凳子、椅子，都是中国传统坐具。但是我国最早并没有这些"垂足而坐"的家具，而是在一定历史时期逐次得来的。在上古时代，国人习惯用席为坐具，也就是通常所说的"席地而坐"。席子一般以蒲草或蔺草编成，汉代也流行竹席，精细者称为"簟"。坐席有一定规矩，尊者有专席，坐次以东向西为尊。有时对人不满，往往断席。其坐势，如同现在的跪，屈足向后，以膝抵席，臀部依在脚后根上。如伸足向前，称箕踞，这会被认为失礼。与席同时或稍后，出现了称做"床"的家具。古时候，床并不专指卧具，而大部分作为坐具使用。商朝甲骨文中，已有"床"的象形字。汉朝人许慎在《说文》中称床为"安身之几坐也"，明确说是坐具。富人或不坐席，而坐榻。榻与床形制类似，但又有区别，即床高榻低，床宽大，榻狭小。榻多一人用，也有双人用的。与坐席一样也是跪坐。榻可以待客，中间放食案。

国人学习"垂足而坐"是从坐胡床开始的。胡床在魏晋时开始流行,隋唐时期进一步广泛使用。它的形状与现在的马扎相似,上部两根横木间用绳条穿好,供人坐,又称绳床。可放可收,便于携带。由于胡床以绳索绷扎为床面,人们不能像原来坐床或榻一样盘腿坐在上面,只能是将臀部放上去,小腿下垂,两脚放在地上。因而坐胡床一般不叫"坐",而叫"踞"。由于垂脚比跪舒适,后逐渐增加小床高度,开始在小床上垂脚坐,这又导致了圆凳、方凳、椅子等坐具的产生。这种变化到唐代尤为显著。凳子,唐人作"杌子",是没有靠背的坐具。其形制有长、方、圆等不同式样。其登床用于垫脚的,则又叫矮杌子。其用于接待宾客小坐通常为方形或圆形,若会食时所坐,则多为长凳,可坐数人。如唐玄宗召见安禄山,用矮金裹脚杌子赐坐,以示恩宠。敦煌的唐代壁画里,人们可以看到多种形状的凳子,有方形凳、长条凳、圆形凳和椭圆凳等。著名唐画《纨扇仕女图》中所画的圆形凳子,便是其一。

　　唐朝以后,又逐渐出现使人们坐得更舒适的椅子。明朝著名文人方以智曾在《通雅》一书中考证过,后世通行的桌子、椅子,皆是唐朝末年以后兴起的。"椅"偕"倚"音,意即坐时有个依靠。我们从另一幅名画《韩熙载夜宴图》中,可以看到五代南唐相韩熙载坐在高背椅上的情景。韩熙载是盘腿坐在那把椅子上的,同画中另外两位官员则都已经"垂足而坐"了。

　　到了宋代,椅子的形状日益多起来,有靠背椅、扶手椅、圈椅、交椅等,不一而足。后来又出现了"太师椅",据说是宋朝一位京官专为秦桧设计的,以后太师椅便流传于世。(刘永连)

46

唐朝的戒指是用来表示订婚吗?

　　在现代社会中,戒指已经成为常见的饰品,更是婚姻仪式中必不可少的道具之一。我们知道,现在的戒指式样及相关的风俗、仪式都是从西方传过来的，那么中国古代的戒指也是用来表示订婚吗？

古代的戒指被称作指环。唐代史籍中有关指环的记载虽然不多，但仍然有几条，主要出现在笔记小说中。晚唐范摅《云溪友议》卷中"玉箫化"条记韦皋与玉箫相约，约定五至七年后来娶玉箫，"因留玉指环一枚，并诗一首"。后来韦皋违约不至，玉箫绝食而死。再后来韦皋成为西川节度使，知此事后"广修佛像"。最后玉箫托生为歌姬，又回到了韦皋的身旁。《太平广记》卷340"李章武"条记唐德宗贞元年间（785—805）李章武与华州王氏子妇相爱，临别时"子妇答白玉指环一，又赠诗'捻指环相思，见环重相忆。愿君永持玩，循环无终极'"云云。后来李章武再去华州，王氏子妇已死，二人遂神会于王氏宅中。晚唐谷神子《博异志》"杨知春"条记杨知春与群贼盗墓，为取得墓主人指上玉环，"竟以刀断其指"，结果群贼突然"皆不相识，九人自相斫俱死"。

文献资料之外，考古文物资料亦有少量戒指出土。河南偃师市杏园村 YD1902 号唐墓出土有金戒指一件，"环体厚重，上嵌椭圆形紫色水晶。水晶上浅刻两字，文字为中古时期的巴列维语"。墓的年代推测为盛唐墓。辽宁朝阳市双塔区一号唐墓出土铜戒指 5 件；三号墓出土金戒指一枚，同墓还出土有东罗马帝国金币一枚。墓的年代推测在唐中期以前。江苏徐州市花马庄唐墓出土金戒指一件。墓的年代推测为唐前期。从这些资料来看，唐代的指环已经被用来当作是男女之间定情的信物，已经开始与婚姻相关，但并无订婚之意，如上引诗句"捻指环相思，见环重相忆。愿君永持玩，循环无终极"中取指环的"循环"之意，似乎更具有中国传统文化的含义。（徐乐帅）

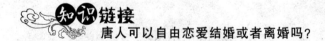
知识链接
唐人可以自由恋爱结婚或者离婚吗？

唐朝是中国封建社会的顶峰，这种顶峰不仅反映在物质的繁荣上，更重要的是反映在精神的开放上，这种开放也体现在唐朝的婚俗上。唐朝的法律明文规定：子女未经家长的同意而私自确立了婚姻关系的，法律对此予以认可。关于类似的事例，我们在唐代的笔记小说中可以看到很多，这些故事情节大都类似，无非是某对青年男女私定终身，然后经过一番波折，最终两个人终成眷属。唐代不仅结合相对自由，离婚也较为自由。唐律对离婚有三种规定：一种是协议离婚，即男女双方自愿离异，法律对此种行为予以认可。一种是促裁离婚，即所谓"出妻"，有所谓"七出之条"，这主要是保证夫权的。第三种是强制离婚，如果夫妻双方发现有"义绝"或"违律结婚"的，必须要强制离婚。这条规定中的"义绝"包括夫对妻族、妻对夫族的殴杀罪、奸杀罪和谋害罪，在这种情况下必须离婚，应当说这种规定还是有着一定的人性化色彩的。从唐代的法律规定来看，它对婚姻的约束力是相对宽松的，特别是对于女性而言，离婚改嫁和夫死再嫁习以为常，并未受贞节观念的严重束缚，它与前朝的"从一而终"和后代的"饿死事小，失节事大"形成鲜明的对照。（徐乐帅）

47 唐朝女子为什么流行穿男装？

在唐朝社会里，有一种非常引人注目的着装现象——女子流行穿男装。在礼教制度控制下的封建时代，这种绝无仅有的时代特色发人深思：究竟是什么原因导致这种奇特的社会潮流呢？

透过史料可知，在远古母系氏族制过后，女权主义曾经在唐朝这个时代悄悄"梅开二度"。这当然又与唐朝开放的社会、中外文化的交融碰撞、女权意识的崛起以及佛教道教对社会风尚的影响是分不开的。

可以说，数百年民族文化的融合以及战争对士族制度和儒家礼教的冲击，加上大唐帝国无比广阔的疆域版图，共同造就了唐朝开放的社会。而开放社会又给唐朝带来多元的文化思潮以

111

及思想和信仰的自由。同时在中外文化交融碰撞的背景下，异域民族尤其许多女儿国的习俗浸染，直接导致国人女权意识的再度觉醒。这样，一方面是前代旧朝礼教的暂时崩溃，另一方面是女权意识的觉醒，顺理成章地导致女性地位的提高。据宗教学家们分析，道教经典《老子》在宗旨上认为女权优于男权，佛家信徒一直宣扬和追求"众生平等"，而儒家也有追求个性自由的一面，这些也都成为女权意识复苏及女性地位提高的影响因素。

女性地位提高的表现有多种，如唐代女妒现象严重、女性婚姻自主权加强、女子受教育比例提高，甚至女子做皇帝等等，而女性能着男装是其重要表现形式之一。这种习俗首先盛行于宫中，太平公主身穿紫衫、玉带，头戴皂罗折上巾的打扮，是高宗武后时期的一段佳话；而玄宗主动把自己的衣服让给贵妃来穿，则是唐朝夫妻平等相待的突出典型。这种风气很快流入民间，《中华古今注》曰："至天宝年中，士人之妻着丈夫靴、衫、鞭、帽，内外一体也。"与此相关，身着男装的女子同时获得许多参与社会活动的机会，她们不但可以参加各种民俗节日如上元节、端午节、七夕节，还可以在平时参加种种娱乐活动，如《开元天宝遗事》记载："都人仕女，每至正月半后，各乘车跨马，供帐于园圃，或郊野

唐代女子男装（唐墓壁画）

中,为探春之宴。"

深入分析女着男装的性质,尽管她们所生活的唐朝并未整体改变以男性为中心的社会结构,但是时代特色激发了她们反抗男权、追求女权的勇气。实质上,女着男装是女性们以人类第二皮肤与男权社会相抗衡的表现形式,她们以此直抒胸臆,表达自己心中的思想感情,并得到整个社会的认可。(刘永连)

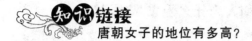

唐朝女子的地位有多高?

凡是熟悉唐代文化的人,都知道唐朝女子地位相对其他时代较高。那么唐代社会,女子的地位到底有多高呢?

就家庭地位而言,唐朝女性可以拥有一定的法定继承权,女性可以单独为户主,具有较为独立的经济地位,在社会生活的许多方面发挥着作用等等。唐朝妇女敢于"妒悍"——其实是敢于捍卫自己的爱情成果。《酉阳杂俎》中记载:"大历以前,士大夫妻多妒悍。"所谓"妇强夫弱,内刚外柔"、"怕妇也是大好",竟成为唐人笔记小说中津津乐道的"题目"。唐朝人惧内之风大盛,是妇女地位较高最易理解的体现。

就婚姻观念而言,与前后各代不同,唐代妇女婚姻有主动权,离婚极为常见,再嫁不以为非。据《新唐书》统计,唐代公主再嫁者达二十多人,其中三次嫁人的有三人。这说明当时的朝廷对此不以为怪,民间拘束就应当更少了。同时唐朝法律在一定程度上保护了妇女的权益,明文规定了"三不去"条;而唐人对离婚态度也颇为开通,离异书上不乏祝福之语:"愿妻娘子相离之后,重梳蝉鬓,美裙娥眉,巧逞窈窕之姿,选聘高官之士……一别两宽,各生欢喜。"

就贞操观念而言,唐代女子贞操观念淡漠,更多追求情感成分,而社会对这方面的要求也相当宽松。据笔记小说史料看,才子佳人故事层出不穷,女子私奔之事也不少见。作为《西厢记》蓝本的《莺莺传》出自著名诗人元稹自述,实际情况是莺莺和张生私通后并未成婚,而是莺莺另嫁,张生另娶,但后来两人还有

诗赋往来，而当时人们对此也并不以为怪。至于还妻、赠妾、好合好散诸种情形，在唐人生活中不知有多少鲜活的实例。（刘永连）

48 唐朝人为什么爱穿"胡服"？

胡服是指西北地区诸多少数民族以及域外印度、波斯等国的服装样式。其通常是头戴毡皮帽，身着长衣及膝，衣袖瘦窄，领为圆领、翻折领或对襟开领，腰系革带，下身穿紧身小口裤，脚着皮靴。唐朝时汉人非常喜欢和流行穿着胡服，从唐宫廷、朱门到平民小院处处可见，这是为什么呢？

汉人流行胡服作为中原胡化的一种表现，当与中原胡化有着密切的关系。粗通唐史的人都知道，大唐帝国以其无与伦比的涵量容纳了大量边疆和域外胡人。他们包括内附或被俘的整个部族、慕化或避难的酋长乃至王室贵族、自由逐利的商人和传教的僧侣、被带来进贡的贡口和买卖的奴隶等，数量多得惊人。仅就唐初北方民族的流入情况看，可以肯定唐朝早在平突厥之前就容纳了来自突厥等地的一百二十万胡族和胡化人口，而此后流入中原的突厥部众可达数十万人。同时，突厥所控制的铁勒各部如契苾、薛延陀、回纥、仆固、多滥葛、同罗、拔也古、思结、阿跌、浑部等都有酋长们率领内属的成批部众，前后不下数十起。高丽、百济亡国后也有数十万人流入中原。此外高昌、龟兹、吐蕃等都有大批民众迁入中原。在黄河中下游这么有限的地域空间，数十年内好几百万胡人潮水般涌进来。而唐初整个中原人口才二百万户，算起来不足一千万人，在该地区恐怕最多也不过几百万汉人。这一时期，黄河流域胡汉人口数量对比起来，我们无法确定到底是汉人多还是胡人多。

唐代男子胡服陶俑与唐代女子胡服壁画

到目前为止，还很少有人能够意识到唐代胡人在中原社会占到如此之高的比例，因而在说民族融合的时候极少有人认真探讨该地区胡化的深度。只有史学大师陈寅恪先生一语道破玄机："唐朝大有胡气。"当时充斥中原的胡人带来了丰富的胡族文化，并将其渗透于中原社会的方方面面，直接促成了中原胡化色彩的产生。简言之，它反映在大量胡族物品的流入，胡族习俗在汉人生活里的渗透（这里又包括饮食、服饰等方面），胡人生活艺术（包括乐舞等）、生产技术（包括酿酒、养马、纺织等）在中原社会的流行，婚姻家庭制度和宗教信仰对汉人的影响等诸多方面。从当时汉人角度看，许多胡族的东西具有其独特的魅力，特别迎合了当时社会强烈追求时髦的心理。就胡服而言，既新奇漂亮，又比宽大的汉装更适用于劳作等活动，优点极其明显。在此背景下，汉人喜欢穿着胡服是再正常不过的事情了。（刘永连）

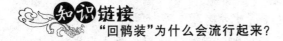
"回鹘装"为什么会流行起来？

所谓"回鹘装"，是我国北方和西北重要少数民族之一回鹘所拥有的传统民族服装，后来传入中原，曾经在唐朝汉人社会流行，汉人称之为"回鹘装"。回鹘原名回纥，原来属于大漠以北铁勒族群中的一个部族，6到7世纪附属于突厥，突厥汗国灭亡后兴盛起来，到玄宗时期改名回鹘，建立强大汗国。9世纪上半期，回鹘汗国衰落并崩溃，主要部落西迁到天山南北和甘肃西北部等地区，成为后来维吾尔族的主要成分。

那么，"回鹘装"是什么样子的呢？花蕊夫人《宫词》描绘道："明朝腊日官家出，随驾先须点内人。回鹘衣装回鹘马，就中偏称小腰身。"由此可以看出，"回鹘装"不像中原汉人传统的长袍那么肥大，而是瘦小贴身，特别是腰小，能够显示出女性亭亭玉立和婀娜多姿的体型美。

据专家考证，在西北石窟及佛寺壁画里，还能寻找到"回鹘装"的具体形象。敦煌莫高窟壁画所绘曹议金夫人画像，因其出身回鹘公主，所以着"回鹘装"。她头梳回鹘高髻，戴有镂刻着精美凤纹的桃形金冠，两侧横插一云头形簪钗，坠步摇玉珠类饰品，后垂一红色绶带；双耳戴圆环形耳饰，两条珠宝项链绕于颈部；身着上窄下宽的窄袖石榴红落地裙袍，领部开口呈V形，露出红色小花圆领锦衣，翻折的青果领和袖口均绣以凤凰卷草纹，足登翘头软锦鞋。从这一壁画来看，"回鹘装"不仅包括衣袍，而且也包括头足装饰。其基本特点是翻折领连衣窄袖长裙，衣身宽大，下长曳地，腰际束带，略似男子的长袍；翻领及袖口均加纹饰，纹样多凤衔折枝花纹，颜色以暖调为主，尤喜用红色；头梳椎状高挺的回鹘髻，戴珠玉镶嵌的桃形金凤冠，簪钗双插，耳旁及颈部佩戴金玉首饰，脚穿笏头履。

"回鹘装"又是怎么流行起来的呢？据史料记载，自玄宗时期回鹘兴起，与中原也加强了往来和联系。安史之乱爆发后，肃宗皇帝派太子带人去回鹘和亲求援，回鹘可汗派其世子率领五千回鹘骑兵南下勤王，从西北打到黄河下游，收复了长安、洛阳二京。此后，部分回鹘将士并没有返回，而是在长安等地长期定居下来。同时，还有不少回鹘百姓迁徙到中原地带生活。这些人凭借回鹘骑兵的英名以及新异的装饰和习俗，给中原社会造成很大影响。在此背景下，"回鹘装"穿着也成为当时社会的一种时尚而流行起来。（刘永连）

"冠"和"帽"一样吗？

冠帽始于先秦时期的头衣。中国古代，人们把系在头上的装饰物称为"头衣"。古代"头衣"包括帽子、巾、幞头、冠、冕、弁等。

帽子是"头衣"的一种，并且是最古老的一种"头衣"，《说文解字》未收"帽"这个字，可见帽是出现于东汉以后的字。

中国古时的"冠"不同于现在的帽子，它只有狭窄的冠梁遮住头顶的一部分，不像帽子盖住全部。冠的作用主要是把头发束住，同时也是一种装饰。冠圈的两旁有丝绳，用来在下巴上打结，将冠固定在头顶上，这两根丝绳就是缨。戴冠前要将头发盘在头顶上打成髻，用缅把发髻包住，然

李勣墓出土的铜帽

后再戴冠。戴上冠后，还要用笄左右横穿过冠圈和发髻再加以固定。

冠的主要功能不是实用，而是礼仪，没有身份的人是不能带冠的。这是冠与帽的根本区别。

冠是贵族成年男子所必戴的，所以也就成了达官贵人的代称。古代不戴冠的有四种人：小孩、平民、罪犯、异族。冠在古代礼仪中是男子成年的标识。男子二十岁开始戴冠，戴冠时要行"冠礼"，举行冠礼且有了字号，谓"弱冠"，标志着他们已经成年，应对宗族和社会负起应有的责任，社会和家庭也应以成人标准要求他们。戴冠出于礼仪需要，古人视戴冠为神圣。凡丧祭、婚

117

仪、朝事、斋戒等重大事件皆须戴冠。该戴冠而不戴，是不合礼的。冠，就是贯，表示一以贯之、始终如一的意思。古人把冠看得比生命还重要，即便到死，也不能免冠。《左传》哀公十五年记载卫国内乱，子路用以系冠的缨被人砍断，他放下武器结缨，并说："君子死，冠不免。"结果被人砍死。

冠的种类有进贤冠、进德冠、笼冠、通天冠、梁冠、鹖冠等，通天冠是级位最高的冠帽，唐代通天冠的基本造型，与宋明一脉相承。进德冠比通天冠略次，但造型也很华贵，为重臣所戴。

古代妇女也带冠，但多为花冠。唐代白居易的《霓裳羽衣舞歌》中有"虹裳霞帔步摇冠，钿璎累累佩珊珊"的诗句，形容女子出阁时享受穿戴凤冠霞帔的殊荣。宋代以后凤冠被正式定为礼服。

由冠还衍生出许多与之相关的成语。如冠冕堂皇、怒发冲冠、沐猴而冠、张冠李戴、弹冠相庆、衣冠楚楚等，不一而足。成语"衣冠楚楚"意为表示一个人有修养和风度，在礼仪场合一丝不苟、衣冠整洁。古人又有"免冠谢罪"之说，摘去冠，表示自己有过错，情同罪犯，自降身份。当今社会的脱帽致意，就源于这一习俗。（李晓敏）

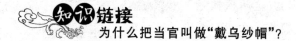

知识链接
为什么把当官叫做"戴乌纱帽"？

"冒"是"帽"的古字，其象形含义显示了帽子的性质：四周像缝缀而成的兜，下部开口，以便套在头上。

我国戴帽子的历史很久了，陕西临潼邓家庄新石器时代遗址中，曾出土一件六千年前的陶俑，上面绘有戴帽子的人物。早在春秋战国以前，人们都是戴帽子的，并且是皮帽子，这个时期帽子主要是北方人所戴。秦朝时也以西域少数民族戴得比较多，中原大多是小孩子戴。三国时期帽子开始在中原地区普及开来，凡不做官的士人就可以戴帽子，有名的高士管宁就在家中戴黑布帽子。但在正式场合是不允许戴帽子的，而要按规定戴冠和帻等。

明代乌纱帽

由于帽子有其方便的一面，北魏以后士大夫也逐渐戴起了帽子，成为日常生活中的一般打扮。东晋南朝时，戴帽子的就很多，身份的束缚已经不是很严格了。南朝时帝王百官以戴白纱帽为时尚，士庶阶层却戴以乌纱帽相对应。隋朝的时候皇帝也带乌纱帽，今天我们把当官叫做"戴乌纱帽"，罢官叫做"撸掉乌纱帽"，就是从这里来的。（李晓敏）

50 现代人穿衣服主要看时髦和漂亮，唐朝人穿衣服必须看什么？

现代人穿衣服讲究漂亮得体，即使穿的与众不同，也不会引来什么麻烦，但是古代就不一样了。在古代，"人服其服"，穿什么样的衣服必须要看穿衣者的身份。不同身份的人穿的衣服的颜色、质料甚至是衣服上的纹饰都是不同的。在唐代，最能体现身份特征的就是服饰的颜色和纹饰了。

在唐代以前，黄色上下通用，并没有什么特别的意义。到了唐代，唐高祖曾经穿赤黄袍巾带作为常服，有人提出赤黄色近似太阳的颜色，"天无二日"，这是帝王尊位的象征。因此从唐朝开始，赤黄色就成为帝王的专用色，黄袍也被视作帝王的御用服饰，臣民一律不得僭用。确定了皇帝的专用颜色之后，唐太宗贞观四年(630)，又正式规定了百官的"品色衣"。根据这个规定，朝廷官员三品以上服紫，五品以上服绯，六品、七品服绿，八品、

问吧
九

陕西乾县李重润墓壁画

九品服青，一般的庶民则穿白色。

到了武则天统治时期，又把带有铭文和绣饰的铭袍当作官服，赐给大臣。铭袍的形制是右衽、圆领、大袖，胸前有鸟兽的纹饰，后背有根据品级高低和文武职务的不同而有所区别的铭文。如赐给新上任的都督、刺史等官员的铭文是："德政惟明，职令思平；清慎忠勤，荣进躬亲。"铭文的形式是先在袍上绣出一个山的形状，然后再用金银线围绕这个山形绣成回文铭。赐给三品以上文武官员的铭袍上的铭文是："忠公正直，崇庆荣职，文昌翊政，勋彰庆陟，懿冲顺彰，义思宠光，廉贞躬奉，谦感忠勇。"铭文的形式是八字回文，没有山的形状。至于绣饰，也各不相同，如宗室诸王的绣饰是盘龙和鹿，宰相的绣饰是凤池，尚书的绣饰是对雁，左右监门卫将军的绣饰是对狮子，左右卫将军的绣饰是对麒麟，左右武卫的绣饰是对虎，左右豹韬卫的绣饰是对豹，左右鹰扬卫的绣饰是对鹰，左右王钤卫的绣饰是对鹘，左右千牛卫的绣饰是对牛，左右金吾卫的绣饰是对豸等等。这种在官服上用绣饰鸟兽纹来区别文武、尊卑的制度，从武则天统治时期开始实行，改变了唐初单纯以服色确定官阶的做法，这种制度后来被明清两朝所沿袭，形成了独特的补服制度。（王晓丽）

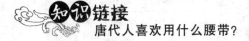

知识链接
唐代人喜欢用什么腰带？

唐代，尤其是安史之乱之前，社会上曾经一度盛行胡服，甚至连腰带的样式也深受胡服的影响。在古代，人们的腰带都是用金银铜铁来加以装饰的，镶有带钩，起到固定腰带和装饰的作用。从魏晋南北朝开始，受北方少数民族的影响，社会上开始流行环带，也就是"蹀躞带"，这种腰带不用带钩而改用带扣，带上用玉、金、银、铜、铁或犀角、瑜石等制作成方形的装饰物，叫作"銙"。每个銙下面带一个环，用来佩物。在唐代，这种腰带的使用达到极盛，从皇帝到文武百官、庶民百姓都喜欢用，只是不同身份的人所带的蹀躞带，上面銙的数量和质料是不同的。

据《新唐书·车服志》记载，唐太宗时期规定三品以上官员束金玉带，十三銙；四品官束金带，十一銙；五品官束金带，十銙；六、七品官束银带，九銙；八、九品官束瑜石带，八銙；流外官及庶人束铜铁带，七銙。在这些銙下环上所佩戴的物件也是受到北方胡人的影响来确定的，称为"蹀躞七事"。据《旧唐书·舆服志》记载："上元元年八月又制：一品已下带手巾、算袋，仍佩刀子、砺石，武官欲带者听之。""景云中又制，令依上元故事，一品已下带手巾、算袋，其刀子、砺石等许不佩。武官五品已上佩蹀躞七事，七谓佩刀、刀子、砺石、契苾真、哕厥、针筒、火石袋等也。"到了开元年间，朝廷对官员的服饰实行新的制度，官员们不再佩挂蹀躞带，但是蹀躞带在民间仍然广为流行，只是带上不再佩戴所谓的"蹀躞七事"了。（王晓丽）

51 "点心"一词是怎么得来的？

日常生活中，我们在三餐以外，有时还要吃些小点心来补充体力。那么，"点心"从何而来呢？

"点心"一词最早出现于唐代。宋人吴曾在《能改斋漫录》中记载："以早晨小食为点心，自唐时已有此语。"在唐代，"点心"最初作为动词使用，意思是随意吃点东西。《新唐书》记载，郑傪做官升为江淮留后。一天，家人为他的夫人准备了早餐，夫人正在

新疆吐鲁番出土的唐代饺子、面点

化妆，便说："治妆未毕，我未及餐，尔且可点心。"在《幻异志·板桥三娘子》中记载："三娘子先起点灯，置新做烧饼于食床上，与客点心。"庄季裕《鸡肋编》卷下记载："上微觉馁，孙见之，即出怀中蒸饼云：'可以点心。'"

"点心"后来作名词使用。《入唐求法行礼记》记载："众僧上堂，吃粥、馄饨、杂果子。"这里的"果子"就是指点心。1966—1972 年间，在新疆吐鲁番阿斯塔那唐代墓葬中发现了精美的花式点心，为我们研究唐代点心提供了实物资料。《东京梦华录》一书记录了北宋都城汴梁（今河南开封）的繁华，其中也有关于"点心"的记载。每天早晨四五点钟，一些酒店便开门营业，卖"灌肺及炒肺，并饭、粥、点心"。（刘永连）

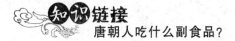

知识链接
唐朝人吃什么副食品？

唐代物质生产较前代有了很大发展，同时也汇总融合了周边各族的饮食风俗，因而副食品呈现出琳琅满目的盛况。

第一，在肉食类里，唐人多以牛、羊、猪、鸡等肉为主原料，同时由于狩猎盛行，鹿肉等野味是富人餐桌上的常见副食。据载有位叫黄升日的人喜欢吃鹿肉，他每天要烹煮三斤鹿肉，从早晨直煮到太阳西落，才认为火候足了，如此生活了四十年。当时还出现了好多美味名吃。如宰相韦巨源喜用鸭肉汤汁做面条，用田鸡、豆英菜做"雪婴儿"，用羊、猪、牛、熊、鹿五种动物精肉做"五生盘"，还曾做过号称"箸头春"的活烤鹌鹑。胡族将军曲良翰家，用火烤制的"驼峰炙"号称长安美味。

第二，动物内脏已多为唐人所用，做出许多美味。例如，有一种"升平炙"，其实是用羊和鹿的舌头拌制而成的。还有一种"生肝镂镔"，是用猪肝、猪肚做成的。

第三，南北海味争奇斗艳。在北方，虾、蟹、鳜鱼、蛤蜊之类都是桌上常见美食，像光明虾、蛤蜊汤、鱼白凤凰胎等都是名吃。在南方，松江鲈鱼、乌贼、比目、鲍鱼等则常在饮食之列。这时候广东人已经学会用海鲜煲汤。

第四，唐代茶酒点心有所丰富。葡萄酒酿法已经传入内地，唐朝人也已经喝上了白兰地；制茶技术大大提高，名茶流行，饮茶日盛；时令小吃上，春节有屠苏酒、"元阳脔"、烹制鸡丝、葛燕、粉荔枝等，元宵节有芦菔、生菜、春饼、春卷等，寒食节有冬凌粥、煮鸡子以及麻花、馓子等，端午节有各色粽子，重阳节有菊花酒、重阳糕等。

第五，与面食相结合，唐朝人还制作出各种各样带馅的食品。馄饨在唐朝已经流行；而馎饦则是用荤素各色馅儿做成，类似包子、饸子、饦子等馅类面点的新兴食品。

如果从副食品制作方法上来分，在唐朝已经有了火烤成熟的炙品类、鲜活细切的脍品、风干储存的脯品、酸咸腌制的菹品、用来浇拌面食的臛、鱼肉素菜煲制的羹以及乳酪、灌肠、面菜混合制作的包子之类。（刘永连）

52 烧饼就是胡饼吗？

一般认为胡饼就是最早的烧饼。汉代以来，胡饼传播于中原各地，进入了百姓的家庭生活，日渐成为一种最常见的食物。

张骞通西域后从西域引进了"芝麻"，当时叫做"胡麻"，胡饼的特点就是在饼上洒着胡麻。十六国后赵石勒因为避"胡"之嫌而改为"博炉"，石虎的时候又改为"麻饼"。魏晋时期南方也普及了胡饼,著名书法家王羲之小时候就曾经"坦腹东床啮胡饼"。唐代胡饼更加流行,是当时社会各阶层的重要食品之一。城市里有很多胡饼店,人们随处都可以买到胡饼。唐代文献中关于胡饼的记载也随处可见。

安史之乱时唐玄宗与杨贵妃出逃到咸阳集贤宫,肚子饿了,宰相杨国忠就去市场买了胡饼来充饥。公元880年,黄巢起义,逼近长安,唐僖宗仓皇出逃,宫女用宫中带出的一点面粉,用村里人送的酒,一起和面,先在锅内烙,后在炉内烘熟,拿给他吃,僖宗勉强吃了半块。这种先烙后烤的方法和现在相似。

"此饼本是胡食,中国效之,微有改变。"北魏贾思勰的《齐民要术》中已有"烧饼做法"。胡饼本来是西域风格,传入中原之后,特别是到了唐代,这种饼的形制和加工方法也有了很大的改变,各地的胡饼大小也有不同。唐代胡饼一般是在炉中或其他类似的器皿中烤熟的饼,还有用蒸制法做胡饼的。当时长安做胡麻饼出名的首推一家叫辅兴坊的店铺。唐代诗人白居易有《寄饼于杨万州》:"胡麻饼样学京都,面脆油香新出炉。寄与饥馋杨大使,尝看得似辅兴无。"说在咸阳买到饼像长安辅兴坊的胡麻饼。这首诗就描述出了胡饼的主要特征,也是唐代胡饼的典型模式。胡麻饼的做法是取清粉、芝麻五香盐面、清油、碱面、糖等为原、辅料,和面发酵,加酥入味,揪剂成型,刷糖色,粘芝麻,入炉烤制,因而白居易说"面脆油香"了。

1995年新疆阿斯塔那墓出土了直径近二十厘米的面食,可能是当地流行的大型胡饼。唐代还有一种叫"古楼子"的胡饼,饼中夹有羊肉、酥油、豆豉等一同烤制。(李晓敏)

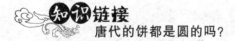

知识链接
唐代的饼都是圆的吗?

唐代的"饼"所涵盖的范围远远大于今天的"饼",凡是用面粉做成的都统称为饼,和今天专指扁圆形面点的含义有所不同。

早在新石器时代的河南裴里岗遗址就出土了加工面粉用的磨盘、磨棒,战国时已经有了关于饼的明确记载,汉代的时候吃饼已经很常见了。

饼的花样有很多,最普遍的、经常食用的有:

用笼屉蒸制的面食叫蒸饼,宋仁宗的时候为了避讳改叫炊饼,实际上就是今天的馒头。当时有蒸饼不蒸出十字就不好吃的说法,类似今天的"开花馒头"。后来逐渐地在蒸饼里包馅,是今天包子的雏形。唐代的蒸饼品种很多,是日常就餐的主食,更成为面食推销者和购买者都百般垂青的食品。

汤水里煮熟的面食叫做"汤饼",又叫"索饼"、"煮饼"、"水引饼"、"水溲饼"。汉代宫廷有专门的"汤官",负责汤饼等面食的供应。东汉汉质帝就是被梁冀在煮饼里加毒药毒死的。汤饼是魏晋时期人们非常喜爱的面食,唐代以后逐步演化成为今天的面条、馄饨、水饺等水煮面食。汤饼还有食疗保健的功能,如姜汁索饼、羊肉索饼、黄雌鸡索饼、俞白索饼等,各有疗效。

在专门的烤炉里烤制的是胡饼,也就是芝麻烧饼,表面洒有一层胡麻(芝麻),咸香酥脆,传入内地后,受到社会各阶层的欢迎,流行于世,经久不衰。唐代长安的胡饼制作更是成为各地学习的典范。

此外还有髓饼、乳饼、油饼、薄脆、烙饼、煎饼、春饼、月饼、桂花饼等,形成了唐代异彩纷呈的各色面点,如曼陀样夹饼是形状如曼陀罗果的夹馅烤饼,贵妃红是一种色红味浓的酥饼,生进鸭花汤饼是一种做成鸭状花形的汤饼,双拌方破饼是用两种原料拌和制成的花形饼,八方寒食饼是用木模制成的八角形饼,素蒸音声部是七十件包有各种蔬果馅的蓬莱仙女歌舞造型的蒸饼。

(李晓敏)

53

民间的油炸丸子是怎么来的?

据唐代小说《卢氏杂说》记载,一天,冯给事(给事:官名,唐朝官职,官阶正五品上,是门下省职官)到中书省等候见宰相。他看见一位上了年纪的官吏,身穿浅红色的官服(属五品官),在中书门站着,等候通报。冯给事和宰相夏谯公谈论事情谈了很久,他出来时,天色已经晚了,那个官吏还在那站着。于是他让手下的人去问那个人是什么官。那官吏走上前说:"我是新上任的尚食令,有事求见宰相。"冯给事帮助那个官吏见到了宰相。那人出来后非常感谢冯给事,说:"如果不是给事您帮忙,我今天肯定见不到宰相。我是尚食局的链子手,请问给事住在哪里,我一定上门致谢。"冯给事说:"我住在亲仁坊。"官人说:"我想给您展示我小小的手艺,但不知您什么时候在家?"给事说:"你什么时候来都可以,需要给你提前准备什么东西呢?""需要一个大台盘,三五十个木楔子和油锅炭火,一二斗上好麻油,一些南枣烂面。"给事本来就很精通烹饪,回到家就让人把东西都准备好了。然后挂上帘子,准备与家人一起观看来客展示手艺。第二天一大早,那个官吏就来了。喝了一杯茶,他就走出厅堂,开始准备,脱了罩衫、靴子和帽子,换上青色半臂(半臂,类似坎肩的一种短袖衣饰)、三幅裤、花围裙和兜肚、绣花套袖。他从四处比量一下台面的水平程度,用木楔子把不平的地方填平,然后取出油锅烂面摆放开来。之后老官吏从兜肚中取出一个银盒子、一个银箆子、一个银笊篱。等油热了以后,从盒里撮些链子馅,然后在面里抓了一把,团成团,用箆子挂掉指缝中漏出的面,把团好的链子放到油锅中,炸了一会,用笊篱捞出来,在新打的水里放一会,捞出来再放进油锅里炸,油开了三五分后取出,倒在台面上,圆溜溜的链子,转个不停。冯给事和家人尝了一下,外焦里嫩,非常美味。

这则故事至今很少有人注意,但是根据文中所描绘的情景,它是至今所能见到的有关制作油炸丸子过程的最早记载。由此可见,至少在唐代中国人已经学会制作油炸丸子,并且这手艺开始由宫廷传播到民间。(刘永连)

"饺子"究竟是怎么出现的？

饺子，北方民间称为"扁食"，是中国节日喜庆时常有的传统食品。由于其历史悠久而且背景复杂，人们对其来龙去脉有着不同看法。

饺子因其两边有角，在古书中也称"角子"。北宋孟元老《东京梦华录》云："凡御宴至第三盏方有下酒肉、咸豉、爆肉、双下驼峰角子。"据说这是关于饺子最早的记载。南宋周密《武林旧事》记录京都杭州的市井面食，亦有"市罗角儿"、"诸色角儿"等说法。明代著述已经习惯将"角子"称为"饺"了，张自烈《正字通》云："今俗饺饵，屑末而和馅为之，干湿大小不一，或谓之粉角。"

有人说，饺子原名"娇耳"，是我国医圣张仲景首先发明的。相传东汉末年，"医圣"张仲景从长沙太守任上辞官回乡，正好赶上冬至，看见百姓多受伤寒，两只耳朵也有冻伤，于是在当地搭了一个医棚，支起一面大锅，煎熬羊肉、辣椒和祛寒提热的药材，用面皮包成耳朵形状，煮熟之后连汤带食赠送给穷人。老百姓从冬至吃到除夕，抵御了伤寒，治好了冻耳。从此乡里人与后人就模仿制作。

也有人说，在春秋晚期的薛国君主墓葬里，发现了呈三角形的食品，每个长5—6厘米，最宽处3.5—4厘米。发掘者认为，从形制上看应该是饺子。只是年代久远，现在已经无法判定里面有无馅儿。依此，饺子应该有两千五百年的历史了。

还有人说饺子在古代也称"牢九"。陆游《与村邻聚饮诗》云："蟹供牢九美，鱼煮脍残香。"探究其义，"牢"字的甲骨文的字形为屋下有牛、羊之状。原义即为驯养牛羊的牲畜圈，后引申为祭祀的牲品和拘禁犯人的牢

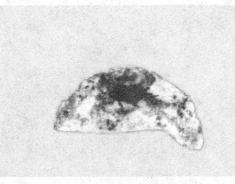

吐鲁番出土的唐代饺子

127

问吧
九

狱。"丸"即是指的肉馅。如此说，古人早就在商代亦即三千多年前就懂得剁肉馅、做饺子了。

其实，饺子属于面食的一种，它与麦子的种植及面食的传播关系密切。我国远古时期已有粟、稻、黍、菽等粮食，但是还没有麦子种植，面食还没有出现。大致在两汉魏晋南北朝时期，麦子和面食逐步传入中原地区。以饼为主流的西北胡食一度在中原流行。而中原人民也凭着自己的聪明才智进一步发明创造，推出一些新的面食品种。饺子就是这些新的面食品种之一。就考古资料而言，据吐鲁番的出土物品可以确定，唐代已经出现了饺子。

饺子的出现明显具有中国传统喜庆的色彩。不但因为其面皮用料精细，馅子可以自由调和，吃起来滋味爽美，而且更重要的是人们把它做成"元宝"亦即古代金角银角的形状，其中寓以"富贵吉祥"的祈求和希望。（刘永连）

54 唐代为什么把教育界最高行政长官称作"祭酒"？

唐代，国家管理教育事务的最高机构是国子监，而国子监的最高领导者是国子监祭酒。祭酒，本意是指古代飨宴时酹酒祭神的长者，后亦以泛称年长或位尊者。这跟古代的风俗有关。清人赵翼《陔余丛考·祭酒》："祭酒本非官名，古时凡同辈之长，皆曰祭酒。盖饮食聚会，必推长者先祭。胡广曰：古礼，宾客得主人馔，则老者一人举酒以祭，示有先也。"意思是说古代人在举行宴会的时候，一定推举一名德高望重的老人先举酒以祭，所以说祭酒的本意是指在宴会上酹酒祭神的长者，后来也用来泛称这些有资格在宴会上以酒祭神的长者，这是一种尊称。

在古代，特别是教育并不发达的上古时代，知识的传承往往就靠部族中的长者,这些长者成为知识的拥有者以及传承者,最有资格担任教书育人的教师之责。因此,在战国时期,齐国设立的学术机构稷下学宫的领导者就被尊称为祭酒。而能够担任祭酒者无不是当时被认为最有学问的人,如著名的儒家大师荀子五十岁时始游学于齐,至襄王时代"最为老师"、"三为祭酒"。后来,西汉时设立五经博士负责

高士饮酒宴乐纹螺钿铜镜

当时国家的教育,而到了东汉时以博士祭酒作为五经博士之首,祭酒正式成为官名。到西晋时,晋武帝设国子祭酒为国子学的最高长官。后历代沿置。北齐国子寺,隋、唐国子监,都以祭酒为长。唐代设立国子监,作为全国的最高教育机构,设祭酒一员,作为最高长官,从三品。同时设置司业一人,从四品,作为祭酒的副手,他们的职责是掌管国家的儒学教育教学工作,并负责每年在春分和秋分分两次祭奠孔子,祭酒为初献,司业为亚献。并在每年年末,负责考察评比学官的工作绩效。(徐乐帅)

知识链接
唐代人宴会喝酒时行酒令吗?

　　酒令作为宴会喝酒时的一种娱乐活动,早在先秦时期就已经出现了,到唐代的时候取得了进一步的发展,逐渐成熟起来。这一时期出现在文献中的酒令大致有二十多种,据宋《蔡宽夫诗话》记载:"唐人饮酒必为令,以佐欢乐。"唐人李肇《国史补》中提到,酒令到了唐代"大备,自上及下,以为宜然。大抵有律令,有头盘,有抛打"。

　　据臧嵘先生解释,律令是一种依次巡酒、按规定行令的酒令。它产生于初唐,一般包括文辞类、言语类的酒令。唐

129

人牛僧孺《玄怪录》中记载了一则"急口令"的故事，"令曰：'鸳老头脑好，好头脑鸳老。'传说数巡，因令翠绥下坐，使说令，翠绥素吃讷，令至，但称'鸳老鸳老'"。筹令也是律令的一种。行令时轮流抽取酒筹，按酒筹上的要求饮酒。筹令盛行于唐、五代时期，1982年在江苏省丹徒县出土了一件"论语玉烛"酒筹筒和50枚酒令筹。每根酒筹上，上段刻《论语》一句，中段是附会其义指出在座应饮酒之人，下段则是有关罚则的具体内容。这套"论语玉烛"酒筹用具为研究唐代酒令提供了十分珍贵的材料。

唐代鎏金银质龟负酒筹筒

骰盘令也叫"头盘令"、"投盘令"，产生于初唐。这是利用抛采决定饮酒次序的一种形式，往往在其他酒令之前进行，起着活跃筵席欢乐气氛的作用。骰盘令在唐、五代非常流行，白居易"鞍马呼教住，骰盘喝遣输。长驱波卷白，连掷采成卢"，"醉翻衫袖抛小令，笑掷骰盘呼大采"等诗句生动地描绘了行骰盘令的情形。

抛打令是一种歌舞化的酒令，约在盛唐时出现，是由豁拳、抵掌、弄手势等发展而成的。抛打令常用香球、花盏。白居易诗"香球趁拍回环匝，花盏抛巡取次飞"，"柘枝随画鼓，调笑从香球"等诗句描绘的就是行抛打令的场面。《太平广记》引《冥音录》记载，崔氏女"每宴饮，即飞球舞盏，为佐酒长夜之欢"。

酒令在唐代盛行的各种宴会上是必不可少的，一方面给宴会增添了欢乐的气氛，另一方面也反映了唐代酒文化的高度发达。（王晓丽）

55

酒店从什么时候开始有了女招待？

狩猎纹高足银杯

一般酒店招待有迎送顾客、侍候酒菜乃至歌舞娱人等职能。

史料反映，中国酒店开始有女招待应该是在西域商胡的引领下流行起来的。其中特别是来自中亚的粟特商胡，由于在中亚故国就流行酿酒、卖酒与饮酒、歌舞完美结合的习俗，他们来到中原后开设了比较早期的酒店，同时也把酒店配备女招待的做法带到中

原来。在唐代史料包括诗词里面，有不少资料在描绘酒家胡的同时还描绘了一种在酒店劝酒娱人的"胡姬"——来自西域，善以笑容招揽顾客，更能歌舞劝酒娱人的漂亮女子。

说到招揽顾客，长安就有许多这样的"当垆胡姬"。李白《前有樽酒行》云："胡姬貌如花，当垆笑春风。"其《送裴十八图南归嵩山》又云：

女舞俑

问吧
九

"胡姬招素手，延客醉金樽。"可见，一旦经过酒家胡的门口，就会受到当垆胡姬的热情召唤。

说到侍候酒菜和歌舞表演，杨巨源《胡姬词》站在胡姬的角度描绘侍酒情节云："妍艳照江头，春风好客留。当垆知妾惯，送酒为郎羞。"李白《醉后赠朱历阳》则描写胡姬侍酒促动自己诗兴大发的场景云："画秃千兔豪，诗载两牛腰。笔纵起龙虎，舞曲拂云霄。双歌二胡姬，更奏远清朝。举酒挑朔雪，从君不相饶。"（刘永连）

知识链接
酒家胡姬产生了经济和社会效益吗？

超出当时一般汉人的习俗，胡家酒店配备女招待成为一种极有价值的创意，产生了良好的效益。

唐都长安，在西市附近，还有城东春明门外，一直向南到曲江池一带，散布着许多胡家酒店。由于酒家胡姬的存在，这些地方便成为人们经常光顾的热闹去处。李白多有描绘酒家胡姬的诗句，其中《少年行》云："五陵少年金市东，银鞍白马度春风。落花踏进游何处，笑入胡姬酒肆中。"《白鼻骢诗》又云："银鞍白鼻骢，绿地障泥锦。细雨春风花落时，挥鞭直就胡姬饮。"可见喜欢游乐的长安少年群体是这些酒店的常客。前述李白等人的诗还说明，需要乘兴赋诗的骚人墨客们也喜欢到这里来宴聚。有了这么多稳定的客源，这些酒家胡获得盈利，甚至发家致富都是顺理成章的。

那么多年轻人三天两头泡在胡家酒店里，除了这里酒好之外还有什么因素？张祜亦有《白鼻骢》诗云："为底胡姬酒，长来白鼻骢？摘莲抛水上，郎意在浮花。"这篇隐喻抒情的短诗巧妙地揭开了这个谜底：这些年轻人为什么要经常骑着白鼻子的骏马来这里喝酒呢？原来主要并不是因为这里酒好，而是醉翁之意不在酒，在于看到漂亮的胡姬爱意浓厚。在胡家酒店里也确实有才子佳人故事产生，如家喻户晓的《西厢记》故事，其原型是原创作者元稹回忆自己的亲身经历，不过据陈寅恪、葛承雍诸位史家的考证，他那过去的情人并非出自崔姓的大家闺秀，而是能歌善舞、热情奔放的酒家胡姬。

骚人墨客常到胡家酒店来，还促进了文化效益的产生。试想，如果没有这些人对胡家酒店的光顾，我们今天哪里能读到这么多美丽的诗篇呢？（刘永连）

56 酒店、饭店门口为什么要挂幌子？

唐朝诗人杜牧《江南春》云："千里莺啼绿映红，水村山郭酒旗风。南朝四百八十寺，多少楼台烟雨中。"诗中所言"酒旗"俗称"幌子"，一般挂在酒店或饭店的门前。这种做法在唐代社会里非常流行，为什么呢？

有人引用一个传说，据此认为在酒店、饭店门口挂幌子是从唐朝开始的。据说在唐太宗贞观年间，有一位烹调技艺高超的人在京城长安开设了一家饭店。偶然的一个机会太宗皇帝光顾那里，吃罢他亲手做出的菜肴后大为欣赏，回去后马上做了四个漂亮的幌子赏赐该店，作为一种褒奖。皇帝恩顾，这家饭店当然觉得荣耀，其他各店也艳羡之至，于是纷纷仿效，在门口争相悬挂幌子，由此形成习俗。

其实，幌子作为一种重要的商业民俗事象，具有更为悠久的历史和丰富的内涵。如果从严格意义上讲，幌子与一般的商家招牌和买卖标志不同，它属于饭店、酒店门前悬挂的买卖标志，往往标志着该商户经营的手段和水平，形成历史较晚，在悬挂上很讲究规矩。一般悬挂一个幌子的是那种最低档次的乡村店铺，只是经营煎饼、包子、豆腐脑之类的早点；两个幌子档次稍高，经营比较丰富的一般小吃；四个幌子的饭店，就能够烹调某些山珍海味；八个幌子档次最高，可以承办各种高级的宴席。电视剧《闯关东》中朱开山刚到哈尔滨开饭店的时候，在门口悬挂

133

老北京街市上的各色幌子

了四个幌子，结果遭到同街商户的妒忌，就反映了这种规矩习俗。

如果从广义上讲，幌子与酒旗等标志类似，一般由布帛缝制、绘写而成，悬挂在门口窗外或檐边房顶，表明店里所经营的商品内容、经营方式等，类似于后来的字号招牌、灯箱广告等商业标志物。这种东西早在先秦时代就出现了。如《韩非子》说："宋人有沽酒者……悬帜甚高。"这"帜"就是后来的酒旗或幌子。不过，这种东西普遍流行起来则是在商业发达繁荣起来的唐代以后。因为唐代以前的史料里还极少提到它，而在唐诗里面就多有描述了。诸如"碧疏玲珑含春风，银题彩帜邀上客"；"闪闪酒帘招醉客，深深绿树隐啼莺"；"君不见菊潭之水饮可仙，酒旗五星空在天"等等，说的就是幌子或酒旗。宋人洪迈在他的《容斋随笔》里专以"酒肆旗望"一条论述该问题。（刘永连）

知识链接
为什么酒旗能够成为宋元明清小说中的一道风景？

阅读宋元明清时期的小说，我们会发现几乎到处可以见到关于酒店招牌的描写，所展示的内容也极其丰富。

首先，这些小说里的酒店标志并不限于布帛做成的酒旗，还有其他多种形式。如《水浒传》第4回《赵员外重修文殊院，鲁智深大闹五台山》描述鲁智深下山偷买酒吃，说他一路跑了几家酒店,见他是庙里和尚,不敢卖给他酒吃,只好继续前行,最后才望见"远远地杏花深处,市稍尽头,一家挑出个草帚儿来",这家竟然也是一个酒店。

其次,酒店的招牌并不是随意做的,而是表示着不同的内容和含义。如同书第29回《施恩重霸孟州道,武松醉打蒋门神》描写武松和施恩出孟州城门到快活林一段路上,"行过得三五百步,只见官道旁边,早望见一座酒肆望子挑出在檐前"。这家位置不错并把酒旗认真挂放在檐前的酒店门面装修也还体面,墙壁上还画着"李白传杯"、"王弘送酒"、"苏轼醉酒"等酒仙故事,无疑也起到一种广告效应。"又行得不到一里多路,来到一处,不村不郭,却早又望见一个酒旗儿,高挑出树林里"。这家顺便把酒旗挑出树林的酒店一看就是"村醪"小店,量酒的是个村童而非司马相如,当垆的是个少妇也远逊卓文君。到了快活林中心地方,"早见丁字路口一个大酒店,檐前立着望杆,上面挂着一个酒望子,写着四个大字道:'河阳风月'"。这原来是快活林一霸蒋门神的酒店,果然门面也气派非凡,只看门前两杆销金旗上书写的"醉里乾坤大,壶中日月长"两行大字就足以感觉出这家酒店的高贵档次。

再次,有些酒店招牌因其书写内容和悬挂方式等不同而具有特殊作用。例如,《水浒传》描写武松打虎一段,提到景阳冈下一家酒店为了顾客安全,悬挂了一幅带有警示、劝告意义的酒旗,名曰"三碗不过冈"。《歧路灯》描写开封三月三庙会上一家酒店,则悬挂着提示本店经营方式的酒旗:"现沽不赊。"而《东京梦华录》里提到,"中秋节前,诸店皆卖新酒,重新结络门面彩楼,花头画竿,醉仙锦斾,市人争饮。至午未间,家家无酒,拽下望子"。看来这酒幌子还能起到提示顾客注意酒店是否正在营业的作用。

以上现象都不是偶然的。宋元以来中国民间商业又比以前有了很大的发展,而伴随酿酒技术的进步,开店卖酒这种本钱可大可小的生意也在民间普及开来,小店沽酒、雅间小酌恐怕已经成为社会各层生活中常有的事情。与此同时逐步发展起来的小说以其细腻、全面的独特手段不断深入地反映社会方

问吧
九

方面面的内容，酒店幌子自然就成为其中一道亮丽的风景。（刘永连）

57 为什么说"千里姻缘一线牵"？

"千里姻缘一线牵"的说法来自于唐朝的一个传奇故事。

唐人李复言《续玄怪录》有一则《定婚店》，说的是杜陵有个叫韦固的人，父母早死，为了延续后代，想早点娶妻生子。但是好事多磨，多次求婚也没成功。元和二年（807）他要到清河去，途中住在宋城的一所客栈。有人给他做媒介绍前清河司马潘昉的女儿，并相约次日清早在西龙兴寺门口相见。韦固求亲心切，天不亮就动身了。途中只见淡淡月光下一个老人靠着布袋，坐在庙门口翻看一本古书，上面的字全不认得。他问老人看的是什么书，老人笑答："这是冥中掌管人间婚姻的书。"韦固忙求他告知与司马之女的婚事如何，老人说："这可不行，命中不合，去找盗贼屠夫之人也不可得，何况是郡佐之女呢？"韦固求他点明自己将与何人结婚，老人说："她现在三岁，到十七岁时才能和你结婚。"韦固又问："袋子里面装的什么呢？"老人说："是红绳，用来系住夫妻之足。男女生下来，在冥中就有红绳暗系在两人脚上。即使是仇敌之家、贵贱悬殊、天涯海角、吴楚异乡，红绳一系，必成眷属。"韦固又问他将来的妻子在哪里，家里是干什么的，他要去看看。老人就带他在市中寻找，看见一个瞎了眼的老太婆在卖菜，怀里还抱着一个两三岁的女童。老人对韦固说："这个女童就是你妻子。"韦固见这个老人和小孩都非常丑陋粗鄙，心中十分不快，就要杀了她们。老人说："不行。这女童总有一天能吃上朝廷俸禄，因为有做官的儿子而被受封的。"说完老人忽然不见了。韦固大骂老鬼妄言，觉得自己是士大夫之家，怎么能娶一个瞎眼老妇的丑女儿呢？就磨了一把小刀，交给仆人叫他刺杀此女。日后韦固多次求婚都未成功，直到十四年以后世袭了父亲的勋爵，在相州做了官，也很有政绩，刺史王泰很赏识他，就把女儿嫁给了他。这女子年纪十六七岁，容貌华丽，十分漂亮。韦固很是满意，但是觉得颇为古怪的一点是女子眉间常贴着一片花子，就是在沐浴时也从不拿掉。追问原因，妻子潸然泪下："我本来是刺史大人的侄女，不是他亲生女儿。父母早亡，自己靠着乳母陈氏哺养才活了下来。三岁时乳母抱着我在宋城里卖菜，不想被狂贼所伤，刀痕尚在，只好拿花子把它遮住。"韦固大惊，忙问陈氏是不是只有一只眼睛，妻子说是。韦固惊叹这真是奇哉怪也，便把以前的事情全和她说了。两个人也因此更加恩爱。后来他们生了个儿子叫韦鲲，当了雁门太守，被封为太原郡公，母亲受封为太夫人，正应了老人的预言。

人们日后便用"千里姻缘一线牵"来形容有缘分的夫妻始终被一根红线连在一起，怎么也分不开。而那个老人也被人们尊称为"月老"，成为掌管爱情、婚姻之神。（刘永连）

知识链接
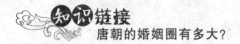
唐朝的婚姻圈有多大？

"千里姻缘一线牵"故事的产生不是偶然的，它反映唐朝社会婚姻圈扩大了。但是唐朝的婚姻圈到底有多大？

先从故事讲起。某年春天，正是桃花盛开的日子，来自博陵（亦称定州，在今河北省）的举子崔护获知进士及第已定，于是乘兴到长安城南郊游。日头当午的时候，他感到口渴，就近到一家环境幽雅的庄户找点水喝。小扣柴扉之后，一位女子出门应答。事隔一年，崔护旧地重游，但见柴扉紧闭，不由得顺手题诗在门："去年今日此门中，人面桃花相映红。人面不知何处去，桃花依旧笑春风。"由于放心不下，几天后崔护又去，这回刚到门口就听到院内有人哀哭。敲门后一位老人出来，一见崔护就发问："你就是博陵崔护吗？"崔护点头。老人马上大放悲声："哎呀，你可把我女儿坑苦了！自从去年春天她就心神恍惚。几天前看到院门上有落款博陵崔护的题诗，更是水米不进，现在已经死去无救了。"崔护闻听大惊，马上进去探望。奇迹发生，女子长嘘口气，苏醒过来。天地动容，让这对才子佳人终成眷属。

这类才子佳人故事，从唐代开始大量出现于社会上。究其原因，伴随科举制度逐步兴起，每年科考之时总要在长安、洛阳等考场云集成千上万的士子。他们来自全国各地，凭其运气，或得贵族皇家赐婚，或与可心佳人相遇，由此成就许多美好姻缘。这意味着，首先读书人的婚姻圈无形中扩大到全国范围了。

还有一则故事。贫家子弟郑六只好拳脚、不求上进，长期混迹街头。一天偶遇一位艳丽出众的任姓女子，两下一见钟情。郑六随其至家，成就恩爱。从此，任氏尽力持家，很快帮助郑六脱贫，并使其做到果毅将军。不料上任西行路上，他们遭遇一群猎犬，任氏猝然被噬，现出身形，结果是一只狐狸。

这则故事很长，只能说其大概。学界研究已经揭示，唐代有至少数百万计的各族胡人涌入中原。他们有来自中原周边的少数民族，也有来自遥远异域的外藩移民（如来自中亚的粟特人，来自东南亚、南亚和非洲的昆仑奴，来自西亚和欧洲的大食人、拂菻人等），近则数千里，远则数万里。在中原地区，他们与汉人杂居，充斥社会上下和全国各地。唐代有句谚语："无狐媚，不成村。"可见当时街坊邻里之间，普遍不乏胡人居住。唐人以"狐"喻"胡"，既是谐音，又有胡人习多狐臭等相互联系，因而唐人许多狐怪故事所描摹的都是胡人的奇异习俗和特殊能力。而大量狐怪故事的产生则是胡人充斥唐人社会的真实反映。据故事所透露细节，可知任氏所住的街坊里，还有摆摊卖饼的一位胡族老人，而任氏性格淳朴奔放，善于经营买卖，这也都是胡族女子突出的个性特点。从这些故事中作为主旋律的人狐婚恋来看，唐人的婚姻圈大得惊人，就远非我们现在所能想象的了。（刘永连）

58

唐高宗为什么敢娶武则天？

　　唐高宗李治登极不久，就从感业寺将武则天迎回宫中，封为昭仪。可能大家都感觉很奇怪，武则天原为太宗的才人，是他父亲的妃子，他怎么会这么大胆公然迎娶回宫呢？这除了在于当时王皇后在与萧淑妃争风吃醋，想用武则天来使萧淑妃失宠而大力支持唐高宗将武则天迎娶回宫之外，更为重要的则与当时的婚俗有关。

高宗与武则天合葬的乾陵

　　唐朝继承了魏晋南北朝民族大融合的成果，因此铸就一个胡汉大同、风气开放的时代。当时汉人在很多生活领域都深受胡风的影响，包括婚姻习俗也与前后其他时代不尽相同。

　　就李唐皇室而言，虽为汉人，但都具有胡族血统。李渊之母李昞之妻为独孤氏，李渊之妻为窦氏，李世民之妻为长孙氏，她们都是鲜卑胡姓，并且与北魏、周等少数民族政权渊源很深。因此在无形之中接受了许多少数民族特别是鲜卑的习俗，其中包括比较重要的婚姻习俗。鲜卑等少数民族盛行收继婚，也叫"续婚"或"转房"、"挽亲"，也就是妻子的丈夫死了，他的亲属可以收娶她为妻。具体一点就是：兄死，弟弟可以娶嫂子为妻；弟死，兄可以娶弟媳为妻；父亲死了，儿子可以娶庶母为妻；叔伯死了，侄子可以娶婶母、伯母为妻。如果联系起来，唐高宗之所以敢娶武则天，其实并不是什么大不了的怪事，而是遵行收继婚的规矩而已。（刘永连）

知识链接
唐朝少数民族还有哪些婚俗？

收继婚是唐时在边疆诸少数民族都比较盛行的婚姻习俗，除此之外，不同的少数民族还有自己的特色。在突厥还盛行一夫多妻制和一妻多夫制。还有一些民族盛行劫夺婚，也叫"掠夺婚"、"抢婚"、"佯战婚"，这种婚姻是双方都同意以后，约定时间和地点，男方将女方"抢"回家，然后再派人说媒、赠送彩礼。服役婚，这种婚姻是男子到女子家中服役一定期限，然后与妻子带一部分家财离家，这种习俗多见于北方的室韦族，一般是男方家境较为贫穷，无力支付彩礼，以这种方式充当送给女方的聘礼。在西域的吐火罗流行共妻婚，也就是兄弟多人同娶一妻，在这种婚俗下，所生的孩子属于长兄，其妻子有几个丈夫就会在所带的头饰上扎几个角，以表示是几个人的妻子。唐朝时还有一些祆教徒来到中国，他们实行的是族内婚和教内婚，这是一种血亲婚姻，他们不论男女老幼，与父母、兄弟姐妹以及儿女之中的异性结婚被认为是最为完善的婚姻。西域的昭武九姓盛行的是族内婚，他们各个姓氏之间互通婚姻，而一般不与外界其他人通婚。

除了婚制以外，人们在婚礼前后的行为习惯以及婚姻理念上也五花八门。例如，马背民族新娘进洞房时要跨马鞍。这在唐代东北二蕃（契丹和奚）中极为流行，后来影响了东北满汉民族。再如，在新郎入洞房前要受女方亲戚一顿戏弄甚至棒打，据说是要考验新郎以后侍候妻子的肚量和耐力。这显然是母系氏族的遗俗，其实在北朝鲜卑人中非常流行，北齐皇帝高洋就有过类似经历。突厥人寻偶择配多在盛大的会葬场所，因为当时有许多人来参加或观看葬礼，选择余地较大；同时更重要的是他们意在利用婚配生育弥补因丧葬而中断的人生链条。如此之类甚多，不胜枚举。（刘永连）

59 唐代为什么公主最难嫁？

中国有句俗语："皇帝的女儿不愁嫁。"意思是说：皇帝的女儿仗着门第高贵，要找个驸马，自然是十分容易的事。其实，此说并不完全符合历史事实。中国古代自汉魏两晋以下，皇帝女儿的婚嫁比起一般士大夫乃至平民的女儿，不仅不易，反而更为困难，因为士大夫守礼之家对于娶帝室公主大多视为畏途。何以唐人都畏惧娶公主为妻？

一、公主品德问题。李唐皇室的公主们多半骄恣放纵，喜爱逸游，私生活上亦不检点。譬如高祖的女儿房陵公主嫁给了窦奉节，却与杨豫之淫乱私通，窦奉节气愤不过，击杀奸夫。于是，房陵公主竟与窦奉节离异。唐太宗女儿高阳公主嫁给了房玄龄之子房遗爱，但又偷偷与和尚僧辩机私通。唐宣宗想把永福公主嫁给于琮，但因公主品行不佳，只好作罢。唐中宗女儿安乐公主嫁给了武三思之子武崇训，却又跟其堂兄弟武延秀淫乱，她还曾在上官婉儿面前脱去武延秀的下裳高谈阔论，荒唐行径极其夸张。

二、家庭礼仪问题。公主身分尊贵，下嫁以后常常不肯用当时的家庭礼仪来拜见公婆，反而要公婆跟她行君臣之礼。这种心态和做法常给公婆和驸马造成一种委屈感。著名剧目《打金枝》就是这一现象的真实反映。《资治通鉴》记述，郭子仪之子郭暧娶了升平公主。郭子仪七十寿诞时，其子女、媳妇全去拜寿，唯独升平公主不肯。郭暧盛怒之下打了升平公主，公主恼羞成怒，回宫去告状。郭子仪闻听此事，将儿子打入囚笼，入朝待罪。皇帝还算明智，劝解并下令让她回去给公公拜寿。可见，公主不守礼法，与驸马争执起来还会生出种种纠纷。

金城公主照容图（拉萨布达拉官壁画）

三、夫妻地位问题。唐代公主出嫁后都设有公主府，下设诸多邑臣。公主是带了大量的财产与官吏、仆人一起下嫁的，所以公主府的一切财富、官吏、奴仆，都是属于公主的，驸马居住在公主府中，地位类似附庸，缺少男性应有的地位和尊严。

四、个人前途问题。在唐代，荣升驸马却有碍前途。一个男子娶了公主以后，一般会得到一个"驸马都尉"的官衔，有时还可以加上一个"三品员外官"名号。三品在唐代是很高的职阶，但是"员外官"在正式编制以外，只是个虚衔。所以驸马虽然有官衔，根本不能算正式官吏，也没什么权力。

基于以上四因素，唐人对驸马身份毫无兴趣，敬而远之。

（刘永连）

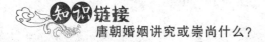

知识链接
唐朝婚姻讲究或崇尚什么？

唐代处于封建社会的繁荣时期，婚姻上也非常讲究，有着自己独特的崇尚。

首先，唐人通婚十分重视门第和等级层次。仕宦之家，不仅讲究门当户对，而且尤重出身族望。当时无论官宦或百姓择偶，必先访查对方族望高下。当朝新贵之家亦以娶得名门之女为荣，多有向之求婚。而求婚高门，须以重金作聘礼，多者达百万，称为"陪门财"，意为陪其名望。对此，社会上风闻景从，非但百官士庶都企望攀上高层士族，即使皇家欲为太子、公主选择高门匹配，亦不得随心所欲。唐文宗曾有"我家二百年天子，顾不及崔、卢耶"之叹，正是这种无奈的反映。

其次，唐代妇女地位较高，表现为婚嫁比较自由。当时离婚极为常见，再嫁不以为非，贞节观念的淡薄在整个封建社会都为罕见。据《新唐书·公主传》载，唐代，公主再嫁者达24人，其中三次嫁人的就有5人。这说明当时的朝廷对此是不以为怪的，民间拘束就更少了。除了因违犯法律、礼制而必须实施的强制离婚外，唐朝允许夫妻双方协议离婚，甚至也允许女方主动提出离婚。有趣的是，敦煌卷子中保存着大量离婚愿文，都是离异男女祝愿对方再登高枝的祷告内容。可见唐朝人即使面对离婚，也能够相互宽容，精神实在难得。

再次，唐代婚姻呈现出开放风气。《唐律·户婚》规定：子女未征得家长同意，已经建立了婚姻关系的，法律予以认可，只有未成年而不从尊长者算违律。这条规定，从法律上为青年男女的自由择配开了绿灯。同时唐人身为父母者也能民主宽容，多能给女儿提供自由择偶的条件。因此，青年男女在择偶上相对自由，敢于大胆追求爱情和幸福，"男子重色，女子重才"成为一种社会风尚。因而，像西厢会真、人面桃花、红叶传情等许多"才子佳人"故事在社会上涌现出来。（刘永连）

60 新郎官的称呼是怎么来的？

新郎官，按照我们今天的理解，泛指新婚的男子，与"新娘"相对称，合起来叫做"新人"。然而，最初的新郎官却不是指的这个意思，而是有着特殊的含义。

"郎"是古代社会对官员的一种称呼，汉朝时就有。《汉书·百官公卿表》中记载："属官有大夫、郎、谒者，皆秦官……郎，掌守门户，出充车骑，有议郎、中郎、侍郎、郎中，皆无员，多至千人。"到唐代，六品以下的官员统称为郎，成为郎官的略称。《旧唐书·韦澳附从子虚舟传》中记载："季弟虚舟，亦以举孝廉，自御史累至户部、司勋、左司郎中……为刑部侍郎……父子兄弟更践郎署，时称'郎官家'。"由此可知，百姓往往尊称这些身居"郎"职的人为"郎君"或"郎官"。

自从开始实行科举考试以后，凡是中了进士的人，就具备了做官的资格，而他们往往被分配到中央官署里任校书郎、秘书郎等"郎"职。所以，人们又习惯称呼新科进士为"新郎官"，这便是新郎官最初的来历和称呼。

另外，古代社会人们一般也称男子为郎，而娶妻结婚（洞房花烛）是其一生中的大事，要一切从"新"，这时侯管男子叫"新郎"也就顺理成章了。洞房花烛（男子娶妻）往往与金榜题名具有同等重要的地位，有"小登科"之美称，故人们喜欢借用"新郎官"这一称呼来美称新婚男子。（亓延坤）

知识链接
一些官名为什么会变成民间百姓的称谓？

了解到"新郎官"的称谓原来是起源于唐代一些中下级官员的名号，大家可能会觉得奇怪，这些原本用于政治制度的官名怎么会转化成民间老百姓的称谓了呢？

从民俗学的角度来看，其实它代表了一种很重要的文化流动现象，即制度术语的民俗化。这种现象早就存在，而且包含了非常广泛的内容。例如相公，本来是对摄政丞相的尊称，起源于三国时期曹操以相职摄政，且受封魏公，故称"相公"。至唐代演化成对宰相的敬称。再后来（约在明清时期）就成为百姓对富家或朱门子弟的称呼了。再如郎中、员外郎，隋唐时期原是三省属下二十四司长官的官号，正职为郎中，副职为员外郎。唐代稍晚，对读书人也尊称郎中，员外称号也泛化到所有"员外同置"

（即正额以外，不在编制者）的官员。明清时期，郎中演化成南方人对职业行医者的专称，员外则成为民间对土财主的尊称了。

　　除了官名之外，还有一些本来属于社会上层之间的相互称谓，也下移到底层社会。如"大家"一词，早期是指宫中近臣，以及后妃们对皇帝的昵称，从唐代开始演化成士林阶层对大伙、众人的称谓，以后又泛化到整个社会。再如"小生"一词，本来是官场里下级官员在上司面前，或新学后进者在前辈面前的自我谦称，后来转化为年轻读书人的谦称。（刘永连）

61

"面首"一词是怎么来的？

　　"面首"一词，《辞源》解释为："面，貌之美；首，发之美。面首，谓美男子。引申为男妾、男宠。"该词在古代多有出现，但是其含义经历了几次变化。

　　最早"面首"只是指头和脸而已。如东汉文人蔡邕《女戒》云："夫心犹面首也，一旦不修饰，则尘垢秽之。人心不思善，则邪恶入之；人盛饰其面而莫修其心，惑矣。"意思是，人心就像头脸一样，一天不修边幅，就会被尘垢弄脏。人们如果心不向善，邪恶就会侵入进来；反之人们如果只是盛饰脸面而不去修养心性，这样也会误入歧途。

　　后来，"面首"引申为头面可称或者有头有脸的人物。如《剡溪漫笔》云："宋孝武校猎江右，选白衣左右百八十人，皆面首富室。面首，疑俗所谓有头面人也。"

　　但是大概就在同时，"面首"也有了另外含义的引申。《宋书·臧质传》记述，臧质"坐前伐蛮，枉杀队主严祖，又纳面首生口，不以送台，免官"。这里面首是指模样英俊漂亮的青年男女。

　　《宋书·前废帝纪》云："山阴公主淫恣过度，谓帝曰：'妾与陛下，虽男女有殊，俱托体先帝。陛下六宫万数，而妾唯驸马一

145

人。事不均平，一何至此！'帝乃为主置面首左右三十人。"可见，大概就在南朝刘宋末年，"面首"已暗指美男子或男宠之意。

武后行从图

不过，"面首"作为皇帝男宠流行起来，并为世人所熟悉，则是在唐朝特别是武则天在位时期。武则天先后有薛怀义、沈南蓼、张易之、张昌宗兄弟等男宠，还设置控鹤府，以貌美喜谄和善咏歌诗的文士弄臣充斥其内，号称"北府学士"。后来，她又想选天下美少年以供奉左右。这时候有大臣出面劝谏，当面指出皇帝豢养面首之风过盛，将会物极必反，武则天才总算没有号令天下美男应征。（刘永连）

知识链接
为什么同性恋叫"余桃之好"、"龙阳之恋"、"断袖之癖"呢？

中国古代对同性恋有许多称谓，例如"断袖之癖""余桃之好""龙阳之恋"等，这些都出自中国历史上一些著名的同性恋"个案"。

春秋战国时代，同性恋趋于活跃。古人把男同性恋称为"余桃之好"、"分桃之爱"，其典故出自卫灵公和他的男宠弥子瑕。据《韩非子》等书记载，弥子瑕有宠于卫灵公，一次私自驾驶灵公的马车去探母病，论律要砍去双腿，灵公却夸赞其孝。又一次弥子瑕吃了一口桃子，把剩下的给灵公吃，灵公又说弥子瑕多么关心他。

把男同性恋称为"龙阳之恋"，典出《战国策·魏策》。龙阳君是魏王的男宠。某天两人一起钓鱼，龙阳君钓了十多条，可是反而哭了。魏王问其故，龙阳君说，当我钓到第一条鱼时，我满心欢喜；后来我又得到更大的，于是将第一条弃之于海了。我想，我就不过是大王的一条鱼啊。现在我受宠于您，与您共枕，人人都敬畏我，可是四海之内漂亮的人那么多，他们会千方百计地讨好于你，而我有朝一日也会如第一条鱼那样，被弃之于海。念及此，我怎能不哭呢？魏王听了很感动，于是颁布命令，如果有人敢在自己面前提出另一个美貌者，就要满门抄斩。

到了汉代，人们把同性恋又称为"断袖之癖"。据载，汉哀帝十分宠爱一个叫董贤的男子，与其"同卧起"，俨如夫妻。有一天，哀帝和董贤一起睡午觉，哀帝醒后要起来，但衣袖被董贤压着，哀帝怕抽出衣袖而惊动董贤，竟用剑将衣袖割断。（刘永连）

62 协议离婚是从什么时候开始出现的？

在中国古代，夫妻之间离婚的方式基本上有出妻、义绝、和离等几种，其中，出妻是男子专权的离婚形式，义绝是官府处断、强制离婚的形式，而和离则是一种夫妻自愿离婚的形式，基本相当于现在的协议离婚。

"有义则合，无义则离"的理念在汉代的司法实践中已经可以看到，在汉代社会中也有女方主动提出离婚的事例，但是并不普遍。到了唐代，由于国力的强盛、北方少数民族的影响等因素，社会风气比较开放，妇女的地位也相对较高，女方提出离婚以及离婚后再婚的事例都不在少数。特别值得一提的是，和离在唐代被正式载入法规当中，《唐律疏议·户婚》明确规定："若夫妻不相安谐而和离者，不坐。"这种夫妻之间由于感情不和而协议离婚的法律规定体现了社会的要求，也代表了社会的进步，

147

因此为后世的历代法规所沿用。在唐代社会中，由女方提出离异而双方达成协议的事例也不少。值得注意的是，在这样的事例中，婚姻当事人不仅不因妻子的离去恼怒，夫妻之间反而相互祝愿。敦煌莫高窟出土的唐代《放妻书》中，末尾都有类似的对妻再嫁的祝辞："凡为夫妇之因，前世三生结缘，始配今生之夫妇。若结缘不合，比是怨家，故来相对……既以二心不同，难归一意，快会及诸亲，各还本道。愿妻娘子相离之后，重梳婵鬓，美扫峨眉，巧呈窈窕之姿，选聘高官之主。解怨释结，更莫相憎。一别两宽，各生欢喜。"这份被称为最早的离婚协议书的"放妻书"既反映出唐代社会对离婚再嫁的开明态度，同时也透露出夫妻在家庭生活中地位较为平等的情况。（王晓丽）

知识链接
唐代妇女再婚在当时属于普遍现象吗？

在唐代，社会风气相对开放，妇女的社会地位相对提高，在婚姻关系的缔结和解除方面，妇女似乎拥有了一定的发言权。尤其是在离婚或者是寡居之后，妇女的再嫁似乎没有受到过多的限制，特别是以公主为代表的社会上层妇女，再嫁、三嫁的情况也不罕见。根据《新唐书·公主传》的记载，唐前期公主改嫁者有24人，其中三嫁者多达5人。

但是，这种妇女再婚的现象并不能代表唐代社会的主流，社会的主导舆论还是尊行礼制的精神，鼓吹贞节观念。据张国刚先生的考证，从唐代出土的墓志来看，当时相当多的妇女在丈夫死后都选择了寡居而不是再婚。在《唐代墓志汇编》、《续编》收录的3000余方墓志中，再婚和改嫁的妇女只有10例，而明确记载坚守贞节者就达到264例，其中最长的甚至守寡达80年之久。大部分的寡居妇女要承担起抚育子女、侍奉公婆、安排生计、主持家务的责任；也有一部分人回到本家，与父母兄弟同居度过余生，或者依靠兄弟的赡养生活。从少数改嫁的妇女的生活经历来看，孩子年幼、本人年轻是唐代寡居妇女改嫁的一个主要原因。同时，寡妇再嫁也有生理和精神的因素，如有的寡妇无法忍受孤独而再嫁。不过,一般的寡居妇女即使再婚,选择的余地也是比较小的。如《太平广记》里有一个天生有生理缺陷的五十八岁老光棍田儿,因为某种药物的力量,"忽思人道,累旬力轻健,欲不制,遂娶寡妇曾氏"。从这后面一句中的"遂"字,似乎透露出,鳏夫老头要想结束光棍生活,最简单的办法就是娶一位寡妇,这也从另外一方面反映出一般寡妇再婚选择余地已经比较小的现实。(王晓丽)

63 唐代为什么流行火葬?

在现代社会中,从节约土地、保护环境等目的出发,政府大力提倡火葬,可是因为与传统习惯不符,在民间特别是农村往往还是会受到一定的阻力。其实我们的历史上并非就只有土葬一种传统,火葬在很长的一段历史时期也曾经比较盛行过。例如在唐朝,就比较盛行火葬。这主要是受到了佛教的影响。

隋唐时期,佛教僧尼基本上都实行火葬,在火化以后,取骨灰起塔。在他们影响下,一些上层社会中的虔诚的佛教徒也模仿这种塔葬的风俗,如唐代宗时期的大臣杜鸿渐在临死时"遗命其子依胡法塔葬,不为封树"。另外,唐德宗的儿子肃王李祥年幼早逝,德宗思念不已,便命令将其塔葬。唐代塔葬在朝廷君臣中广泛流行,但由于塔葬的耗费巨大,不是一般人家能办到的,所以普通人家的佛教徒死后只能是将尸体火化而不起塔。如根据墓志资料,唐宪宗时期有一个边氏夫人留下遗愿,希望死后将自己火化,并把"灰烬分于水陆"。在墓志资料中类似的资料还有很多,说明唐代不管是在上层的统治阶级中还是在普通百姓中火葬都是非常盛行的。(徐乐帅)

知识链接
为什么说唐代佛教已经深入中国人的生活中？

唐代佛教盛行，佛教渗入了人们的日常生活中。从隋唐社会的民风民俗里面，我们经常可以看到佛教的影子。例如：

一、到了隋唐时期，一些佛教的节日逐渐世俗化，成为了全民的节日。如四月初八是佛诞节，在唐代，每逢这一天，佛教寺院和一些地区的民间都要举行浴佛法会，参加法会的人不限僧俗。还有就是盂兰盆会，是每年的七月十五供养佛祖以及佛教僧人、超度祖先的法事节日。由于这个节日宣扬孝顺父母的思想，与中国的传统文化习俗不谋而合，所以非常受到重视。每年的盂兰盆会在唐代的朝野官民中普遍风行。皇家的盂兰盆会的礼仪非常隆重，甚至形成了一套非常完整的繁缛礼仪，规模也是非常庞大。在民间，每到这一天，人们都来到佛教寺院或是求神拜佛，或是游逛狂欢。隋唐时期，不仅是佛教的节日世俗化，而且一些中国原有的节日也逐渐沾染了很多的佛教色彩，与许多佛教习俗结合起来了。

二、佛教寺院为民众提供了一个娱乐空间。一方面隋唐时期的佛教寺院大多坐落在天然景色非常优美的地方，所谓"天下名山僧占多"，很适合满足当时的文人学士们游寺的兴致。另外，佛教寺院还为各种形式的游艺活动的开展提供了有利的场所。当时，每到岁时节日的时候，寺院里就要举行俗讲，这种语

建于唐宣宗时期的五台山佛光寺

言通俗、夹杂着故事的佛教宣传本身就是一种娱乐活动,所以吸引了大量的民间百姓。另外,佛教常常举行各种斋会,久而久之,就发展成为包含商品交易与各种娱乐活动的庙会。

三、佛教饮食影响了中国的素食文化与茶文化。其实,佛教刚传入中国的时候,并不要求僧人一定吃素,只是到了梁武帝时期,由于他提倡素食,佛教僧人开始常年吃素。到了隋唐时期,佛教戒律渐渐严格,僧人如果不吃素的话,会被认为是犯戒的行为。所以这一时期僧人的饮食是以素食为主的,相应的他们就要在素餐的制作上多有创新,使得素菜的品种逐渐增多,烹饪技艺逐步完善,出现了美味的素席。另外佛教寺院的茶文化,尤其是禅宗的创立对茶文化的发展做出了巨大的贡献。

总之,隋唐时期的佛教日益渗入中国人的生活中,而就在这一过程中佛教本身也完成了中国化的过程。(徐乐帅)

64 维吾尔族人生孩子为什么要躺在狼皮上?

维吾尔族是现在聚居在中国新疆地区的少数民族,在古代,这一地区曾经受过突厥汗国的统治,他们使用的维吾尔语,也是属于阿尔泰语系的突厥语族。古老的突厥文化对维吾尔族历史的发展产生了深远的影响。

突厥语族中的各个民族自古就有苍狼崇拜。据《周书·突厥传》记载:"突厥者,盖匈奴之别种。姓阿史那氏,别为部落,后为邻国所破,尽灭其族。有一儿,年且十岁,兵人见其小,不忍杀之,乃刖其足,弃草泽中,有牝狼以肉饲之。及长,与狼合,遂有孕焉。彼王闻此儿尚在,重遣杀之。使者见狼在侧,并欲杀狼,狼遂逃于高昌国之北山,山有洞穴……狼匿其中,遂生十男。十男长大,外托妻孕其后,各有一姓,阿史那即一也。"古代突厥人相信苍狼与他们的祖先有着血缘关系,因此,在建立政权之后,

151

突厥人还在"牙门建狼头纛，示不忘本也"。同时，突厥人还相信，他们无时无刻都会受到苍狼的佑护。在日常生活当中，苍狼崇拜的习俗至今仍然影响着维吾尔人。比如，从事农牧业的维吾尔妇女在生孩子的时候要躺在狼皮上，他们相信有苍狼的护佑，母子都会得到平安。在新疆喀什地区，孩子出生以后，他们还要在孩子的脖子上挂上一块狼踝骨，用来驱赶病魔，保佑孩子的健康成长，换言之，狼踝骨就成了孩子的护身符，起着消灾避邪的作用。类似的习俗在哈萨克、柯尔克孜民众中也都广为流传，成了一种民族精神的象征。哈萨克农牧民中流传着歌颂苍狼的民歌，柯尔克孜人则把自己的崇拜英雄称作青鬃狼玛纳斯。由此可见，苍狼崇拜的观念在这些民族的思想意识和生活观念中是根深蒂固的。（王晓丽）

知识链接
河北、山西等地哭丧时为什么要抓脸？

河北《涿县志》（民国二十五年铅印本）记述当地丧葬风俗时提到一种奇怪现象："坡民亲属死后，妇女以抓脸表示哀痛之切，甚至有抓成花脸者。"这在汉族丧葬习俗里是非常罕见的。这不禁让我们纳闷：哭丧为什么要抓脸呢？

考查先秦"三礼"史料，在我国上古不见类似情况的记载，可见这种抓脸习俗并非汉族传统文化，而是受到北方游牧民族的影响形成的。同时考查方志资料，可以发现这种哭丧抓脸的奇怪习俗还流行于山西北部向西直到新疆天山以北哈萨克人所居住的地区。这一东西狭长的地带位于漠北草原与农业地带的中间部位，长期为胡汉民族杂居状态。特别值得注意的是，它曾经是唐代突厥人内附后被安置的地区。而查阅突厥习俗则发现，突厥竟然也有着与此极为相似的丧葬习俗。《周书》卷50记载："死者停尸于帐，子孙及诸亲属男女各杀羊马，陈于帐前祭之。绕帐走马七匝，一诣帐门，以刀剺面且哭，血泪俱流，如此者七度乃止。"同时《北史》、《隋书》、新旧《唐书》及《通典》等文献也都有这种"剺面"习俗的记载，并且还有许多事例反映突厥"剺面"之风非常兴盛。

突厥是中世纪我国北部最为强盛的游牧民族，它从6世纪中叶兴起，很快在东起大兴安岭，西到中亚北部之间建立起版图广阔的强大汗国。到630年，唐太宗平灭东突厥之后，将其内附部落上百万人密集安置在胡汉边地，亦即上述狭长地带。再后东突厥再起、再败，除了部分流入中原或融入其他少数民族外，其主要部众基本都在这一地带扎根居住下来。可见，这种抓脸习俗应该是突厥"骜面"的遗留，只是伴随文明程度的提高原来用刀子划脸的惨烈行为演变为以手抓脸的象征性泣血方式。

纵观中国民族史，上古时期出自塞人的某些部落以及匈奴流行这种习俗，它们影响了后来的突厥以及我国西北至中亚地区的一些民族，而突厥兴起后又影响了它所控制的诸多异族部落如回鹘、黠戛斯乃至北边契丹、汉族等广大民众。因此时至现在，在东起河北北部，西到新疆北部乃至中亚北部等地，仍有不少民族还沿袭并发展着这一丧葬礼仪形式。（刘永连）

65 豢养"哈巴狗"为宠物是怎么流行起来的？

伴随经济生活的改善，豢养哈巴狗为宠物的风气弥漫城乡，妇女儿童带上只俊俏聪慧的哈巴狗上街已经是一件司空见惯的事情。但是哈巴狗原来并非国产，其故乡远在西方的东罗马。那么，中国人豢养这种宠物是怎么流行起来的呢？

东罗马，唐代中国史料称其为"拂菻"。据《旧唐书·高昌传》载："武德七年（624），高昌王麴文泰献狗雌雄各一，高六寸，长尺余，性甚慧，能曳马衔烛，云本出拂菻国。中国有拂菻狗，自此始也。"文中这种聪慧的"拂菻狗"属于尖嘴丝毛犬，曾经是希腊妓女和罗马主妇的宠物，而高昌所献这对"拂菻狗"则成为中国"哈巴狗"的小祖宗。

周昉《簪花仕女图》（局部）

从唐朝初期起，国内逐渐有人豢养"哈巴狗"，将其称作"康国猧子"、"白雪猧儿"或"花子"。最初一两百年间，这种时髦而且花费大的活动还仅限于宫廷，不过赞扬这种小东西如何聪慧、可爱的故事已经产生了。段成式《酉阳杂俎》就记载了一则"康猧乱局"的故事。据云杨贵妃曾养着一只从康国进献来的"哈巴狗"，书称"康国猧子"。一天，唐玄宗在御花园绿荫树下与亲王纹枰对弈，杨贵妃怀抱"康国猧子"在旁观战。玄宗由于棋艺不敌，逐渐落入败局。眼见大势已去，杨贵妃也无力支招，在旁看得心急。突然贵妃急中生智，一拍怀里的猧子，小家伙马上领会，一跃跳上棋盘，将棋局搅得七零八落，一局将分输赢的对弈就这样不了了之。窘困中的玄宗见被救驾，顿时龙颜大悦。

大约在唐朝后期，哈巴狗开始流入民间。佚名唐人《醉公子词》云："门外猧儿吠，知是萧郎至。划袜下香阶，冤家今夜醉。"蜀中名妓薛涛也曾借对哈巴狗失宠的描写，抒发自己胸中的郁闷："驯扰朱门四五年，毛香足净主人怜。无端咬著亲情客，不得红丝毯上眠。"《玄怪录》记载，洛州刺史卢顼的表姨住在洛阳履信坊，她也曾养过一头名叫"花子"的哈巴狗，由于她对哈巴狗着意呵护，后来得到善报。可以说，从此以后豢养"哈巴狗"就成为

中国富人贵族、妇女儿童的嗜好之举了。（刘永连）

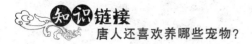

唐人还喜欢养哪些宠物？

唐朝人爱玩也会玩，他们豢养动物来逗弄、表演、玩耍堪称一绝。其所豢养宠物除了"哈巴狗"之外，撮其主要有以下几种：

一是鹦鹉。《明皇杂录·逸文》载，杨贵妃钟爱着一只岭南地区进献的鹦鹉，据传非常聪慧，"洞晓言词"，全身雪白，取名为"雪衣女"。由于平时没少给贵妃、皇帝增添乐趣，雪衣女非常讨人喜欢。忽然有一天雪衣女告诉贵妃，说它做梦被一只凶恶的鸷鸟所搏杀。为了消灾，于是贵妃教雪衣女念诵《多心经》，并将其留在房间加以保护。但是雪衣女还是没有躲过悲惨的命运，某天偶尔开门，不料一只鸷鸟乘机闯进来啄死了鹦鹉。贵妃、皇帝不胜悲怆，为其建了一座墓冢，时号"鹦鹉冢"。

二是马。唐人普遍爱马，尤以舞马和"果下马"为宠物。唐朝太平时期流行马舞，特别在开元天宝时期形成大观。每逢庆典马舞是常备节目，有时甚至百匹齐舞，壮观之至。由于是皇廷舞者，且必须具备体型俊美、能晓音律和动作美妙等条件，所以舞马驯养不易，比战马、仪仗马等还要受宠爱。有史料载，一次盛大的马舞表演即将开幕，当时教坊使王毛仲亲热地抚摸马背与一匹银州监马唠叨了好一阵，大体意思说，伙计你享受着相当于三品官的待遇，马上又有表现机会，不要让我失望啊。"果下马"，即一种体型矮小、人骑上去也能从桃树下面走过的马。该种马多出产于中国东北、西南等地，新罗、南诏等国或有进献。由于比较适合孩子骑乘，或专供家庭赏玩，因而在尊贵、富有之家比较流行豢养。

三是鹞。唐代人喜玩鹞。其身形小于鹰而大于鸡，有鹰之尖喙却无鹰之凶猛，经过训练之后还可以用喙来为主人梳头、挠痒痒，夏天酷热的夜晚还会站在床头用翅膀为主人扇风，如果主人恰好偏头痛犯了，该鸟还可以为你做头部穴位按摩，很有奇效。据载，太宗朝宫中就爱豢养鹞鸟，因为数量太多还专门设立了"鹞坊"，鹞坊的坊主也得以享受很高的级别与待遇。

四是猴。唐昭宗李晔喜欢养猴，连逃避藩镇之乱逃往蜀地时也带着驯养的小猴随驾，还赐给驯猴人红袍加身，享受"高干"待遇。罗隐作《感弄猴人赐朱绂》："十二三年就试期，五湖烟月奈相违。何如买取胡孙弄，一笑君王便着绯。"道出了会耍猴也能当官，何苦费半天劲去考试的愤懑，同时从另一角度也可见当时"猴人"之流行。

此外，小到蜘蛛，大到虎豹，树上猞猁，水中鱼鳖，形形色色的动物都曾成为唐人用于游乐玩赏的宠物。（刘永连）

66 春节给小孩子压岁钱的习俗是怎么流行起来的？

压岁钱的前身是"洗儿钱"。这种习俗最早流行于唐朝开元天宝时期。据载，以阴谋发动安史之乱而臭名远扬的胡儿安禄山是一个非常善于伪装和表现的人物。当年为了得宠，他入朝拜见唐玄宗时表现得乖巧伶俐。由于得悉皇帝宠爱杨贵妃，安禄山尤其刻意讨好杨贵妃。刚见面的时候，他故意首先朝贵妃磕头，皇帝见他礼仪奇怪，问他缘故，他就装憨说，我是胡儿，不懂得朝廷规矩。在我们那儿都是以母为贵，行礼得首先给母亲磕头的。一句看似憨厚的谄媚之语，惹得唐玄宗和杨贵妃顿生欢喜。接着，由于看到安禄山大腹便便，体态特肥，皇帝、贵妃就问他，你那么大的肚子里到底装的是什么东西啊？安禄山拍着肚子说：没什么，只有对皇上、贵妃的一片忠心啊。看到这个胡人如此忠心可爱，杨贵妃就认安禄山作了干儿子，而安禄山也欢呼雀跃地蹈舞叩拜。为此杨贵妃举行盛大的得子洗儿仪式，做了一个特大号的襁褓，让一伙健壮的宫女兜上安禄山在宫中游行庆祝。唐玄宗也很给面子，视同杨贵妃生了儿子，一下子赏赐数万贯钱作为"洗儿钱"慰劳贵妃。这样就为"洗儿钱"开快了先例,成为宫廷习俗流行下来。

宋元时期,这一风俗传入民间,但本来犒赏母亲生子功劳的"洗儿钱"变成了对新生儿的恩顾,同时除了喜庆色彩外还带上了驱鬼辟邪等民俗内涵,所以又称"压胜钱"。每到除夕之夜,长辈将特制的压胜钱用红纸包好,在儿孙熟睡时,悄悄塞在他们的枕头下。这就将原有的送"洗儿钱"的风俗和春节散钱贺喜的风俗相混合。到了清代,"压胜钱"演变成了"压岁钱",依然表达压伏邪辟、祝小孩子平安

清人绘杨贵妃像

的意愿。清人钱沃臣在《压岁钱诗》中注释说:"俗以五色线穿青钱排结花样,赉儿童压胜,曰压岁钱。"

关于压岁钱还有一个有趣的传说。相传,古代有一个叫"祟"的小妖,每到大年三十的晚上就出来害人。它爱摸小孩子的脑袋,被它摸过的孩子会发烧,讲胡话,烧退之后就变成了傻子。嘉兴府有一对姓管的夫妇,老来得子,对孩子特别疼爱。到了年三十的晚上,为了保护孩子不受"祟"的侵害,就一直逗孩子玩,还用红纸包了八个铜钱放在孩子枕头下面。半夜"祟"又来摸孩子的头,不料枕头下面一道金光,把祟吓跑了。后来这件事流传开来,大家纷纷效仿,这样"祟"就不敢再来害人了。于是人们把这种钱叫做"压祟钱",因为"祟"和"岁"同音,时间长了,就变成"压岁钱"了。(刘永连)

知识链接
唐人是怎么过节的？

作为传统文化的鼎盛时代，唐代的节令习俗文化比现代社会要丰富多彩。

首先可以肯定，唐代平时节日比较多，过得也比后人细致。在传统节日上，唐人除夕、正旦（即大年初一）分开过，寒食、清明是两个节，四立、二分、二至等二十四节气几乎都是节，其他还有上元、上巳、端午、七夕、中元、中秋、重阳、腊八、祭灶以及春秋两社等许多节日。此外，唐人所过的不少节日如"千秋节"、"花朝节"、"泼寒节"等为我们所闻所未闻。

元宵、寒食、端午、七夕、中秋、重阳和除夕、春节是当时比较重大的传统节日，各自活动内容非常之多。例如，除夕之日要去尘秽，净庭户，换门神，挂钟馗，贴春联，祭祖先，吃"团圆饭"，放爆竹焰火，耍狮子龙船等；元宵节除了盛大的观灯活动外，还有大规模的百戏（即杂技、魔术、游艺以及类似社火之类的节目）表演、花样翻新的踏歌等歌舞比赛以及佛道法事活动等；寒食清明

唐人《虢国夫人游春图》局部

除了插柳、冷食、扫墓之外，还有亲友相互赠送雕画精致的大个鸡卵、同伙一起到郊外踏青以及斗鸡、蹴鞠、荡秋千、斗百草等游艺活动；上巳节现在已为人所忽视，但唐人要修禊洗涤、踏青游宴，士子文人还要举行曲水流觞、歌诗比赛等活动；七夕如今也沉寂了，但唐代曾是乡亲父老茶话、闺中女儿乞巧等的热闹节日；重阳节关系到人的健康和养生，唐人要登高望远，插佩茱萸，饮菊花酒，许多抒情诗篇应时而生。

值得一提的是，唐朝还有不少具有时代特色的节日。其中最著名的要属庆祝皇帝生日的"千秋节"了。此节开始于玄宗时代，规定在皇帝的生日——八月五日前后大致三天内举行。在这时候，朝廷、官府都把做得最拿手、水平也最高的文艺节目展示出来，像盛大的舞马、斗象和百戏表演。再就是四月八日浴佛节、七月十五的盂兰盆节等宗教性的节日。还有在冬至最冷之日举行的泼寒节，要举行具有西北胡族色彩的大型群众游艺活动，歌舞音乐、傩戏赛神、泼水嬉戏、游行观瞻等一应俱全。据说这种节日活动深得社会上下欢迎，唐中宗曾在母亲武则天重病将死的日子里也爬上城门去观看泼寒舞戏，而广大百姓更是将其传播于大江南北。有人认为它就是后来傣族"泼水节"的滥觞。（刘永连）

67 "泰山"何时成了妻子父亲的代称？

妻子的父亲是妻族中至为尊贵的亲属，一般称为"丈人"，为表尊敬有时加上"老"字而称为"老丈人"。那么，"泰山"一词何时成了妻子父亲的代称了呢？这与最初唐代官场文人之间的文雅调侃有直接关系。

查阅文献可知，在上古时代人们对妻子父亲较为正式的称呼为"外舅"。《孟子》云："帝馆甥于贰室。"注疏曰："礼谓妻父为外舅。"《尔雅》则明确记述："妻之父为外舅。"《释名》解释这一来历说："言妻从外来,至己家为妇,故反以此义称之,夫妻匹敌之义也。"由于称妻子为"妇",故而又称妻子的父亲为"妇翁"。如果按照民间俚俗,人们习称老年男子为"丈人"、"老丈",有时称呼自己妻子的父亲也照例如此。

至于人们以"泰山"雅称妻子的父亲,则出于唐代笔记小说《酉阳杂俎》中的一个掌故。据云唐玄宗在开元十四年(726)远赴泰山封禅祭天。在这种至为隆重的庆典仪式上,皇帝为表皇恩浩荡,一般会下令凡是跟从封禅的大小官员一律晋升一级。当时已成名相的大臣张说被任命为封禅使,出于私利他借机把自己的女婿郑镒也带过去,并违反常例将郑镒一下子从九品升为五品。事后宴请群臣的时候,皇帝偶然间看到张说的女婿竟然穿上了五品的华丽官服,感到非常奇怪。于是叫过来询问缘由,张说翁婿二人都非常尴尬和害怕,很久无言以对。这时候旁边一个善于调侃的伶人灵机一动,回答皇帝说："这是靠着泰山的神力啊。"言语中暗指郑镒之所以青云直上无非是借助了身为泰山封禅使的老丈人的势力。由此,以"泰山"代称妻子的父亲便沿袭成俗,成为中国称谓文化中的一个有趣事象。(刘永连)

知识链接
"爷"、"娘"本来就是指父母吗?

现在,"爷""娘"连在一起是父母的通俗代名词,各个阶层雅俗共用。然而,如果查阅古代字书,我们就会发现,迟至东汉许慎的《说文解字》里还没有这两个字,说明它们不是我国古代传统的称谓。那么,它们是怎么产生并演变的呢?

古代,"爷"字写为"爺"。据查,出于南朝萧齐的《玉篇》最早收录此字,并解释说："古俗称父为'爺'。"看来"爷(爺)"字大约是南北朝时期的产物。

不过,这个字不是凭空产生的。梁章钜《称谓录》云："古人称父为耶,只用耶字,不用爺字。"《汉语大字典》则认为,"耶"和

"爺"是一对异体字，"爺"是后起的字形。"耶"字主要用为语气词，在古书里极为常用。但同时还有另外一个少为人知的用法，即代指父亲。东晋王羲之《告姜帖》云："汝母子佳不？力不一一。耶告。"约出于北魏的《木兰诗》云："军书十二卷，卷卷有耶名。阿耶无大儿，木兰无长兄。"正是基于这一用法，人们用形声方法造字，由"耶"造出"爺"字，用来指代父亲。

不过，此后"耶"字仍在不时使用。如杜甫《北征》诗云："见耶背面啼，垢腻脚不袜。"大约是在宋元明清，"爺"字逐渐取代"耶"字，其意义也有所变化。明代沈榜《宛署杂记·民风二》云："祖曰爺。"由此可见，至迟在自明代"爺"字也开始用来称呼祖父。

"娘"字，产生时期与"爺"相当。不过，《玉篇》却解释说："娘，女良切，少女之号。"看来当时该字并非母亲的代称，而是指年轻女子。作为母亲的称谓，当时习用"孃"字。

著名学者段玉裁指出："唐人此二字分用画然，故耶孃字断无有作娘者。今人乃罕知之矣。"意思是，在唐代，人们把两个字区分得非常严格，没有用"娘"字作为母亲代称的。考查唐代小说诗词，虽然不尽如此，但确实相合大概。"娘"字基本用于年轻女子的名字，如武媚娘、杜十娘、谢秋娘等。或者用"娘子"等作为年轻女子的泛称。涉及到母亲代称，则用"孃"字。如杜甫《兵车行》："耶孃妻子走相送。"不过在敦煌变文中偶有例外，如《敦煌变文·父母恩重经讲经文》云："我现婆婆世界一切众生，虽具人相，不知耶娘有大恩德，不生酬答，不解报恩。"结合敦煌与吐鲁番文书整个情况看，这应该与地方文化和抄录者文化水平有关。

不过，由于两字发音相同，后来人们逐渐用"娘"字代指母亲。到了明清时期，甚至超过"孃"的用法。新中国建立后，国家对汉字进行简化改革，干脆用"娘"字取代"孃"字，"娘"字代指年轻女子的意思便废弃不用了。（刘永连）

68

唐朝为什么把公婆称为"舅姑"？

　　唐代诗人朱庆馀有一首《闺意》诗流传甚广：洞房昨夜停红烛，待晓堂前拜舅姑。妆罢低声问夫婿，画眉深浅入时无？从表面上看这是描写新妇在洞房花烛夜之后等待天明拜见长辈的那种忐忑不安的心情，在这里舅姑是新媳妇对公婆的称呼。那么唐代人为什么会把公婆称作舅姑呢？其实这也是从古代延续下来的，并不是唐代人特有的称呼。《尔雅·释亲》中即曰："妇称夫之父曰舅，称夫之母曰姑。"儒家经典文献《礼记·昏义》中曰："夙兴，妇沐浴以俟见。质明，赞见妇于舅姑……舅姑入室，妇以特豚馈，明妇顺也。厥明，舅姑共飨妇，以一献之礼奠酬。舅姑先降自西阶，妇降自阼阶，以着代也……妇顺者，顺于舅姑，和于室人"；《礼记·檀弓下》中亦有句云："敬姜曰：妇人不饰，不敢见舅姑……"

　　这种特殊的现象是古代婚姻形式的遗迹。它肇始于原始社会的母系氏族外群婚制，这种被恩格斯称之为"普那路亚家庭"的族外群婚较之原始社会中的血缘群婚已有极大的进步，它已排除了同一氏族中男女的结合，而是由两个氏族中的同一代男子互相"出嫁"到对方氏族中，同对方氏族中的同一代女子互相结合。他们所生的子女归属于女方氏族，而"出嫁"的男子则仍属男方氏族的成员，死后要葬在自己原氏族的墓地。在这种母系氏族外群婚的社会中，对两个氏族中可以互相结合的一代男女而言，对方的父亲就是自己的母亲的兄弟（即"舅"），对方的母亲则是来自对方氏族的父辈的姐妹（即"姑"）。由于那时的人们尚未从"舅"、"姑"这种血缘亲属关系中区分出"公公"、"婆婆"、"岳父"、"岳母"这类亲属关系，所以也就不可能产生"公公"、"婆婆"、"岳父"、"岳母"这样的称谓（概念），因而公公、婆婆的称呼就保存在舅姑之内。到后来，我国的社会婚姻形式进入"一夫一妻制家庭"阶段,但社会上仍然大量存在着"女回娘门"(即姑之女嫁舅之子)、"侄女随姑"(即舅之女嫁姑之子)的"姑舅表亲"。在姑之女嫁舅之子这种婚姻形式中,女方的公爹实际上就是她的舅(舅),而男方的岳母实际上就是他的姑(姑);而在舅之女嫁姑之子这种婚姻形式中,女方的婆婆实际上就是她的姑(姑),男方的岳父则就是他的舅(舅)。在这种情况下,女方在婚后有时仍按原来的习惯称自己的公公、婆婆为舅(舅)、姑(姑)。(徐乐帅)

知识链接
唐代新娘入过"洞房"后就成为夫婿家的正式成员了吗?

"拜天地、入洞房",通常被视为传统婚礼的关键环节。那么,在古代,是不是说一个新娘"入洞房"之后,就正式被婆家所接受,正式成为其家庭中一员了呢?实际情况并非如此。在唐代,一个新娘入过洞房之后,必须还要经过两个环节,然后才能正式被接纳成为夫家的成员,这就是"拜舅姑"与"庙见"之礼。所谓"拜舅姑"是在举行婚礼的第二天早上,新妇要盛装打扮,先后跪拜公(舅)、婆(姑),并向公婆奉上果脯。"拜舅姑"之礼举行后,意味着公婆对新妇的认可,但只有公婆的认可还不够,还要行"庙见"之礼。所谓"庙见"是指成婚后的三个月内,必须选择合适的日子,新郎带新妇到本家的宗庙,祭告祖先,表示这段婚姻已经得到祖先的认可。只有到这时,新妇才被正式承认为夫家的一员,可以参加夫家的祭祀之礼,死后才可以埋入夫家的坟地,并接受后代的祭祀。如果新妇因去世或其他原因而未能举行"庙见"之礼,那么这意味着这段婚姻还未受到祖先的认可,新妇就不能被承认为夫家的一员,死后必须归葬娘家。到后来,这一礼俗逐步被简化,先是南宋时朱熹制定"朱子家礼"时,将三月"庙见"改为"三日庙见",此后到了明代,则把拜舅姑与拜祖先一并在婚礼的次日举行,仪式进一步简化了。(徐乐帅)

69 唐代人彼此之间怎么打招呼？

　　唐代人彼此之间的称谓比较复杂，除了称呼名字、官称等其他朝代都有的称谓之外，以行第相称在当时是极为普遍的一种现象。行第本来是一个家族或者宗族之内子弟之间的排行次第，但是在唐代，却成为官场民间普遍流行的称谓。

　　以行第作为家族或者宗族之内称呼的现象魏晋时期就已经有了，到了唐代，这种风气就更加普遍。在唐代，父子兄弟之间、夫妻之间，甚至是主仆之间都可以以行第相称。《资治通鉴》记载睿宗经常称呼他的儿子李隆基为"三郎"，而《旧唐书》里也有唐玄宗称呼他的父亲太上皇睿宗为"四哥"的记载，正是当时家族之内以行第相称的有力证据。而在高宗武则天之后，以行第相称的风气逐渐进入朝廷，尤其是权臣之间开始互相称呼行第。如安禄山称呼李林甫为十郎，而安禄山自己也被亲近的人称作三兄。行第相称的风气在朝廷官场流行开来之后，进而更加在社会上普及。尤其是文人学士，平时起居享宴、诗歌唱答的时候最喜欢互称行第。这种称谓在唐诗当中随处可见。人们在第一次见面的时候，也往往会先问对方的姓氏行第，此后就以行第相称，而不触及名讳，这在当时被认为是互相尊重的表现。

玄宗像

　　唐代人在以行第互相

称呼的时候,最常见的是连姓氏或者连姓名一起称呼,如王维的《送元二使安西》,不过这种称呼的方法只用于非常熟悉而不拘礼的朋友之间;第二种方式是称呼行第的同时加上表示关系的兄、弟、叔、伯、姐、妹、姨、丈以及郎、官等称呼;第三种是把行、第与姓氏官名一起称呼,或者与对方的其他称谓一起称呼,这种称谓的方式比单称行第更为郑重客气,应用的范围也最广,如李德裕送给宰相王播的诗就叫作《奉送相公十八丈镇扬州》。(王晓丽)

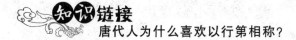

知识链接
唐代人为什么喜欢以行第相称?

唐代人喜欢以行第相称,除了有把行第作为亲戚故旧的称谓所自然具备的感情因素之外,称呼行第还可以避免触及对方的名讳,能够使人们乐于接受。更重要的是,唐代人以行第相称的风气反映了当时人们对已经开始走向没落的门第观念的留恋。

魏晋以来,门阀观念盛行于世,士族子弟往往对自己的门望自视甚高,他们甚至把自己的姓氏和行第看得比朝廷授予的官职更高。到了唐代,魏晋士族的势力虽然已经开始衰微,但是,门阀观念对世俗社会的影响仍然存在,魏晋没落士族的家世门第也仍然是世人仰慕的对象。在这种情况下,行第加上旧士族的姓氏,就等于是族望的代名词,在一定程度上仍然可以反映本人的士族身份、家世渊源。以这种行第互相称呼,既可以显得亲切,又可以互相炫耀,自然而然地就在旧士族圈内形成一种风气。由于借助这种称谓可以大大提高个人和家族的声望,唐代朝廷官场之中的达官贵人也就竞相模仿,并在士人学子之中传播,进而影响到民间。然而,在唐代,旧士族已经逐渐没落,社会上的行第相称不乏鱼目混珠之流。据《新唐书·高俭传赞》记载,这一时期是"士亡旧德之传,言李悉出陇西,言刘悉出彭城,悠悠世祚,讫无考按,冠冕皂隶,混为一区"。虽然旧士族还企图通过严格的宗法关系维持自己血统的高贵,但是社会上的行第称谓却已经成为了单纯的对自己和他人宗族姓氏的尊崇，并进而成为全社会的风尚。到了唐末，随着世家大族的进一步衰落，门阀观念越来越淡薄，行第相称便不再具有多少炫耀和尊崇的价值，而只是作为一种社会风气继续流传到五代至宋。到这个时候，行第也就只剩下了宗族内部排行的含义。（王晓丽）

70 古人为什么喜欢用"石榴裙"来指代美女？

　　石榴开花，有红、黄、白三种颜色，而人们特别欣赏红花。所谓的"石榴裙"，指的就是染成石榴红花颜色的暖调红裙。

　　在保存至今的绘画作品和墓室壁画中，我们可以很容易地找到这种"石榴裙"。新疆吐鲁番阿斯塔那墓室出土的舞伎屏风

《韩熙载夜宴图》

图中身材修长、螺髻蛾眉、樱唇粉腮的姬人,身着红色菱格纹小袖衫、卷草纹织锦半臂,腰间就系着一条艳丽的大红石榴长裙。周昉的《簪花仕女图》中,中间那位头戴荷花的峨髻贵妇,所系长裙也是石榴裙。顾闳中的《韩熙载夜宴图》中"清吹"一段,最右边那位绿衫红裙的女子,身上的裙子更是最纯正的"石榴红"色,简直可以作为"石榴裙"的标本。唐人对石榴裙可谓情有独钟,虽然唐代的裙子颜色也极为丰富,但是唯有"石榴红"流行的时间最长。唐诗《燕京五月歌》中"石榴花发街欲焚,蟠枝屈朵皆崩云。千门万户买不尽,剩将儿女染红裙"的吟咏把当时千家万户买石榴花给家中的女子染红裙的场景描述得极为形象,也可见唐代"石榴裙"的普及。

在汉代之前,并没有"石榴裙"这个称谓。用"石榴裙"来称呼美女的红裙,要到石榴传入中原之后。据明代董斯张《广博物志》记载:"张骞使外国十八年,得涂林安石榴",也就是说,到汉代的时候,石榴才开始传入中原。此后,一直到晋宋年间,石榴都还没有被普遍地与"石榴裙"相联系。直到梁朝,"石榴裙"一词才被文人学士们写入诗词歌赋,加以吟咏。到了唐代,从武则天的一首《如意娘》"看朱成碧思纷纷,憔悴支离为忆君。不信比来长下泪,开箱验取石榴裙"开始,"石榴裙"三个字开始频繁入诗。李白、杜甫、白居易的诗中都有关于石榴裙的描述。由于石榴裙的普遍穿着,以及诗赋文章中对石榴裙的吟咏,"石榴裙"三个字也就逐渐由对女性衣着的描述转为指代美丽女子的专称,后来更有了用"拜倒在石榴裙下"来表示对女性崇拜的俗语。
(王晓丽)

知识链接
唐代女性喜欢穿裙子还是裤子?

唐代由于国力的强盛,社会风气的开放,女性的服饰也表现得最为灿烂多姿,并且着装极其自由。从传统的襦裙装来看,唐代的女子喜欢穿高腰及胸的长裙,配以窄袖或者宽袖的衫襦,半袒其胸,其中尤以色彩艳丽的"石榴裙"最为流行。同时,唐代的女子因为受到礼俗的束缚较少，女穿男装也曾一度蔚然成风。据《旧唐书·舆服志》记载："或有着丈夫衣服、靴、衫，而尊卑内外斯一贯矣。"《新唐书·五行志》中更记载了太平公主着男装的具体装束："高宗尝内宴，太平公主紫衫玉带，皂罗折上巾，具纷砺七事，歌舞于帝前。"受到上层社会的影响，开元、天宝年间，女穿男装的风气在社会上盛行起来。据《中华古今注》记载："至天宝年中，士人之妻，着丈夫靴衫鞭帽，内外一体也。"从这一时期壁画和陶俑的形象来看，女子大多是头戴幞头，身穿圆领窄袖缺胯衫，脚蹬乌皮六缝靴，腰系革带，看上去和男子没有什么两样。可见当时女穿男装是相当普遍的。另外，唐代的女子服饰中还有一种较为独特的，就是胡服。这一时期，北方少数民族与中原的交往频繁，他们的文化对唐代社会的影响是不容忽视的，而胡服的流行就突出地反映了这种影响。唐代著名诗人元稹就曾作诗描绘这种景象："自从胡骑起烟尘，毛毳腥膻满咸洛。女为胡妇学胡妆，伎进胡音务胡乐……胡音胡骑与胡妆，五十年来竞纷泊。"姚汝能的笔记小说《安禄山事迹》中也记载："天宝初，贵游士庶好衣胡帽，妇人则簪步摇，衣服之制度衿袖窄小。"唐代女子穿胡服，最常见的形象就是头带缀饰珠玉的浑脱帽，也有戴幞头或者是直接露着发髻的；身穿折领或者是圆领的窄袖长袍，袍的领或者是襟上还有很宽的绣花缘边；腰上束着蹀躞带，带下垂挂着刀子、佩巾、鞶囊等饰物；下身穿条纹小口长裤；脚上穿着尖头的绣花软履或者是半靿软靴。（王晓丽）

71 "内人"是妻子的雅称吗？

欣赏古今书牍，看到"内人"常被用来作为对自己妻子的称谓，既显文雅又含亲情，故而文人雅士尤好如此。但是在古代特别是唐代，"内人"到底是什么意思？真的就是对妻子的雅称吗？

查阅唐代史料，我们发现唐人称呼自己的妻子确有类似词汇，不过多称为"内子"，或简称"内"。《北梦琐言》卷6记述，唐人乐安孙氏，"是进士孟昌期之内子"，擅长写诗。卷8又记述，唐人尚书张褐，在做晋州长官的时候在外边养了个自己喜欢的军营妓女，还生了一个儿子。"其内子苏氏号尘外，妒忌，不敢娶归"。简称为"内"多出现在唐诗里面，习称"赠内诗"。《太平广记》卷429就记录下唐人申屠澄的一首"赠内诗"，云："一官惭梅福，三年愧孟光。此情何所喻，川上有鸳鸯。"亲切之情溢于言外。

　　在唐代，"内人"一词也已经出现，但是并不是对妻子的称谓，而是另有含义。其一是宫女的别称。这种称谓渊源甚古，早在先秦时期就出现了。《周礼·天官》对"寺人"即宦官一条职责的介绍中就提到，说他们"掌王之内人及女宫之戒令"。郑玄注释道："内人，女御也。女宫，刑女之在宫中者。"由此看来，"内人"是王侯宫中的低层妇女亦即宫女，

内人双陆图（内人，即指宫中之人）

比犯了罪在宫中服刑的"女宫"地位稍高一些。疏文部分还进一步解释了"内人"此称的来由，说是为了严格区分宫内男女的界限，加以专门化管理，禁止他们"非时出入"以至有伤风化。文中提到当时"住在王宫中有卿、大夫、士等，外人谓男子，内人谓妇女，皆是也。此男女自相对为外人、内人"。《后汉书》卷10和熹邓皇后传也有一条史料，说是邓氏以太后身份临朝听政后，她的从兄邓康担心滋生祸患"心怀畏惧，托病不朝，太后使内人问之"。这里所说汉朝的"内人"亦指宫女。大概一直到唐代，这一习惯基本沿袭下来。例如《旧唐书》载："先天二年（713）上元日

夜,上皇(指唐睿宗)御安福门观灯,出内人连袂踏歌,纵百寮观之,一夜方罢。"不过,到了唐玄宗创立梨园之后,"内人"的含义有了变化。《教坊记》云:"妓女入宜春院,谓之内人,亦曰前头人——常在上前头也。"杜甫《观公孙大娘弟子舞剑器行》诗序则云:"自高头宜春、梨园二伎坊内人洎外供奉舞女,晓是舞者,圣文神武皇帝初公孙一人而已。"那么,可见"内人"这时候已经改为应召入宫从事乐舞服务的艺妓的称谓,特别是成了宜春院艺妓的专门称谓。这时候,这些艺妓除了"内人"之外,也有"宫人"。"楼下戏出队,宜春院人少,即以云韶添之,云韶谓之宫人,盖贱隶也。非直美恶殊貌,居然易辨明。内人带鱼,宫人则否。"宜春院艺妓称为"内人",色艺、地位较高;云韶院艺妓称为"宫人",色艺、地位明显较低。这时候"内人"专指宜春园色艺高超的艺妓,具有特殊的含义,与后世泛指自己的妻子仍有巨大差别。(刘永连)

知识链接
"连襟"是指妻子姊妹的丈夫吗?

现在,我们一般把自己妻子姊妹的丈夫称作"连襟",或者娶了同一家姊妹的男人合称"连襟"。那么,"连襟"一词又是怎么来的呢?

回溯到唐宋时期,"连襟"一词已有滥觞,不过与现在相比意思不尽相同并且内涵相对丰富。杜甫《送李十五丈别》诗云:"孤陋忝末亲,等级敢比肩?人生意气合,相与襟袂连。"由此看这时候"连襟"一词尚未固定,而且据学者考证这位李十五丈只是老杜寓居川东时所结识的一位拐弯抹角的亲戚,两个人性情相合,时常书信往来和过往拜谒,交情比较深厚,所以"连襟"在这里只指关系比较亲密的戚友而已。北宋末年人洪迈在《容斋随笔》记述,他的堂兄做官不见起色,正好洪迈妻子的姐夫在临近地区做长官,推荐他做了京官。洪迈代堂兄回复谢意的时候,在书信里写道:"襟袂相连,凤愧末亲之孤陋;云泥悬望,分无通贵之哀怜。"这时候的"连襟"作为一种亲属关系的称谓仍然比较宽泛。

在这时期连襟关系是怎么称呼的呢？自唐宋往前多称"僚婿"或"亚"。《尔雅·释亲》曰："两婿相谓为亚。"晋人郭璞注云："今江东呼同门曰僚婿。"《新唐书·萧嵩传》记述："（萧嵩）始娶会稽贺晦女，僚婿陆象先，宰相子。"大概北方地区较早倾向于把"连襟"一词向同门女婿称谓的方向发展。北宋马永卿《懒真子》已提到：江北人呼友婿为联袂，也呼连襟。清人梁章钜《称谓录》卷7解释这种关系说："江东呼为僚婿，北人呼连袂，又呼连夹，亦呼连襟。"看来所谓"连襟"一词正是从"襟袂相连"这种表示亲密关系的做法演化而来。因为同娶一家姊妹，可谓裙带相连，关系密切，用"连襟"来表示是既简洁又贴切。（刘永连）

72 遇事不顺为什么称为"倒霉"？

"倒霉"一词，在现在我们的生活里使用率极高，经常出现在大家无奈的叹息之中。每当运气不佳，碰到挫折，特别是遭遇意外损失时，我们就会不由自主地痛呼"倒霉透了"。那么，这个词汇是怎么出现的？为什么把遇事不顺称为"倒霉"呢？

其实，"倒霉"原来写作"倒楣"。所谓"楣"是指堂屋正门上方的横木，或垫于房梁之下，用于支撑和装点门庭。所以唐史谈到杨贵妃入宫受宠，使得杨氏姊妹兄弟全家都得到无限好处的时候，就引用民间歌谣说："生男勿喜女勿悲，君今看女作门楣。"随后解释说，楣是房子构造非常关键的部位，"凡人作室，自外至者，见其门楣宏敞，则为壮观。言杨家因生女而宗门崇显也。或曰门以楣而撑拄，言生女能撑拄门户也。"门楣在民俗上还有一个重要作用，即插、挂辟邪之物以防鬼怪邪魔闯入房间。《武林旧事》记述，唐宋时期每逢清明要在门楣插柳；端午节则用青萝做成"赤口白舌贴子"和艾草做成的人像，"并悬门楣，以为禳檜"。无论从建筑结构还是从民俗角度讲，门楣正则安全，门楣倒斜则出危险，因此，如果门楣倒过来，人们都知道将意味着什么。所谓"倒楣"，不祥之兆或祸事之标志也。后来虽然字面变为"倒霉"，但意思保留下来。

还有一种说法非常有趣，即认为该词与科举制度密切相关。说是自从唐代科举兴起以来，在民间便形成了这样的习俗：每当考试之时，有学子参加考试的人家会以门楣装饰昭示考试结果。如果考中了，就大书"捷"字高悬门楣前的旗杆上，以示荣耀和庆祝。相反如果考试不中，就把旗杆倒放，称之为"倒楣"。久而久之，"倒楣"渐渐讹传为"倒霉"，意思也由单纯表示落第泛化为运气不佳，遭遇不良了。（刘永连）

知识链接

人们遇到晦气或者说错了话时，为什么要吐唾沫？

生活中我们也常见这种现象：当一个人遇到晦气之事或者说错了话时，会"呸！呸！呸！"连吐三次唾沫；当他与所鄙视甚至仇恨的人碰面之后，也会回身对着这人的背影重重地吐口唾沫。为什么要吐唾沫呢？

也许有人会说，这是表达感情的一种方式，遇到晦气或说错了话吐唾沫是想挽回事情，而对着某人的背影吐唾沫则是表示鄙视和愤恨。这种说法有它的道理，但深究起来却不是根本原因。

民国时期，江绍原先生对唾沫文化进行了非常有趣的探讨。透过他所搜集的诸多史料可以看出，唾沫在古人眼里具有许多神奇的功效。不过江先生没有说明，如果从民俗学中原始思维和巫术原理的角度看，唾沫出自人口，与人常念动的咒语经常同下，所以也就具有了神奇的效果。与咒语一样，唾沫可以制鬼辟邪，可以治病救人，也可以实施伤害。

关于唾沫制鬼，宗定伯捉鬼的故事是个典型。据说当宗定伯知道同行者是个容易对付的新鬼时，他将其用力挟住，新鬼情急之下变为山羊，他又马上吐口唾沫使其定型难逃，竟然牵到市场上卖了个好价钱。同时，《搜神记》记述，崔少府妻子怀孕尚未分娩就死了,但四年之后仍把生育的儿子送回崔家。当时宾客满座,都知道是鬼来了,于是"遥唾之"。大业《拾遗记》也提到,隋炀帝游江南吴公宅时忽遇陈后主鬼魂,仍称殿下,叙述旧事。炀帝突然醒悟遇鬼,马上"唾之云:'何今日尚目我为殿下,复以往事讯我耶!'"至于辟邪,《清异录》卷 2 记述:"枭乃天毒所产,见闻者必罹殃祸,急向枭连唾试三口,然后静坐存北斗一时许,可禳。"现在民间也常有这种做法。江先生就提到,杭州人认为人坐久了腿脚发麻,吐口唾沫擦在眉毛上就可解除;马其顿夏天有种传染疟疾的虫子,人们见了都要连吐三口唾沫才可祛病;印度人认为看见流星也是不祥之兆,必须连吐三口唾沫才能免灾。其实我们遇到晦气或说错了话吐唾沫,就有以上民俗内涵在里面。

唾沫在制鬼驱邪的同时也可以攻击和伤害他人。《千金翼方》禁经部分云:"老君之唾,唾杀飞枭,唾河则竭,唾木则折。"再如非洲有儒卢部族,巫师想要除害时就常用朝仇人所在方向吐唾沫的巫术。李时珍介绍,唾沫可以治"疗毒蛇螫伤"及肿痛、长瘤等病,据说这是以毒攻毒。看起来,朝着仇人背影吐唾沫其实也有攻击伤害的巫术含义在里面。还有人讨论"国骂"时提到,人们对骂的同时往往也愤愤地吐唾沫,其含义大致类似。(刘永连)

73 "一个女婿半个儿"是怎么流行起来的?

这句俗语出自唐代"半子"之说。《旧唐书·回纥传》载,唐德宗把成安公主下嫁给回鹘可汗,回鹘可汗非常高兴和看重,也对唐廷更加恭敬和亲近,他上书给德宗说:"昔为兄弟,今为子婿(当时对女儿的丈夫的通常称谓),半子也。"什么意思呢?当年平定安史之乱的时候,回鹘可汗与德宗都是太子,共同出兵对敌,辈份和感情视同兄弟。现在可汗娶了德宗的女儿,又变为翁婿关系,关系更加密切。所以回鹘可汗在感动和喜悦之中自视为德宗的半个儿子,亲近之情溢于言表。

"半子"之说最初非常形象地反映了回鹘与唐廷之间的政治关系。在当时民族和亲活动中,回鹘可汗最早娶得皇帝的亲生女儿亦即真正的公主,和亲次数也比其他民族为多,同时回鹘带头推戴唐朝皇帝为"天可汗",并作为援军主力帮助朝廷平定了安史之乱,可以说双方关系比唐廷与其他民族之间都要亲密与和谐。但另一方面回鹘基本独立于北方草原,并不甘受朝廷辖制,甚至一度与朝廷对立起来,不断派兵南下骚扰中原。只是在李泌的努力周旋之下,双方才又重归于好。如果说"半子"也是儿子,那是针对回鹘与唐廷比较密切深厚的民族关系;但"半子"又不是儿子,所以唐廷无法像对待儿子那样来喝令回鹘,如果关系处理不慎,就会出现女婿分庭抗礼的局面。尽管回鹘可汗把自己摆在了"半个儿子"的位置上,但主要是出于政治联盟的目的,有其虚情假意的一面。

出于以上情由,"半子"之说既可以表示翁婿之间的良好关系,同时又反映了他们不如父子那样血肉相连,因而往往成为缺乏子嗣人家的无奈自嘲和叹息。也正因为如此,此说一出立刻受到民间普遍欢迎。就在唐朝,人们开始把"半子"作为女婿的别称。例如,刘禹锡《祭虢州杨庶子文》云:"乃命长嗣,为君半子。谁无外姻,君实知己。"意思是刘禹锡因与杨庶子过往密切,成为知己,所以让自己的长子娶了杨庶子的女儿,成为他的女婿。以后,民间将此说加以俗话,"一个女婿半个儿"的说法就流行起来。（刘永连）

回鹘进香人图

知识链接
为什么隋唐五代人爱养"假子"？

所谓"假子"，意同义子，不过在隋唐五代人收养"假子"超出了一般意义上的收养义子。他们既不缺少亲生儿子，也不是出于怜悯孤幼，而是大量罗致，多多益善。为什么会这样呢？

据研究，在隋唐五代时期，收养"假子"成为一种社会风尚，构成当时明显的时代特征。如果分析其原因，首先它与改朝换代和士庶变化中某些新兴势力的崛起密切相关。从南北朝以来，中原地区政权变动频繁，新的统治集团不断崛起并取代原来王朝，像隋朝杨氏、唐朝李姓尽管拼命想与前代高门贵族挂钩，但都是起家于边荒地带的北魏六镇军人。同时原来士族势力开始衰落，庶族势力相对增强，这使得不少原来出身寒门的野心家敢于觊觎上层社会地位。不过，与前代帝姓和老牌士族相比，这些野心家缺乏足够的家族势力，尤其缺乏帮助自己夺取权力和地位的子嗣精英，因而他们就非常注重在这一方面弥补缺憾。据史载，隋末江淮义军领袖杜伏威"有养子三十人，皆壮士"；唐初相州长史张亮"养假子五百"。在北方，少数民族中早有此俗，并与这种政治需要结合起来，因而收养"假子"之风更盛。王世充自请作刘太后"假子"，索元礼收薛怀义为"假子"，李宝臣被张锁高养为"假子"……他们往往出于增强势力或提高身价的目的而收养或自作"假子"。也确实有不少拥有足够"假子"或自作强人"假子"的人物后来得势，如唐朝李宝臣、王廷凑、李克用等当上了军阀巨头，而后唐明宗李嗣源、南唐国主李昇等甚至成为一国帝王。为了尽可能壮大自身势力，他们收养"假子"也毫无节制，只要精壮忠诚，就尽数收揽。典型例子如安禄山，他本人为张守珪养子，同时"虑玄宗年高，国中事变，遂包藏祸心，将生逆节。乃……养同罗及降奚、契丹曳落河（当时蕃语，健儿之意）八千余人为假子……以推恩信，厚其所给，皆感恩竭诚，以一当百"。到唐朝末年，沙陀人李克用所养"假子"更多，甚至将其组成一支强大的军队，号称"义儿军"。（刘永连）

74 中国北方结婚时新娘进洞房前要跨火盆，这是为什么？

在北方特别是东北婚姻习俗中，新娘必须跨过一个预先设置好的火盆进入洞房。翻阅北方民族史资料，可知这个看似简单的仪式有着非常复杂的渊源。

在北方广大少数民族中，自古以来就普遍信仰着基本一致的古老宗教——萨满教。萨满教奠基于原始的自然崇拜，其中最为重要的一项是火崇拜。早在魏晋时期，就有史料记述鲜卑、乌桓等民族崇拜火，他们举行丧葬时，一般是把死者尸体、遗物包括坐骑等，都用火烧掉再进行土葬，以求死者魂灵在火神保护下到达安居之地。

到隋唐时期，突厥史料中对火崇拜的细节更多，著名学者蔡鸿生先生专门撰写了一篇精彩的论文加以探讨。在突厥人生活中，首先流传着祖先为火温养的传说，说是索国部落大人阿谤步愚痴亡国，其"大儿"所率领的一支部落流落到跋斯处折施山上，山上"并多寒露，大儿为出火温养之，咸得全济，遂共奉大儿为主，号为突厥"。据分析，所谓"突厥"一词，从语言学角度可以分解为 Tÿp＋k 两个部分，第一部分 Tÿp 由 Tÿc 变形而来，原来发音"托司"，指"原始神灵"，引申为"炉灶要地"。第二部分 k 由 kÿhi 演变而来，意思为"妻"。整体看来，"突厥"本指"火神"，且神为女性，当渊源于母系氏族公社时期的突厥崇拜。突厥人十分敬重火及其作用，因为"木中出火"，所以他们就"敬而不居"，从不坐、躺用木质的家具；外人进入境内必须从两个火堆中穿过，以清除邪气；萨满还经常带人围火堆绕环巡行，口中念念有词，以求得火神帮助。

到蒙古人兴起后，就有史料更加详细地记述了他们关于火种来源的神话故事、火神崇拜的礼仪细节以及婚礼中新娘必须跨过火堆、向火堆叩头、念诵赞美火神的祝词等内容。他们也认为火神是位女性,名叫"嘎勒嘎勒罕·额赫",号称"火神母",她象征着光明和圣洁,可以驱除邪恶和肮脏之物,甚至可以保护家庭平安。因此人们要时时祭拜火神,或依靠火神来清除邪恶、肮脏之物。婚礼中原属外人的新娘要进入家门,自然要经过火神检查并同意才行。蒙古族以及后来的满族,都曾经统一中国并长期影响我国北方广大地区。久而久之,即使北方汉族人也借用、沿袭了新娘跨过火盆进洞房的婚礼仪式。(刘永连)

知识链接
火对北方民族为什么那么重要?

为什么火神得到北方少数民族如此隆重的崇拜呢?这又与这些民族所依赖的自然环境和长期生活需要密切相关。

考察具有突出火崇拜特点的北方民族,他们大致居住在我国长城以北以蒙古高原为主的广大地区,向东可以越过大兴安岭到东北,向西越过阿尔泰山、准噶尔盆地直到中亚、东欧北部。从气候上看,这里属于寒温带和亚寒带范围内的大陆性气候,所接受太阳照射的时间和热量都比较少,冬季和黑夜寒冷而漫长。尤其在蒙古高原上,邻近亚洲寒流的发源地,冬季最低气温可达零下45℃。从植被上看,这里主要是广阔的草原,间有戈壁、沙漠和高山、谷地,可以直接利用的自然资源比较薄弱,因而这里人烟稀少,蒙古人民共和国平均每平方公里至今不到1.3人。

在这种情况下,火对人们来说比任何自然物都重要。首先漫长的寒冷季节使人们极其需要温暖。而这里的人们不能像在低纬度地区那样可以得到阳光的充分沐浴,而只有依赖可以随时点燃的篝火或灶火。其次,如果没有火,人们就很难消化猎获来的野果兽肉,从而得不到身体必需的食物热量。再次,这里人烟稀少但豺狼虎豹时常出没,如果没有篝火或火把,就难以防御它们的侵袭。可以说,如果没有火,人们就无法生活。

基于以上需要,火神在人们眼里威力最大、作用最多,最受人们崇拜。火神能够带给人们温暖和光明,还给人们提供熟食,保护帐内男女平安。同时火神无比圣洁,可以驱散害人的邪魔,净化人的灵魂。因此火神信仰普遍，甚至身兼帐神、灶神等多种神职。人们平时无论饮食起居，还是治病除魔，特别是婚丧、祭祀等重要礼仪，无不祭拜火神，以求平安和福祉。他们还形成很多禁忌，譬如不能用脚踩火，往火里泼水、丢杂物，用棍棒捅火，更禁止玩火、扔火。突厥人甚至禁用木质家具和葬具。（刘永连）

75 "王八"一词是怎么来的？

"王八"一词可谓我国经典的国骂，"王八蛋"更是极具杀伤力的挑衅性骂人词汇。这一词汇是怎么来的呢？

通常的一种说法是"王八"作为骂人的词，出现在北宋欧阳修编撰的《新五代史·前蜀世家》的记载中："王建字光图，许州舞阳人也。隆眉广颡，状貌伟然。少无赖，以屠牛、盗驴、贩私盐为事，里人谓之贼王八。"说的是前蜀主王建年轻无赖，又在兄弟姊妹中排行第八，便被人骂作"王八"。这种说法是仅从字面上对照的理解。

也有的说"王八"指妻有外遇的男人，称为"戴绿帽"，实际上与乌龟有关，因为乌龟一般都为绿色外壳，古人的床底经常用乌龟装饰，便拿乌龟来形容床笫有染之事。《唐史》及《封氏闻见记》记载李封做延陵令时，手下吏人有罪，不加杖，但是要戴绿头巾以耻之，随所犯轻重定日数，吴人便以此服为耻。明朝时更规定伶人穿绿衣，以示其低贱身份。绿帽儿便与低贱如妓女者有了干系。

不过，还有一种说法是："王八"，即"忘八"的谐音。八是指八项德行："孝悌忠信礼义廉耻"，都是君子之道，忘八就是无耻，这种解释多见于明清小说。不过这种说法，就与唐五代文化没有密切关系了。（刘永连）

从现在的观察视角看，在唐朝人的生活中，起外号是一种极常见且有趣的现象。人们经常根据人的容貌、性格、言行举止等特征给他们起外号，亦称"诨名"，其中不乏对人贬斥、讥讽、挖苦的称谓。比如宰相苏味道办事两端不置可否且有手摸床角的习惯，人称"苏模棱"。卢怀慎居宰辅之位，遇事唯唯诺诺，被人戏称"伴食宰相"。李林甫笑里藏刀，人称"李猫"，又称"肉腰刀"。傅游艺在武则天时善于溜须拍马，一年之间官服就从绿袍升为紫袍，升官迅速，人称"四时仕宦"。唐末宰相郑綮没有经国之材，却喜欢说诙谐而又形象的歇后语，人称"歇后宰相"。武宗时的宰相李德裕喜好吃羊肉，人称"万羊宰相"。卢从愿喜欢田宅，人称"多田翁"。鲁孔丘当了拾遗谏官，却粗鲁得和武人一样，人称"鸷入凤池"。御史郭弘霸说话期期艾艾不清楚，人称"四其御史"。御史侯思止喜食多肉少葱的蒸饼，人称"缩葱御史"。北燕刘仁恭作战时，喜欢挖地道攻城，人称"刘窟头"。

更为有趣的是武则天时，郎中张元一和魏光乘为人诙谐，爱好给朝中人物起诨名，几乎所有朝廷文武官员都被他们品评过。比如兵部尚书姚元崇身躯高大，入朝时急行，称为"赶蛇鹳雀"。黄门侍郎卢怀慎常低头走路，步行缓慢，则称"观鼠猫儿"。殿中监姜皎肥胖而又黝黑，则称"饱椹母猪"。舍人齐处冲习惯眯着眼看人，称为"暗烛底虱老母"。舍人吕延嗣，身矮发稀，称为"日本国使人"。舍人郑勉，皮肤白嫩，行走踉跄，则称"醉高丽"。殿中侍御史身材矮小且黑丑，称为"烟熏地木"。御史张孝嵩长相丑陋，称为"小村方相"。舍人杨仲嗣办事性急，称为"热鏊上猢狲"。此外还称黄门侍郎李广是"饱水蛤蟆"，诸多贬损，不一而足。像这种评价已经超出了形容，到了损害人的尊严的地步，自然引起人们的大不满，魏光乘就是因此被贬到偏远的州县任官的。（刘永连）

76 "吃醋"的典故是怎么来的?

"吃醋"一词通俗之至,大家都明白,它是形容男女之间由于对方一时忽视了自己而产生的一种失落情感,人们会由此嫉妒甚至愤恨情人所关注的对象,有时说起话来都带着酸味十足的讥诮。这一极为形象的比喻手法出自何时、来自何典呢?

《隋唐嘉话》里记载,有一次唐太宗赐给管国公任瓌两位漂亮的侍女,然而任瓌带回去之后不久就出事了。因为他的妻子很有个性,容不下丈夫身边再有女人,一时发狠用药毁坏了两位侍女的满头秀发。太宗皇帝听说后很是生气,马上召见其妻,指着旁边准备好的一坛毒酒威胁说:"妇人妒忌,理当七出。如能改行无妒,则勿饮此酒;不尔,可饮之。"这女子也很干脆,答曰:"宁妒而死。"抱起坛子一饮而尽。可是,饮酒之后人并没死,没想到坛中不是毒酒,只是美味的香醋而已。太宗皇帝也无奈,当时就说,你们家的事情我这个皇帝也管不了了。结果,"吃醋"一词便由此流传开来。

还有一种说法出自《国史异纂》,认为吃醋之典来自房玄龄的故事。房玄龄所娶夫人美丽无双,但是他年轻时贫寒之至,为此,房玄龄曾经表露害怕妻子看不起他、抛弃他另就高枝的顾虑。当时他妻子二话没说,抓起剪刀自刺一目,表示永不变心,并且施展其女杰才分,全力支持丈夫成就大业。由于这一经历,房玄龄非常敬重他的妻子,他妻子也百般呵护和捍卫他们的爱情。房玄龄作为宰相对缔造贞观盛世功劳至巨,唐太宗为了犒劳他,曾经下旨赐给他几位美人,但是房玄龄却推脱不受。皇帝知道房玄龄顾及夫人的感受,只好央求皇后召见房玄龄的夫人,劝解说,人们纳妾本来就有常制,完全符合规矩,而且司空(房玄龄官号)年高体弱,皇帝想用多个女人照顾他以表关心。可是房夫人对这些毫不领情,断然拒绝。皇帝勃然大怒,给出两个出路让她选择,一是改变初衷,不再妒忌,这样可以很好活下去;二是可以继续妒忌成性,但必须被处死。房夫人毫不犹豫,表示宁可为妒而死。皇帝拿出一坛子毒酒给她,房夫人一饮而尽。皇帝最后只好说:"这样的女人我这个做皇帝的都害怕,何况是房玄龄呢!"当然皇帝赐给房夫人的也不是毒酒,而是香醋,所以也有人认为这个故事就是吃醋的最早来历。(刘永连)

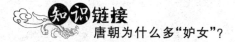

唐朝为什么多"妒女"?

唐王朝是在魏晋南北朝数百年民族大融合的基础上形成的统一国家,其文化容纳了北方和西域广大地区少数民族的观念和习俗,同时战争对士族制度的打击也大大冲击了两汉以来形成的礼教制度,这为唐朝的社会风气提供了一个特殊的滋养环境。

一方面,广大少数民族影响中原社会导致两种变化:一是婚姻形式多样化,二是妇女地位相对提高。就唐朝史料看,比较注重功利的高层人物通常崇尚更高的门第或丰厚的彩礼;比较注重人情的开放家庭则选择男女自由恋爱和婚姻;尚为平常的士子或者庶民百姓流行"男人重色,女子爱才"的浪漫情调;自由奔放的文艺娱乐行业则甚至时兴类似女子群婚、自由组合的时髦婚姻方式,这为人们提供了多种婚姻选择。不少少数民族社会制度尚且保留着甚至停留在母系氏族社会,妇女可以主事甚至主政。受其影响唐朝汉人妇女也得到暂时解放,有着在此前此后历代所不能允许的自由。比如唐朝妇女可以骑马出行,平时可以穿着男装胡服。婚姻上女性比较主动,可以自主。寻偶结婚时女子可以选择自己中意的情郎,而婚姻不如意时也允许女子主动提出离婚改嫁。有关资料在唐人小说甚至敦煌卷子里非常丰富。

另一方面,战争冲击礼教制度使妇女也获得很大自由。本来魏晋南北朝士族家庭已经形成了严格的礼教套路,女子必须遵此而行,否则难以安身立命。但是数百年的战争严重打击了整个士族体系,不少高门士族已经衰微不堪,在社会上无法起到

彩绘女子马球俑

规范人们行为和风气的作用。而趁机起家的新贵多是在胡族社
会风气影响下生活的寒门人物，包括出自北魏六镇军人的李唐
宗室，如果不是深受胡化的汉人，就是稍微汉化的胡人。这样，
唐朝时期敢于冲破礼教，追求自由的人物就非常多。就李唐宗
室来看，唐太宗敢纳弟媳，高宗敢娶庶母，玄宗连儿媳妇都敢要，
而武则天则敢女人称帝并且公开豢养男宠，件件都是出格之事。
在这里，女人鼓足勇气反对男人纳妾，捍卫本属自己的爱情，就
顺理成章不足为奇了。（刘永连）

77 **"河东狮吼"到底是谁在发威？**

　　河东狮，通俗讲是河东狮子，喻指凶悍妒忌的妻子。河东狮
吼，意思是河东的狮子在怒吼发威，由此暗指家中妻子凶悍，发
起火来让人生畏。这个典故既是对女人不讲礼仪的嘲讽，同时
也是对惧内者的调侃。它有很深的文化渊源，与民俗、宗教以及
物种传播都有密切关系。

　　此典直接出自《容斋随笔》，说是北宋人陈慥，字季常，有妻
子柳氏，性格凶悍妒忌，季常畏不能制。好友苏东坡谙熟底细，

一次在陈季常装模做样大讲佛学哲理的时候，顺口占诗调侃："龙丘居士亦可怜，谈空说有夜不眠。忽闻河东狮子吼，拄杖落手心茫然。"以后人们便习惯用这个成语来形容悍妻发威。

那么，为什么要用河东狮子来暗指凶悍妻子呢？这又有两层与唐朝文化有关的含义在内。一是人们何以习用狮子来形容雌威。狮子是生活在热带草原上的百兽之王，凶悍毋庸置疑，但由于中国素不产狮，国人无由了解狮子的个性。到了唐朝，大量的物质文化包括物种、物品等都在极为频繁的交往活动中以前所未有的规模涌入中国，不但皇家禁苑的象栏狮山里兽满为患，而且民间也能见到异域奇兽。同时，不但皇家陵园到处蹲着石狮雕像，一些权贵之家在门前园内也有狮子图案或雕像；不但朝廷有"五方狮子舞"等文艺节目，民间也兴起了由人披上狮子皮来耍的狮子舞。许多史料表明，狮子开始为中国整个社会包括普通百姓所了解，而狮子的凶悍个性也自然而然地为中国人所普遍知晓了。

二是狮子又何以用"河东"来限定？陈季常妻子姓柳，在唐朝属于士族高层，为河东（今山西永济）望族之冠。同时唐代攀比门第之风很盛。在通婚上，上自皇家贵胄下至平头百姓，无不企望与士族联袂结姻。如果自己身为士族，那更是公主不屑去娶，给官可以不做的丰厚资本。因此，姓李必说赵郡李氏，姓柳必称河东族望，即使你根本沾不上边，为了面子也得这样介绍自己。由此形成习俗乃至文化习惯，所以即使到了宋代苏东坡提到柳姓族望的时候，也顺口带出河东以表尊重。

再就是，"狮吼"到底

狮吼观音

183

是苏东坡随意之语，还是有什么讲究呢？作为唐宋著名文学家，苏东坡说话是有根有据的。查《维摩经》，狮吼亦称狮子吼，出自佛家语，用来比喻佛祖、菩萨法力无边，说法时一语生威，可以震慑一切外道邪说。该经《佛国品》云："演法无畏，犹狮子吼。其所讲说，乃如雷震。"正是此意。佛教到唐代在中国得以扎根，许多文化内涵也为普通人所了解。因此，像"狮子吼"等本来属于佛教经典用语的东西，开始为一般人所知晓。唐朝诗人刘禹锡在《送鸿举游江西》诗中就吟咏道："想得高斋狮子吼。"苏东坡也信佛习禅，自然也熟悉此语，因而在诗中借用狮吼来形容生活事项就不足为怪了。

后来的人纷纷借用这一比喻，如清代《清平山堂话本》之《快嘴李翠莲记》亦云："从来夫唱妇相随，莫作河东狮子吼。""河东狮吼"就这样约定俗成，化为经典成语了。（刘永连）

知识链接
狮子文化是怎样传入中国的？

在中国，狮子文化具有非常丰富的内涵，包括狮子物种本身，以及与狮子相关的文艺活动、宗教信仰、生活习俗和建筑技术等等。但是有一点非常明确，狮子原非中国物产，狮子文化是怎么传播到中国来的呢？

首先，狮子文化传入中国与狮子物种本身的传播有着直接和密切的联系。狮子作为物种传入中国的最早记载出自《后汉书》，提到在汉章帝章和元年即公元85年，安息国王遣使进献狮子以及符拔等奇异猛兽。伴随中外交往的日益频繁，更多的狮子被使节们带到中国来。魏晋南北朝也有几次西域国家进献狮子的事例，不过仍旧为数尚少。到了唐代，中国古代史上这个最为发达的对外交往时代，狮子才频繁传入中国。据大略统计，仅在贞观短短二十余年间，就有康国等多个国家多次进献狮子的例子。在开元天宝年间，进献狮子的国家更多，包括拂菻、诃毗施、波斯、米国等中亚、西亚乃至欧洲等广大地区的国家，进献狮子的数量自然就多起来。正是在这一背景下，中国人开始熟悉狮子,并撰写诗词歌赋来描写这种来自草原的百兽之王。另一方面,雕刻狮子形象的许多物品也传入中国,如五代后晋年间,回鹘可汗进献了玉雕狮子兽;后周时期,甚至后蜀也进献了银香狮子炉等东西。这样狮子文化在中国逐渐丰富起来。

其次,异域宗教的传播大大丰富了中国狮子文化。西域多种宗教与狮子有着密切关联,佛教以狮子吼来形容佛祖佛法的威严,用狮子来充当菩萨罗汉们的坐骑;波斯古代宗教则以狮子为护法神兽,身带双翼守护在神坛或殿堂。

乾陵石狮

这些内涵通过宗教传播影响了中国的民间信仰和生活习俗。借助传入中国的佛教尤其是祆教、摩尼教等,狮子开始在中国承担起护法镇邪的重任,在中国人眼里成为威严尊贵的象征。从此在皇家陵阙、权贵门前,纷纷树立起一对对门狮;在宫廷舞台盛大庆典上,不断上演气势磅礴的"五方狮子舞";甚至在民间也以狮子为吉祥物,用来驱邪,以至娱乐人们的生活。

经过千百年间外来文明不断渗透和中国人民想象创造,狮子文化在中国形成一个丰富多彩的文化体系。(刘永连)

78

泼水节为什么要泼水?

泼水节是傣、阿昌、德昂、布朗、佤等族的传统节日,也是云

186

南少数民族节日中影响面最大、参加人数最多的节日。泼水节是傣历新年，相当于公历的四月中旬，节日一般持续三至七天。节日期间要进行泼水、丢包、划龙舟、放高升、拜佛、赶摆等活动。节日清晨男女老少穿上节日盛装，挑着清水，先到佛寺浴佛，然后开始互相泼水。人们认为这是吉祥的水、祝福的水，可以消灾除病，所以不论泼者还是被泼者，虽然从头到脚全身湿透，都是非常高兴。

泼水节的泼水仪式应起源于佛教的佛诞节。

重庆大足石刻九龙雨佛

佛诞节为佛教传说中佛祖释迦牟尼诞生的日子，又叫"浴佛节"或"灌佛会"。据说佛祖诞生之时，刚出生就在地上自行七步，步步生莲花，同时九龙吐水，天降香花。浴佛就是为了象征性地再现佛诞生当日的情景，以为纪念。

佛诞节从东汉末年以来就开始在中原流行，到了两晋南北朝时代，各地普遍流行。在公元 5 世纪以前，浴佛仪式已经相当盛行了。后赵的国主石勒为他儿子祈福曾举行过浴佛，以后一直延续到唐代。到了唐玄宗开元年间，佛诞节的休假还被正式纳入"开元假宁令"当中，也就是我们今天的法定假日，表明本来纯属佛教节日的佛诞节已经彻底融入了民间生活。

在这一时期，每逢佛诞节的时候，佛教寺院和一些地区的民间都要举行浴佛法会，参加法会的人自然不限僧俗，成为全社会的活动。我国浴佛的日期，古来有几种不同的记载，一是二月八日，一是四月八日，还有一种是十二月八日，后代多沿用四月八日之说。（李晓敏）

所谓寒食节，是一种禁用烟火、只吃冷食的节日。据传说，它是为了纪念春秋时期晋文公的功臣介子推而兴起的。介子推曾经帮助晋文公渡过极其艰难的流亡生涯，并回国夺取了晋国政权。之后论功行赏时文公把他忘在了脑后，而他也不争执，主动回到绵上之山隐居起来。后来文公想起后悔不迭，极力想把介子推从山上请回来。由于介子推回避不出，文公轻信随从建议而烧山，结果介子推抱着柳树被烧死在山上。痛悼之余，文公下令每年此日不许百姓动火，由此寒食成为传统节日。不过，据学者考证，寒食习俗渊源于远古时期的改火之制。当时处于钻木取火时代，取火所用之木，根据季节气候四时各异，春用柳榆，夏用桑杏，秋用柞楢，冬用槐檀。改火之际，令有行止。大致魏晋时期，初废改火之制，到隋代彻底废弃，但与此同时，寒食节却大大流行起来。据载唐宋时期寒食禁火很严，每当寒食之日，村社甲长要到各家检查锅灶，用鸡毛伸进灶膛，如果鸡毛焦卷就要治罪。为了渡过寒食节，人们要事先准备好各种冷食，举行纪念活动，由此形成各种习俗。例如，在禁火的三天之内，人们要在门框上插上柳条，用以纪念介之推抱柳之死，也是为了驱邪避灾；同时还要拿出预先煮好的鸡蛋，既可充饥饱肚，也可比赛取乐。（刘永连）

79 人们为什么把第一次出现的事情叫做"破天荒"？

"破天荒"是人们用来形容第一次出现的新鲜事儿的一个俗语，经常出现在我们的文学作品和口头表达当中。细究"破天荒"一词的来源，可以追溯到唐代。据宋代人孙光宪所作《北梦琐言》第四卷的记载："唐荆州衣冠薮泽，每岁解送举人，多不成名，号曰天荒解。刘蜕舍人以荆解及第，号为'破天荒'。"这里提到的事情是唐代科举考试中的一个典故。在隋唐时期确立的科举制度下，参加科举考试的举子要经过逐级的选拔。每年学子们在进京之前，都要先在地方上参加考试，由地方官府选拔出成绩合格的，再一起解送入京参加京城的省试。而唐代的荆州虽然是个人才济济的地方，文士书生很多，但是解送到京城的举子却多年没有人能够考中，于是，人们就把荆州称为"天荒"，又把由荆州解送的考生称做"天荒解"。"天荒"本来是指混沌未开的原始状态，用这个词来形容荆州就是嘲笑这儿从来没有人中过进士。直到唐宣宗大中四年（850），从荆州进京参加省试的考生中终于有一个叫刘蜕的考中了进士，破了"天荒"。当时，魏国公崔弦镇守荆州，得知刘蜕考中进士，写信表示祝贺，并赠他七十万"破天荒"钱。刘蜕不肯接受崔弦所赠之钱，在给崔弦的回信中写道："五十年来，自是人废；一千里外，岂曰天荒。"

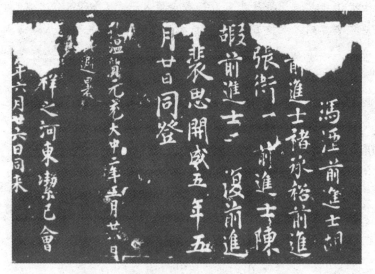

雁塔进士题名帖拓片

之后，文人学士经常用"破天荒"一词来形容某个人突然之间的得志扬名。宋代苏轼的"沧海何曾断地狱，朱崖从此破天荒"、周必大的"绛帷幸得天荒破，日日当为问道人"、元代人柳贯的"会见天荒破，端令士气粗"等诗句都含有这个意思。不过现代人使用"破天荒"一词，就仅用来形容创举或者是头一次出现的新鲜事了。（王晓丽）

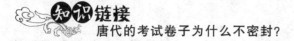

唐代的考试卷子为什么不密封？

在唐代，由礼部主持的科举考试是不糊名的，也就是说卷子并不密封，主考官在批阅试卷的同时，还可以参考举子们平日所作的诗赋文章及其声望高低来决定是否录取。不仅如此，当时在朝廷和社会上有声望的权贵名流也都有权向主考官推荐人才。在这种情况下，唐代的举子们往往在参加考试之前，就要把自己最得意的诗文加以编辑，写成卷轴，带到京师，呈送给当时在朝廷和社会上有名望有地位的人，请求他们向主考官推荐，这种举动在当时被称为"行卷"。著名诗人白居易就曾因行卷而得益匪浅。据唐代王谠《唐语林》记载："白居易应举，初至京，以诗谒顾著作况。况睹姓名，熟视曰：'米价方贵，居亦不易。'及披卷，首篇曰：'咸阳原上草，一岁一枯荣。野火烧不尽，春风吹又生。'乃嗟赏曰：'道得个语，居即易也。'因为之延誉，声名遂振。"可见，"行卷"的成败对于举子们来说是非常重要的。一般来说，行卷以精为要，只要出色的几首诗、几篇赋就可以达到目的，但是也有连篇累牍、以大量诗文行卷的，如杜牧用来行卷的诗有一百五十篇之多，而皮日休则用十卷二百篇诗文作为行卷，在当时都是惊人之举。

"行卷"由于其独特有效的宣传作用，在参加科举考试，尤其是参加进士科考试的举子们当中形成风尚，为举子们的顺利及第铺平道路，也为唐诗在社会上的传播起到了促进作用。由于"行卷"的作用非常明显，当时就有不少的举子偷窃抄袭别人的好诗文，冒充为自己的作品，用以沽名钓誉，市面上甚至有人将往届举子们的诗文汇编成行卷出售，这也可以算作是"行卷"的副作用了。（王晓丽）

189

80

"一不做，二不休"最初是谁说的?

"一不做，二不休"是我们现在经常使用的一个成语，意思是不做则已，既然已经做了，就索性做到底。但是已经很少有人知道，这个成语是来自于唐代人张光晟的临终遗言。

张光晟在新旧《唐书》中都有传。根据史书记载，他从少年时开始从军，安史之乱爆发的时候，他还是一名骑兵。在安西节度使哥舒翰兵败潼关的战役中，张光晟把自己的战马送给战马被打死的大将王思礼，从而得到王思礼的赏识，把他作为自己的心腹，不断加以提拔。唐代宗大历年间，张光晟被任命为单于都护、兼御史中丞、振武军使，带兵抵御吐蕃。张光晟因为贪图边功，设计诱杀了多名吐蕃贵族，但是唐代宗害怕得罪吐蕃，不但没有给他期望中的奖赏，反而任命他为闲职，剥夺了他的兵权。从这时候开始，张光晟就一直怏怏不得志，对朝廷的不满逐渐积累，以至萌生了叛意。

唐德宗兴元元年（784），原本奉命防秋的泾原藩镇军队发生哗变，拥立在长安闲居的原卢龙节度使朱泚为帝，赋闲在家的张光晟参与其中，被任命为伪节度使。唐德宗委派神策行营都知兵马使李晟带兵讨伐，张光晟带兵驻守九曲。张光晟看到李晟大军气势浩大，知道朱泚大势已去，便派心腹与李晟联络，想要投降。李晟接受了张光晟的归降，并替他向唐德宗上书求情，但是没有得到允许，唐德宗下旨认定张光晟罪不可赦，理应处死。不得已，李晟只好将张光晟斩首。据唐代赵元一《奉天录》记载，张光晟临死前对自己反叛朝廷的行为以及反叛之后又投降朝廷的举动都很后悔，嘱咐行刑的人说："传话后人：第一莫做，第二莫休。"就是说不该做的事情就不要做，既然做了，就不要停止，一直坚持到底。（王晓丽）

唐玄宗统治时期，唐代开始由盛转衰，尤其是安史之乱以后，境内藩镇林立，境外吐蕃称雄，内忧外患接踵而至，皇帝甚至连龙座都坐不稳了，据史书记载，先后曾有五位皇帝被迫离开京师避难。

第一位从长安逃跑的皇帝就是唐玄宗。天宝十四载（755），安史之乱爆发，安禄山带领大军南下，号称二十万，所到之处势如破竹，直逼长安。第二年，唐玄宗眼见长安不保，不得不带领杨贵妃、杨国忠兄妹、太子李亨等皇子皇孙、几个重要的大臣，半夜出城西逃。除了禁军六军士兵以外，随行的官员、亲友不过一百多人，成为唐朝历史上第一个逃离京师长安的皇帝。

僖宗靖陵出土龙凤纹琉璃璧
（正反面）

第二位逃出京师的皇帝是也曾亲身经历过安史之乱的唐代宗，不过把他逼出京师的不是藩镇，而是吐蕃军队。唐代宗广德元年（763），安史之乱平定不久，吐蕃和党项的军队又入侵中原，来势凶猛，很快就到达邠州、凤翔一线，长安告急。唐代宗下旨任命郭子仪出任副元帅，带兵御敌，然而由于宦官专权，贻误军机，郭子仪还没有到达长安，吐蕃军队就已经兵临城下，唐代宗被迫仓皇出逃。吐蕃军队攻入长安，大肆劫掠，百姓纷纷出逃，长安几乎成了一座空城。这场浩劫持续了十五天的时间，吐蕃不战而退，唐代宗才得以回到长安。

唐德宗是唐朝第三位逃离长安的皇帝。建中四年（783），藩镇节度使李希烈谋反，攻打襄城，唐德宗从西北抽调泾原（治所在今甘肃泾川县北）的兵马前去救援。泾原节度使姚令言带了

191

五千人马经过长安，由于朝廷犒赏不足，导致军士哗变，攻入长安城。叛军入城以后，冲击皇宫，禁军无人抵抗，唐德宗被迫带着太子、诸王、公主从宫苑北门仓惶出走，一路被叛军追杀，狼狈不堪，直到平叛后才能够返回。

第四位被迫逃出京师的皇帝是唐末的唐僖宗，而把他赶出长安城的是黄巢的农民军。广明元年（880），黄巢起义军攻入长安，藩镇军队都不出兵，只有宦官田令孜率领五百神策兵保护唐僖宗和少数皇子妃嫔出金光门往西逃亡，一直逃到成都。黄巢起义失败以后，唐僖宗回到长安，田令孜也因为护驾有功，把持大权，唐僖宗成了一个傀儡皇帝。光启元年（885），由于对以田令孜为首的朝内宦官不满，河东节度使李克用攻入长安，刚刚回到长安不久的唐僖宗再次被迫出逃，直到光启四年（888）才再次回到长安。

唐昭宗是第五位被迫逃离京师的唐朝皇帝，而且他被迫离开京师的次数也是最多的。乾宁二年（895），凤翔节度使李茂贞和邠宁节度使王行瑜、华州节度使韩建率兵攻入长安，唐昭宗逃到终南山。第二年，唐昭宗回京之后，招募军队，李茂贞借口朝廷对凤翔用兵，再次率兵进逼京师，唐昭宗又一次被迫出逃。天复元年（901），为躲避朱全忠的军队，唐昭宗被宦官劫持到凤翔。天祐元年（904），朱全忠强迫唐昭宗和百官以及长安居民迁往洛阳，唐昭宗这次再也没能回到长安，最后被杀死在洛阳。（王晓丽）

81

人们为什么说"脏唐烂汉"？

汉唐两个朝代有许多违背正统儒家学说的性道德和性风俗，被后代的理学斥为"脏唐烂汉"。"脏唐烂汉"特指汉唐这两个朝代宫闱秽乱，荒淫奢靡。但是显然汉唐的价值观里边丝毫不觉得他们当时的行为有什么不妥。

汉唐两代社会风气相对开放和多样化,这时有松散可变的婚姻制度,一夫一妻制和上层社会的一夫多妻虽然都已确立,但并不严格,还给个人意志留有较多的余地。在社会生活中男女交往也比较自由,青年男女有一定权力选择对象,即使双双私奔,处罚也很轻。女性还没有沦为三从四德的奴隶,因此才可能出现花木兰、武则天等人物。对女子的贞操要求并不严格,女子再嫁,社会上并不认为有什么不好。"守节"一事虽然也是社会舆论的导向,但是并不严格。唐代墓志当中对于守节女性的大力赞美似乎更加从反面衬托出"守节"的珍贵和稀少。

中国古代的伦理观念是一直反对寡妇再嫁的,但是这一道德戒律的约束力在汉唐时代并不强。汉代寡妇再嫁之事十分普遍,汉景帝的王皇后、汉武帝的姑母馆陶公主、汉武帝的姐姐平阳公主都是再嫁。平民百姓中寡妇再嫁更是司空见惯,丝毫不受社会舆论的谴责。

由于魏晋南北朝时期北方异族文化和中原文化在这之前几百年间的交融,北方民族重视妇女地位、婚姻自由结合的传统在很大程度上得以保留。唐朝初年,社会舆论和官方立法对妇女再婚的问题显得非常宽容。据《新唐书》的记载计算,唐代中前期的公主中改嫁者即有 24 人,其中有 5 人甚至三嫁。著名的襄城公主、太平公主,都曾改嫁。皇室如此,民间更是家常便饭,房玄龄、韩愈的夫人或女儿都曾改嫁,主张道德文章的正统知识分子们也不以改嫁为非。楚王李灵龟的妃子上官氏在

华清池

193

丈夫死后,她的兄长们对她说:你年纪还轻,又没有孩子,"改醮异门,礼仪常范"。这说明当时年轻又无子的孀妇改嫁,是社会的常例。

与此相对应,男子,甚至是贵族男子娶再婚妇女,也不认为是什么丢人的事情。众所周知武则天原为太宗才人,是正式的嫔妃,结果被高宗立为皇后。杨贵妃本是唐玄宗子寿王妃,却改嫁玄宗。这些在后人看来属于乱伦的行为,却在唐代皇室中公开地存在。至于朝廷大员、知名人物,娶再嫁之妇更是司空见惯。因此后世的道学先生才骂这个时代是"脏唐烂汉"。(李晓敏)

知识链接
唐朝人结婚为什么总是乱"辈份"?

所谓的"乱辈份",实际上主要指的是"收继婚"、"异辈婚"。

南北朝时,北方少数民族入主中原,将落后的子纳父妾、弟纳兄妻的收继婚风俗也带进来,于是中原婚俗发生了变化。在唐朝立国的一百多年间,人们生活习俗受西域和北方少数民族的风俗习惯的影响比较严重,许多游牧民族的生活习俗和观念在社会上广为流传。唐代皇室婚姻中的不计同辈现象,也有可能源于唐代皇室的鲜卑族血统。

唐朝皇室的乱伦事件非常多,据《旧唐书》载,唐高祖的宠妃张婕妤、沈德妃曾与高祖的儿子李建成、李元吉有不正当关系。玄武门之变后,李世民杀掉太子李建成及其弟李元吉后,收娶了李元吉之妃杨氏,而且生了十四皇子李明。他还欲立杨氏为后,被魏徵谏止。此后唐高宗娶了太宗才人武媚娘当皇后,后来唐玄宗又娶了他的儿媳妇寿王妃杨玉环作贵妃,淮南王李茂嗣在父亲徐王李元礼去世后,霸占了李元礼的侍妾赵氏。这些都是严重违反封建伦理道德的。唐代皇室中父妃与子、子妃与父、姐妹共事一主等乱人伦行为比较严重地存在,还有女皇帝、公主公开养男宠而为整个社会所接受,所表现出的性观念、性伦理与汉以来及唐以后的正统汉族皇室差别较大。正因为如此,后人说唐朝"脏"。但是应该注意到有记载的乱伦行为,多发生于玄宗及以前时期。

不论是"脏唐烂汉",还是异辈婚、乱伦,都不是简单的道德伦理的问题,更是种族和文化的变迁。国学大师陈寅恪先生在他的《唐代政治史述论稿》中开篇即引用《朱子语类》一一六《历代类》三条的记述:"唐源流出于夷狄,故闺门失礼之事不以为异。"随后他又说,"朱子之语颇为简略,其意未能详知。然既简略之语,亦含有种族及文化二问题,然此二问题属李唐一代史事关键所在,论唐史者不可忽略也。"(李晓敏)

82 唐朝女道士也可以涉入男女之情吗?

据已有研究可知,道教除了清修派之外,在男女清规上一般不如佛教严格。道士们虽属出家,但允许男女往来,甚至允许与家室一起住在道观。尤其在唐朝时期,道士、女冠与异性的交往比世俗男女还要自由。尽管各道观也有清规戒律,但基本是一纸空文,道长观主对道士、女冠的男女私情多是睁一只眼闭一只眼。有人统计过,在《全唐诗》所收录的 210 首女冠诗中,叙写爱情故事和抒发思春、相思之情者竟有 108 首,达50%以上。可见,唐代女冠涉入男女之情应该是很普遍的现象。

还有学者考查分析,由于唐朝皇帝崇道,不但道观、道士规模膨胀,女冠人数也非常可观。从其来源种类上看,她们或是贵主宫女,或是豪门姬妾,或是贫家女子,此外还有离异之妻、色衰妓女等,都是单身女性。她们出家之后,不像道士那样可以携带家属,但仍怀有爱情和幸福的愿望及追求。其中高贵的公主本来多已放纵情欲,姬妾出女多因被遗弃、被冷落而入观,色衰妓女无不具有被玩弄的经历,而寒门女子则是被贫穷压倒,无法成家的抑郁女性。进入道观之后，她们摆脱了世俗礼教的束缚，"平时被压抑的恋情欲念就如同阻遏不住的江河流水，她们开始热烈地追求真正的、专一的爱情"。在这种情况下，女冠涉入男女之情是再正常不过的事情。

基于以上情况，许多公主、仕女积极要求加入道籍。做了女冠后大大方方地与文人士子交游，甚至放纵自己谈情说爱。唐朝有许多这类内容的故事，如嵩山任生夜读，有一女子掀帘而入，自咏诗云："葛洪还有妇，王母亦有夫。神仙尽灵匹，君意合何如？"可见这是一位道籍中人，而其表露求偶之意也大胆直白。再如书生文箫游玩中陵西山馆，见一妙龄女郎顾盼有情，二人互对山歌，之后相从登上绝顶。忽然风雨大至，一位仙童手持天判宣读（有学者认为应该是道观观主侍从宣布观主命令）："吴彩鸾私欲，谪为民妻一纪。"于是这位女郎跟从书生下山，结为夫妻。这是女冠私结姻缘的故事。

不过，当时大多男性并不真情对待女冠们，而只是把她们看作风花雪月、逢场作戏的生活点缀而已；或者怯于"女冠半娼"的恶名，不敢与她们结为夫妻。因此，女冠们的爱情理想往往只是一时泡影，终归破灭。大多女冠与男子的恋情都在一夜之间，比较悲惨的甚至被逼入邪路，变得名为道士，实为娼妓。著名的才子女冠鱼玄机就是典型的例子。她先被李亿抛弃，后遭李近仁疏远，最后自暴自弃，半道半娼，终因争风吃醋、误杀婢女而被处死。（刘永连）

知识链接

瑟是二十五弦的，李商隐为什么说"锦瑟无端五十弦"呢？

李商隐是以描摹内心情感世界而著名的诗人，几乎每首诗歌都可以视作经典，千百年来传唱不已。然而与其他诗人不同的是，李商隐句句用典，情感隐秘，留下许多谜团，以至于人们好奇之至，猜测不已。譬如《锦瑟》一诗，到底在诗句背后隐藏着李商隐什么样的思想感情呢？

《锦瑟》诗云:"锦瑟无端五十弦,一弦一柱思华年。庄生晓梦迷蝴蝶,望帝春心托杜鹃。沧海月明珠有泪,蓝田日暖玉生烟。此情可待成追忆,只是当时已惘然。"

这是一首充满凄迷和绝望的七律。许多人曾经仔细剖析,企图理解它,但是除了能够体味其中悲凉之外,没有谁能够准确诠释背后来由。首句"锦瑟无端五十弦"就是一个难解的谜。熟悉乐器的人都知道,瑟向来都是二十五弦的,怎么会变成五十弦了呢?

纵观古今众多诠释,多倾向于认为这是一首深沉的爱情诗。宋人刘攽《中山诗话》云:"李商隐有锦瑟诗,人莫晓其意,或谓是令狐楚家青衣名也。"学者苏雪林《李商隐恋爱事迹考》认为该诗是追忆与宫女飞鸾和轻凤的爱情故事。清人朱鹤龄、何焯等许多人则认为它是李商隐悼念爱妻的感情流露。何焯《义门读书记》云:"此悼亡之诗也。首联借素女鼓五十弦之瑟而悲,素帝禁不可止以发端,言悲思之情,有不可得而止者。次联则悲其遽化为异物。腹联又悲其不能复起之九原也。"李商隐是一位风流倜傥的才子,爱情经历非常丰富。他不但是豪门姬妾和官私女伎的心中偶像,而且时常与道友女冠以诗定情。李商隐《月夜重寄宋华阳姊妹》一诗,记述了李商隐在玉阳学道时与一姓宋的女道士所产生的爱情。不过,李商隐一生经历坎坷,他出身寒微,幼年丧父,生活流离失所。尽管很年轻就中了进士,但是不久就被卷入牛李党争的漩涡,遭到两派官僚的排挤,一生仅能作幕府小吏。他的爱情故事尽管丰富,其实多为昙花一现,迅即消失。即使娶到家的妻子,也很年轻就去世了。这使得他的身世无比凄凉。到其晚年,就只剩下一些残破的爱情记忆,满腹才华的李商隐将其编织成一首首凄美诗章,而这首"锦瑟"就好像他的绝命之笔。(刘永连)

83

唐朝最大的"人生三恨"是什么？

薛元超是唐高宗时期的重要人物，他深受高宗赏识和眷顾，官职一直做到中书令，位居百官乃至宰相之首。他死后朝廷在谥文中推崇他说："薛元超以王佐之才，逢太平之会，抚绥万国，康济兆人，力牧辅轩皇未为尽善，皋陶佐大禹犹有惭德，名遂身退，生荣死哀……"可谓是位极人臣，荣耀当世。但是在临终前他却对亲人说，为人在世他还有三大遗憾。原话是："吾不才，富贵过人，平生有三恨，恨始不以进士擢第，不娶五姓女，不得修国史。"为什么这么三件事竟让这位已经备具荣耀的人还深感不足呢？

首先，在唐朝初期，科举处于发展的关键时期。尽管它还不能占据选官途经的主流，但代表着历史发展的趋势。当时朝廷把它放在极其重要的地位，百姓对其也极其看好。特别是进士科，由于其考试难度、及第待遇、以后仕途都远远超过其他科目，人们百倍艳羡及第的进士，称其身价之变犹如鲤鱼化龙，青云直上。每当科考公布之后，新进士们要身着盛装，沿街夸耀，还要在皇帝特许下雁塔题名，万人围观中杏林盛宴，其荣耀堪称旷绝当世。正因如此，薛元超尽管荐举了如任希古、高智周、郭正一、王义方等许多寒俊人士，但因为自己无缘由进士进身而感到无比遗憾。

其次，唐朝初期又是一个非常重视门第的时代。作为士族制度的遗绪，攀比门第之风盛行到无以复加的地步。当时皇帝编《氏族志》，百姓看士族谱，都是为了厘定天下各家族的门第高低。不过这时候李家虽然属于皇室，自列"陇西李氏"，但并不是门第最高的家族。当时有山东豪门崔、卢、李、郑，河东豪门王姓，号称"五姓"，都是早从北魏孝文帝时期就被推为天下第一的高门，以后历代占据要位，讲究礼仪经学，文化底蕴深厚,其声望远比身为皇姓的李家崇高得多。因而天下人最为看好"五姓"门第,以攀婚"五姓"为最大荣耀。皇家公主比不上五姓女,几乎在整个唐朝都如此,一直到唐中晚期皇帝还在感慨此事呢。

再次,我国自古重视修史,修国史是历代一等大事。而唐朝初期是我国史学成果辉煌的时期,不但确立了完善的史馆制度,而且数十年间完成了中国正史"二十四史"中的八部史著,可谓是鼎盛一时。皇帝为表重视,把史馆放在宫禁之中,自己身边,随时光顾;对修史人员也备加亲信,随时请教。如要监修国史,必须是有资历、有身份、有学问、有德行的朝中重臣,宰相之中又非常杰出者。那么,即使做了宰相,如果没有监领或参与修史,那么你就只是高官而已,而非朝中清望贵臣,名气仍不够大,名声仍不够好。(刘永连)

知识链接
"人生四喜"又是什么?

与以上情况相反,人们在获得意外特大的欲望满足时会欣喜若狂,号称人生大喜。千百年来最流行的说法有"人生四喜",即:"久旱逢甘雨,他乡遇故知。洞房花烛夜,金榜题名时。"为什么这么说呢?

一看久旱逢甘雨。中国是个农业社会,向来以农立国。而由于受自然和科技条件限制,致使农民不得不靠天吃饭。特别在历来干旱严重的北部地区,平常年份就比较缺水,某年大旱也不是稀罕事情。这时候,种田汉遥望苍天祈求降雨的渴盼和焦灼心情是其他人都难以理解的。雨水来了,才可播种;雨水足了,才能收粮。有了雨水,才有饭吃,也才有生活。因此,将"久旱逢甘雨"作为古代中国人第一人生喜事,一点都不为过。

二说他乡遇故知。农业社会最突出的特点是依赖土地,而土地是不能移动或带走的,因而中国人只有依赖故乡。久而久之,中国人形成"安土重迁"的生活习惯,一个人离开故乡,一般

199

都是遭遇了天大的灾难，不得不背井离乡。而当一个人离开故乡之后，往往在悲情之中更加怀念故乡。与此同时，所谓故知，往往是家乡亲人或旧邻，自己以前整天邻田耕种、隔院传呼的老熟人，其情感之深远非现在商业社会中人所能比拟。因此，当故知带着无比深厚的亲情，带着许多故乡的信息突然降临身在他乡的人的面前时，那份拥有家园、土地和亲人的满足和甜蜜重新回到自己的眼前，个中惊喜也是远非现代人所能理解的。

三论洞房花烛夜。从民俗角度讲，古代中国人一辈子要经历几个重大礼仪：出生、加冠、结婚、死丧，其中结婚又是特别关键的一个。因为人们历来都有一个永生在世的追求，而这种追求又是不可实现的梦想，那么怎么才能弥补人生之链终要断绝的缺憾呢？只有通过结婚生子延续自己的血脉。正因如此，古代人不能想象不去结婚，不能无故不生子女，如果这样自己血脉就无法延续，家族就要面临灭绝。这是隐藏在所有民族生活习俗背后的强烈生存意识，所以传统上都把结婚看得非常重大。至于结婚代表着成家和自立，结婚能满足情感、生理等方面的重大需求，洞房花烛夜也会呈现出一派欢乐气氛，但这些都是奠基在延续人生链条这一重大理念上的。所以，"洞房花烛夜"算得上人生一大喜事。

四议金榜题名时。科举制在中国实行了大约一千四百年的时间，曾经使千万个读书人义无反顾地走上科举入仕的道路。在这条道路上，成功的标志就是金榜题名。然而，就历代科举录取情况看，进士及第一般是百分之几的比例，永远不能满足大多数人的愿望。与此同时，一旦金榜题名之后，就有条件进入仕途，甚至跻身贵族，功名利禄一切欲望都能满足。因此，"金榜题名"是一般读书人朝思夜想而又可望不可即的梦想。一旦这梦想成为现实，其惊喜的程度不难想象，《儒林外史》中对范进中举的描写为此作了绝妙的注脚。

"人生四喜"是国人几千年来生活经历的积淀，堪为中国传统文化的精粹。（刘永连）

84 唐代人真的"以胖为美"吗?

与现代人争相减肥的社会风气大相径庭,唐代人似乎流行"以胖为美"。唐代流传至今的诸多绘画、雕塑、陶俑以及各类艺术作品中所表现的女性形象,留给我们最为深刻的印象,大概就是"丰腴富态,雍容华贵"了。而以"珠圆玉润"著称的杨玉环更成为唐人"以胖为美"的典型。不过,唐代人的"以胖为美"可不是一味地追求"胖",而是体现了当时女性的雍容富态、健康自然。

唐代是中国古代的鼎盛时期。这一时期,相继出现了"贞观之治"、"开元盛世"等历史上为人所称道的景象,国力强盛。著名诗人杜甫有诗记载:"稻米流脂粟米白,公私仓廪俱丰实。"国家的繁荣昌盛,百姓的丰衣足食,使唐代人具备了"以胖为美"的物质条件,无论男女都得以保持健康丰满的体格。在国力强盛的前提下,唐代社会风气开放,兼容并包。唐朝是当时世界上的大帝国,都城长安也成为一个国际性的大都市,世界各国的文化在这里交汇,而唐王朝则采取了海纳百川的态度,其时一度盛行的"胡风"即是这种开放态势的明证。在这样的社会环境中,唐代女性所受到的束缚较之其他朝代要少得多,健康自然的女性之美也就可以无所顾忌地任意挥洒。这一时期,女性的穿着打扮是中国历代女性中最为大胆和性感的,这在唐代名画《簪花仕女图》中即可得到印证。图中所画的女子,云鬓蓬松,头戴硕大的折枝花朵,簪步摇钗,衣着轻薄的花纱外衣,另佩轻纱彩绘的披帛,内衣半露,上有大撮晕缬团花,袒胸露臂。这种性感的装束也只有穿在"胖美人"的身上才显得相得益彰。另外,李唐王朝的皇族本身还具有少数民族的血统,受到北方少数民族崇尚健康壮硕之美的影响,唐朝几代君王都宠爱武则天、杨贵妃这样丰腴富态的美女。

201

周昉《簪花仕女图》局部

其实，唐代人"以胖为美"的审美取向不仅仅局限于对丰腴富态、健康自然的美女的欣赏。唐代碑刻上浑厚、圆润的书法，画卷里仪态高贵、花蕾饱满的牡丹花，墓葬雕塑中膘满臀圆的骏马等，无不体现了唐代人建立在强盛国力和开放文化基础上的独特审美观。（王晓丽）

知识链接
唐代女性为什么喜欢穿"袒胸装"？

唐代女子的服装主要以襦裙为主。而盛唐时期，女性所穿的上襦往往都很短小，襦的领口开得很大，甚至半袒其胸，外面再穿半臂或者是搭上帔帛。这种"袒胸装"的形象在宫廷当中和歌女舞女中最为常见。在留存至今的唐代墓葬壁画和唐代画家的画卷中，我们都能直观地看到这种独特装束的存在；而唐诗当中"粉胸半掩疑暗雪"，"长留白雪占胸前"等诗句更让我们对唐代"袒胸装"的风采生出无尽的遐想。在唐代，袒胸装不仅在宫里和舞女中流行，而且还影响到民间，"日高邻女笑相逢，慢束罗裙半露胸。莫向秋池照绿水，参差羞杀白芙蓉"就是诗人对身穿袒胸装的邻家女子的赞美。

唐代女性对"袒胸装"的喜爱充分体现了唐代妇女思想的开放，她们无视礼法，坦然表现出对人体美的大胆追求。而唐代社会对于女性身体美的欣赏,也表现出唐代人健康的审美观。当然,这种健康的审美观是建立在一定的物质和文化基础上的。盛唐时期,经济高度发展,人民生活富足;同时,胡风对于唐朝的影响也是唐代女性敢于突破礼法的一个主要因素;另外,唐代"袒胸装"的出现跟天竺佛教的传播也有一定的关系。在天竺,也就是古代的印度,佛的艺术造型一般都是裸体的,虽然在佛教传播的过程当中不断地进行着它的"中国化"进程,但是在敦煌壁画的飞天身上,我们还是能够看到盛唐时期"袒胸装"的影子。从这个角度来说,唐代的"袒胸装"实际上还是中原文化和周边甚至是域外文化交流碰撞的结果。(王晓丽)

85
李唐皇族有什么遗传病?

"风疾"是中古时期人们常患的一种病,尤其是在皇族和社会上层,"风疾"曾经肆虐一时。从史书记载患有"风疾"的人所表现出的症状看,这是一种非常复杂的疾病。按照黄仁宇、王永平等多位学者的观点,"风疾"指的应该是高血压或者与此相关的心脑血管疾病,患者常会出现头痛眩晕、抽搐、痉挛、肢体颤抖、麻木、蠕动、口眼歪斜、言语不利、步履不稳,甚至突然晕厥、不省人事、半身不遂等症状。而情志不遂、饮食无节、恣酒纵欲等都应该是引起风疾的原因。

在唐代的皇帝中,文献明确记载患有"风疾"的先后有唐高祖、唐太宗、唐高宗、唐顺宗、唐穆宗、唐文宗、唐宣宗七位皇帝。其中,唐高祖是第一个死于"风疾"的唐代皇帝。据《资治通鉴》卷194记载:"上皇自去秋得风疾,庚子,崩于垂拱殿。"198卷又有唐太宗"得风疾,苦京师盛暑"的记载。唐高宗更是年轻时就开始染上风疾,据《资治通鉴》卷200记载:"上初苦风,头重,目不能视。"此后好像就没有好转过。其后的顺宗、穆宗、文宗、宣

阎立本《步辇图》

宗更是达到了因风疾或失语、或瘫痪的程度。唐代后期皇帝身体的孱弱加剧了权臣的跋扈和宦官的专权，对唐代政局的发展也不可避免地产生了严重的影响。在这七位皇帝当中，高祖、太宗、高宗为祖孙三代，顺宗与穆宗、宣宗为祖孙关系，穆宗与宣宗为兄弟关系，与文宗是父子关系。他们之间的血缘关系如此密切，又得了同一类型的疾病，因此遗传的可能性是极大的。（王晓丽）

知识链接
唐代皇帝多迷恋金丹的真正原因是什么？

在历代皇帝的养生方法当中，唐代的皇帝似乎对金丹服饵养生术特别迷恋。根据王永平先生的研究，唐代皇帝对金丹服饵养生术的迷恋在很大程度上源于唐代皇室中"风疾"的多发。缓解病痛，寻求治病养生的办法，很可能是唐代皇帝迷恋金丹服饵养生术的一个重要原因。

风疾是中古时期在社会上层肆虐一时的疾病，唐代的皇帝中更有多人患有风疾，因此，这一时期的很多医生都专门研究治疗"风疾"的办法。据《旧唐书·方伎传》记载，常州人许胤宗在南朝陈，"时柳太后病风不言，名医治皆不愈，脉益沉而噤"，胤宗"乃造黄蓍防风汤数十斛，置于床下，气如烟雾，其夜便得语"。

洛州人张文仲"尤善疗风疾。其后则天令文仲集当时名医共撰疗风气诸方,仍令麟台监王方庆监其修撰。文仲奏曰:风有一百二十四种,气有八十种,大抵医药虽同,人性各异,庸医不达药之性使,冬夏失节,因此杀人。唯脚气头风上气,常须服药不绝,自余则随其发动,临时消息之,但有风气之人,春末夏初及秋暮,要得通泄,即不困剧"。由此看来,唐代人对"风疾"的治疗已经积累了一定的经验。然而,对于唐代皇室中相继频繁出现的"风疾"病症,似乎当时的医生们都束手无策。

在医治无望的情况下,唐代七位患有风疾的皇帝当中,有五位皇帝迷恋上了金丹服饵术。另外两位皇帝唐高祖和唐顺宗都是因为发病比较急,还没有来得及讲究养生,没有机会接触丹药就已经去世了。实际上,太宗、高宗、穆宗、文宗、宣宗在即位之初,无一例外地对神仙方术之说不屑一顾,并且穆宗、文宗和宣宗都曾对妖言乱政的方士采取过十分强硬的措施。但是,在病痛的折磨下,他们最后又都归向金丹服饵术。当然,金丹并没有解除他们的病痛,甚至还在某种程度上加速了他们的死亡。其中,唐太宗曾两次服食金石,而最后一次外国方士所进的丹药直接导致了他的死亡。穆宗、文宗和宣宗也都是在多次服食金丹后加重病情而丧生的。虽然如此,在当时的医疗环境中,借助于金丹来缓解病毒的愿望应该是无可厚非的。(王晓丽)

86 为什么唐代在广东做官的人多成为"贪官"?

贪官是一个很普遍的社会现象,应该说各朝各代都难避免。然而唐朝凡是在广东做官的人多成为贪官,却有着其突出的社会特殊性。

相传在过了南岭之后,将要到广州的时候,有一个称作石门的地方。这里有一处泉水名叫"贪泉"。其水甘甜无比,但是前往上任的官员只要喝了此水，到任上肯定会盘剥百姓，中饱私囊，成为贪官。于是有人说，正因为广州石门有了这"贪泉"，到广东上任的官员才多成为贪官。

不过，这些都是讲不出任何道理的无稽之谈。早就有人亲自尝试，以实际行动破除了这种神乎其神的传说。据载，"贪泉"之说早在晋朝就已传播。当时有个叫吴隐之的清廉之吏，被派往广州任刺史。他偏不信邪，饱饮"贪泉"之水，并留诗云："古人云此水，一歃怀千金。试使夷齐饮，终当不易心。"到任之后，吴隐之清廉如旧，并从严治理，严惩不法商人和受贿属吏，使得广州一片清平，深得百姓和朝廷赞誉。

其实，吴隐之在诗里说得非常正确，一个人是否成为贪官关键在于他的品德，而并非什么"贪泉"之水。到广州上任的官员之所以容易成为贪官，还与广州地方文化背景有关。考索史实，可知这里处于海上丝绸之路的东方始发点，早在秦代就已成为我国南部重要的对外贸易口岸。形成城镇之后，就有更多海外宝货在这里聚散，财富总量和贸易利润非常可观。对于地方官员来说，这是唾手可得的一块肥肉，极易引起他们的贪欲。如果沾手这些财富，就成了名副其实的贪官。

那么，为什么到唐代广东官吏贪污成风，现象更为严重了呢？这又与唐代我国南海贸易的发展和广州地方吏治的变化有密切关系。大致从南北朝时期开始，由于南朝政权难以通过西北陆路与西域联系，从而致力于发展海上丝绸之路，由此促进了南海交通和贸易的繁荣。到隋代，基于南海往来商人增多，他们所崇拜的南海神香火大盛，于是隋文帝在广州东郊立庙，将南海神崇拜上升为国家祭祀。再到唐代特别是玄宗时期，海上丝绸之路超越陆路而成为中西交往互动的主要动脉，促使广东一带的对外贸易更加兴盛无比。这时候，国家可以从广东轻易获取巨额财富，财政在很大程度上仰仗对这里贸易的收费，于是唐玄宗加封南海神为"广利王"，人们也盛称广州为"金山珠海，天子南库"。同时为加强对这块肥沃之地的监控，朝廷在广州设置"市舶使"一职，专门管理这一带的对外贸易和纳贡抽税。这一职务实在诱惑太大。最初任命宦官来做，结果宦官吕太一由中饱私囊发展为势力膨胀,竟然酿成一起皇帝家奴起而对抗皇帝的闹剧。后来改由广州刺史或岭南节度使兼任,但是这些官员也经受不住财富诱惑,个个成为贪官。《旧唐书》记载:"南海有蛮舶之利,珍货辐凑。旧帅作法兴利以致富,凡为南海者,靡不捆载而还。"很典型地概括了这一贪欲成风的现象。(刘永连)

知识链接
我国是从何时开始管理海关的?

市舶使是唐代使职官员的一种,代表皇帝专门监管沿海市舶贸易。唐代海上市舶贸易以广州为重心,因而市舶使主要设在广州,某些时期由广州都督、刺史或岭南节度使兼任。其职责为:检查出入海港的中外船舶,征收外来海商船税和商品贸易各税,替朝廷抽取进贡的上等或珍奇货物等。可以说,这是我国海关管理的最初萌芽。

那么,市舶使是什么时候开始设立的呢?学界对此有不同观点。

一般认为,市舶使最早设立是在唐玄宗时期。《旧唐书》卷8《玄宗纪上》开元二年十二月条载:"时右威卫中郎将周庆立为安南市舶使,与波斯僧广造奇巧,将以进内。监选使、殿中侍御史柳泽上书谏,上嘉纳之。"《新唐书》卷112《柳泽传》也记述:"开元中,转殿中侍御史,监岭南选。时市舶使、右威卫中郎将周庆立造奇器以进,泽上书曰……书奏,玄宗称善。"这里明确指出,中郎将周庆立也担任着市舶使一职,可以说开元二年亦即公元714年肯定已经设立了这一官职,但不能说明这是最早。

另据《唐会要》卷66《少府监》条云:"(高宗)显庆六年二月十六日敕:'南中有诸国舶,宜令所司,每年四月以前,预支应须市物,委本道长史,舶到十日内,依数交付价值。市了,任百姓交易。其官市物,送少府监简择进内。'"因而有学者认为市舶使在高宗显庆六年(661)就已经设立了。其实,尽管文中提及"所司",亦即与市舶相关的管理机构,但没有明确是后来的市舶使属衙还是早期兼理此事的广州都督府,因而不能确定市舶使已

经设立。如果严格一点判定，市舶使的设立肯定是在初唐到盛唐阶段，最迟也要在开元二年。（刘永连）

87 唐朝有公园吗？在什么地方？

在现代社会中，公园是各城市普遍具备的公共娱乐设施，人们闲暇游玩近便易得，也必不可少。然而考查园林艺术史，公园在西方城市中自古有之，却不是我国城市文化的传统组成部分。因为可供游玩观赏的人造园景除了宫廷禁苑、衙署花园之外，基本都在贵族、豪门的私人宅邸里。看来，中国城市在古代是没有专门的公园可供游玩的。不过，在国力强盛、文化繁荣的某些时代也有例外。例如唐朝，在京都长安确实建造了可供百姓游玩的一个好去处，那就是曲江。

曲江位于唐都长安东南杜陵河少陵原上，南北长 5000 米，东西宽 500 至 600 米。其南部，有河水出于秦岭峡谷，向北蜿蜒伸展，积水成泊。在秦汉时期，这里只是一片水波浩渺、野草丛生的旷野，虽然偶尔人们也来游玩，但是离秦都咸阳和汉都长安都还遥远，还算不上人造景区。隋朝都城东移，将曲江北半纳入城内，南半隔于城外，并在城外南半兴建亭台楼阁，号为芙蓉园。唐朝沿用隋都，继续投入人力物力，将曲江一带营建成风景优美的人造园林区。唐人康骈《剧谈录》曲江条云："曲江池，本秦世恺洲。开元中疏凿，遂为胜境。"

考察唐朝曲江的范围和布局，可知它城内部分大致包括延兴门内大街以南与启厦门内大街以东，中心曲江池临近青龙、修政、敦化以及西南一座无名坊区，周围有多条屈曲流水穿越各坊，北面紧靠地势高耸的乐游原。园内景致，充分因袭、利用了原来的湖泊纵横、流水屈曲的自然风貌。欧阳詹《曲江池记》云："兹池者……循原北峙，回岗旁转……西北有地平坦。"同时，也修造亭台楼阁，广植佳木奇花，巧妙设计人文景观。池西有杏林，池内种莲花，据说周边还散布着各衙署为官员休闲所营造的"曲江亭子"。特别是城外芙蓉园部分，"本隋之离宫，居地三十顷，周回十七里……贞观中……园中广厦修廊，连瓦屈曲，其地延袤爽垲，跨原带隰。又有修竹茂林，绿披岗阜。东阪下有凉堂，堂东有临水亭。"据考证，园内还有流杯曲水，紫云高楼。

按当时规定，曲江南部芙蓉园为禁苑之地，有夹城连通宫廷，为皇帝宫廷专用之园，一般人没有皇帝允许不得进入。但是北部曲江池部分，也包括北侧乐游原，通常对外开放，是百姓自由观赏之地，无论何人可以随时游玩。每年进士张榜之后，朝廷要在杏林摆设盛宴，招待及第进士们，这时候长安倾城围观，引为盛事。其他节日，特别是二月一日中和节、三月三日上巳节、九月九日重阳节，届时"彩幄翠帱，迎于堤岸。鲜车健马，比肩击毂"。刘贺《上巳诗》亦云："上巳曲江滨，喧于市朝路。相寻不见者，此地皆相遇。"即使在平时，人们可以在此宴聚、送别，甚至也可以随时来游。韦庄《江上逢故人》云："前年送我曲江西，红杏园中醉似泥。"韩愈《同水部张员外曲江春游寄白二十二舍人》云："曲江水满花千树，有底忙时不肯来？"韩偓《曲江夜思》云："鼓声将绝月斜痕，园外闲坊半掩门。"可见即使夜里人们都是可以过来静坐休憩的。（刘永连）

知识链接
为什么在唐朝寺院也是不错的游玩之地？

在唐朝，佛教寺院也成为一个百姓喜欢涉足的好地方，其主要原因有以下几个：

首先，佛教寺院环境资源优越。俗语云："天下名山僧占多"，唐代寺院大多地居风景如画的名胜之地，不乏清幽美景。即使位于人烟密集的都市，寺院也有资财大力营造，得以引水养鱼，培植异花，由此创造出一处处别样景致。例如，五台山大孚灵鹫寺"南有花园，可二顷许，四时发彩，色类不同，四周树围"，石妾寺"西向尽花林"，鹤林寺，"寺内有木兰、杜鹃繁茂"。许多

209

诗人当时都在寺院中留下了传世名句,如"竹径通幽处,禅房花木深","看花寻径远,听鸟入林迷",可见每一座佛教寺院就是一个生机盎然的园林。与此同时,许多寺院还保存了很多的文物古迹、书法绘画等文化遗产。这些都激发了社会各阶层游寺的风尚,佛教寺院成为人们普遍向往的游赏胜地。

武则天拜薛怀义担任主持的白马寺

其次,寺院经常开展各种集会和游艺活动,吸引了众多百姓。佛教寺院每到岁时节日的时候都举行俗讲,其中夹杂说唱、乐舞,为普通百姓喜闻乐见。同时还定期举行盛大斋会或娱乐活动,如盂兰盆会,各个寺院作花蜡花饼、假花果树等,盛其陈列,各竞奇妙。在佛殿前铺设供养,老百姓倾城出动,巡寺随喜,堪称盛会。中唐以后,在佛教寺院的庙会中就形成专门的游艺场所"戏场"。杂技和魔术,投壶、樗蒲等"博戏",影戏、傀儡戏、舞狮等"杂戏",佛门特有的"变现"即"变相"等在这里都可以看见。

再次,在娱乐和集会基础上,商业交易趁机而入,由此吸引了更多民众。尤其是时间长了,就自然形成以寺院为中心的定期的或不定期的庙会,促使三教九流,各行各业,无不汇集此处。

这时佛教寺院几乎成了无所不包的娱乐场、买卖地,把佛教生活和世俗生活紧密地联系了起来。（刘永连）

 **狐狸精的故事是从什么时候开始盛行的？**

在唐以前，关于狐的描述就已经很多了。先秦两汉时期，人们曾经把狐看作是吉祥的象征，狐的机智和从"狐死必首丘"中体现出来的对故乡的眷恋也曾经是人们所称赞的品质。之后，有关狐的传说发生了一些变化，根据王青先生的总结，在六朝志怪小说中，狐已经幻化成博学多才的书生、诱人妻女的淫汉、劫掠行人的歹徒、预测吉凶的术士等各种形象，狐的负面形象开始出现，并逐渐深入人心。到了唐代，狐狸精的故事开始盛行，当时的《广异志》、《宣室志》等笔记小说中关于狐的记录连篇累牍，截止到宋代的《太平广记》，有关狐狸精的短篇小说共有八十三篇之多。《太平广记》中有九卷专门用来记录有关唐代的狐狸精的故事。在唐代，狐狸精除了以之前六朝志怪小说中的形象出现之外，还突出了其美丽诱人的特征。其中最为典型的莫过于骆宾王在"讨武檄文"中对武则天的指责："入门见嫉，蛾眉不肯让人；掩袖工谗，狐媚偏能惑主。"

据王青先生的研究，这一时期志怪小说中的很多描述都与当时大量进入中原的胡人的生理特征、文化习俗与技能特长有关。而志怪小说中对于狐狸精的褒贬，也是和当时社会上汉人对胡人的看法联系在一起的。六朝时期，由于胡汉之间的隔阂，带有歧视性的故事非常多。而到了唐代，狐的负面形象虽然没有完全消失，但是已经开始发生了变化。如沈既济《任氏传》中的狐女郑氏、张读《宣室志》"许贞"条中的狐女都是美丽善良的女子形象。这都反映了在唐朝开放的文化氛围中，胡汉之间的隔阂越来越小。不仅如此，据唐张鷟《朝野佥载》载："唐初已来，百姓多事狐神，房中祭祀以乞恩，食饮与人同之。事者非一主。当时有谚云：无狐魅，不成村。"在这里，狐甚至以"神"的面目出现，已经成为人们供奉的神明。（王晓丽）

知识链接
唐代人赞成胡汉通婚吗？

　　唐代是一个开放的社会，胡汉通婚在唐代社会中是比较普遍的现象。唐朝皇族本身就是胡汉通婚的后裔；唐代法律也明确规定允许胡汉通婚，只是不允许胡人把汉人的妇女带出唐朝。至于社会上胡汉通婚的现象就更多了。据《太平广记》引唐陈鸿《东城老父传》载，元和年间"北胡与京师杂处，娶妻生子，长安中少年有胡心矣"。可见胡汉通婚之普遍。然而，对于这种普遍存在的现象，唐代人真的能够从心底接纳吗？

　　王青先生在对唐代笔记小说的研究过程中，发现了唐代人对待胡汉通婚的真正态度以及胡人或具有西胡血统的混血儿在当时的生活境遇。在唐代大量有关狐狸精的小说当中，"狐""胡"相通，从人们对"狐女"的态度，就可以寻到胡人在唐代社会生活的印迹。据唐戴孚《广异记》"王苞"条记载："唐吴郡王苞者，少事道士叶静能，中罢为太学生，数岁在学。有妇人寓宿，苞与结欢，情好甚笃。静能在京，苞往省之，静能谓曰：'汝身何得有野狐气？'固答云无，能曰：'有也。'苞因言得妇始末，能曰：'正是此老野狐。'临别，书一符与苞，令舍，诚之曰：'至舍可吐其口，当自来此，为汝遣之，无忧也。'苞还至舍，如静能言。妇人得符，变为老狐，衔符而走，至静能所拜谢。静能云：'放汝一生命，不宜更至于王家。'自此遂绝。"透过这些神奇怪异的描述，我们可以看到当时社会上对于异族交往所持的态度。即使是"情好甚笃"，但是一旦知道女方具有胡人血统，就被要求离开男方，永

三彩胡人俑

不交往。

　　就算是已经通婚，胡族女子的境况也不会更好。据《广异记》"贺兰进明"条记载："唐贺兰进明，为狐所婚。每到时节，狐新妇恒至京宅，通起居，兼持贺遗及问信家人，或有见者，状貌甚美。至五月五日，自进明已下至其仆隶，皆有续命，家人以为不祥，多焚其物，狐悲泣云：'此并真物，奈何焚之！'其后所得，遂以充用。后家人有就求漆背金花镜者，入人家偷镜，挂项缘墙行，为主人家击杀，自尔怪绝焉。"从这个悲惨的故事，我们可以看到胡族血统的女子试图融入汉人家庭时那种尴尬、困窘的境遇和她们低下的社会地位。

　　这种对于胡女的偏见尚不尽于此，据《广异记》"李麐"条记载："东平尉李麐初得官，自东京之任，夜投故城。店中有故人卖胡饼为业，其妻姓郑，有美色，李目而悦之，因宿其舍。留连数日，乃以十五千转索胡妇。既到东平，宠遇甚至。性婉约，多媚黠风流，女工之事，罔不心了，于音声特究其妙。在东平三岁，有子一人。其后，李充租纲入京，与郑同还，至故城……郑固称疾不起……久之，村人为掘深数丈，见牝狐死穴中，衣服脱卸如蜕，脚上着锦袜，李叹息良久，方埋之。归店，取猎犬噬其子，子略不惊怕，便将入都，寄亲人家养之。输纳毕，复还东京，婚于萧氏，萧氏常呼李为野狐婿……一日晚，李与萧携手归房狎戏，复言其事，忽闻堂前有人声……因谓李：'人神道殊，贤夫人何至数相谩骂？且所生之子远寄人家，其人皆言狐生，不给衣食，岂不念乎！宜早为抚育，九泉无恨也。若夫人云云相侮，又小儿不收，必将为君之患。'言毕不见，萧遂不复敢说其事。唐天宝末，子年十馀，甚无恙。"在这儿，李麐被常呼作"野狐婿"，其具有胡人血统的孤儿远寄人家，遭受歧视，不给衣食，更给我们展示了胡汉通婚家庭所遭受的不公平待遇。

　　虽然在官修史书当中我们看不到很多歧视胡人或者是禁止胡汉通婚的材料，但是通过笔记小说的记载，我们仍能看出在唐代社会中，胡汉通婚还是不容易被人们接纳的。（王晓丽）

89 李白是汉人还是胡人？

我国唐代大诗人李白的一生有很多传奇故事，就连他的身世也充满了谜团。一般认为，李白出生于武则天长安元年（701），出生地是中亚细亚的碎叶城，碎叶在玄奘的《大唐西域记》当中译作"素叶"，在现在的吉尔吉斯共和国境内，当时是唐朝的边疆重镇。关于这种说法，唐代范传正为李白所写的《唐左拾遗翰林学士李公新墓碑文》中有明确的记载："公名白，字太白，其先陇西成纪人。绝嗣之家，难求谱牒。公之孙女搜于箱箧中，得公之亡子伯禽手疏十数行，纸坏字缺，不能详备，约而计之，凉武昭王九代孙也。隋末多难，一房被窜于碎叶。流离散落，隐易姓名……"另外，李白的从叔李阳冰在为李白的诗集所作《草堂集序》当中也提到李白的身世："李白字太白，陇西成纪人，凉武昭王暠九世孙……中叶非罪，谪居条支……神龙之始，逃归于蜀……"这里提到的"条支"正是中亚碎叶城的所在地。从上述碑文和诗序我们可以看出，李白的籍贯应该是在陇西，祖先则是凉武昭王李暠，自然是汉人无疑。

不过另外还有一种说法，认为李白出生在西域，是胡人。其中最有代表性的就是陈寅恪先生的《李太白氏族之疑问》一文，认为李白是生在西域的"咀逻私城"，在他五岁的时候，由他的父亲带回到巴西（今四川江油）的。陈寅恪还论证了李白是西域胡人

李白像

"绝无疑义"，"其父之所以名客者，始由西域之人其姓名不通于华夏，因以胡客呼之，遂取以为名"；李白之父所以自西域迁蜀，盖因"六朝隋唐时代蜀汉亦为西胡兴贾区域"，且"至入中国方改李姓也"。他认为李白假托凉昭武王为祖先，说："夫以一元非汉姓之家，忽来从西域，自称其先世于隋末由中国谪居于西突厥旧疆之内，实为一必不可能之事。则其人本为西域胡人，绝无疑义矣。"

李白到底是胡人还是汉人，至今仍争论不已。不过不管他的血统如何，都无愧为我国的大诗人，他在汉文化史上做出的贡献也是毋庸置疑的。（王晓丽）

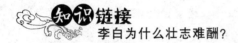
李白为什么壮志难酬？

李白位居唐代三大诗人之首，代表着唐代诗歌的最高水平，不能不说是一个杰出的人才。当年他进入京城长安的时候，曾经不无豪迈地料想："天生我材必有用，千金散尽还复来。"但是仅在一年半后，他就心灰意冷地离开这梦寐之地，叹唱："行路难，行路难！多歧路，今安在？"这是为什么呢？

李白在《代寿山答孟少府移文书》中说，他的人生奋斗目标是"申管晏之谈，谋帝王之术，奋其智能，愿为辅弼。使寰区大定，海县清一。"说白了，就是要像管子、晏子那样治理国家，匡正君王，使得社会安定，天下清明，造就一个太平盛世。其志向可谓远大。

为了这一志向，李白居蜀时就积极拜访地方长官，见过著名文学家益州长史苏颋，向他展示诗才和心迹；后来走出剑南，闯荡湖北，在安陆期间拜见过安州马郡督、裴长史和荆州韩长史等。但是，这期间李白的才干不仅没有受到重视，反而偶遭冷遇。后来有幸应召入京，受到唐玄宗的青睐。然而玄宗并没有将其放在处理国事的重要位置，而只是给个翰林待诏的闲职，聊供诗词娱乐而已。同时在此期间，李白又得罪权贵，颇遭讥议，结果玄宗很快将其疏远，赐金放还。回到江南以后，安史之乱爆发,永王李璘招谋干才,组织军队,准备对付安史乱兵。这时李白认为碰到报国良机,于是参加了李璘幕府。但是由于新登基的肃宗李亨害怕永王夺位,而李璘占据金陵,不听皇命,也确实心有异志。结果两下火并,李璘兵败,李白也被作为叛乱者流放夜郎。

看其一生行迹,不少人对其怀才不遇深表同情。有些学者认为李白一生壮志难酬的重要原因就是当时唐玄宗已经不是早年那个选贤任能、励精图治的有为帝王,而是厌倦政事、沉溺声色、骄奢淫逸的昏庸之主。他从没想过把李白放在展示治世之才的重要官位上,使得李白理想落空,难以施展抱负。

不过,如果继续深究的话,这里面还深藏着其他重要原因。首先,李白尽管诗才纵横,堪为文坛领袖,但是在他的文章里看不到像一般治世能臣那样应有的实际处理政务的能力亦即管理能力。从其不能洞察政治形势的变化,盲目追随永王幕府的行为看,更缺乏基本的政治洞察力。从性质上讲,李白只是一个天真浪漫的诗人,政治素质极为薄弱。这就造成李白所树理想与实际能力之间的过大落差。其实唐玄宗说他“非廊庙器”,便是对他的客观评价。其次,李白个性上恃才傲物,狂放任诞,难为朝廷和官场所容忍。因其“天子呼来不上船,自称臣是酒中仙”,皇帝看他毫无侍奉天子的忠谨品质;因其“安能摧眉折腰事权贵,使我不得开心颜”,高力士、杨国忠之流无不对其嫉妒、排挤,岂能容他在朝!加上李白有时待人失礼,冒渎长上,结果即使在素有奖掖后进美名的荆州长史韩朝宗面前竟也备受冷落,不能不让人非议其个性缺陷。再次,李白嗜酒放纵,缺乏一般官吏的勤政务实的生活品质。李白一生纵酒无度,处事蹉跎,自称一年“三百六十日,日日醉如泥”;高唱“百年三万六千日,一日须倾三百杯”;甚至有时要“千金骏马换小妾,笑坐雕鞍歌落梅”。这种狂放绝对不是官吏能臣所该有的,甚至违犯了一般人的道德要求。(刘永连)

白居易究竟属于哪个民族？

白居易是唐代伟大诗人，是我国传统文化阵营中的一面大旗。然而今天谁也无法想象他原来竟是一位域外血统的移民后裔。那么，他究竟属于哪个民族呢？

关于白居易的家世，《旧唐书》卷166载："白居易，字乐天，太原人，北齐五兵部尚书建之仍孙……"从这里已难以看出白家移民入唐的蛛丝马迹。而他的堂叔兄弟白敏中的墓志铭则把其家族与先秦时期楚国贵族白公胜和秦国大将白起联系起来，看此白居易一家好似中原旧姓，纯粹的华夏子孙。但是，白敏中女儿的墓志铭却透漏了完全不同的信息。文中提到白氏有个本家叫白孝德，是一个地地道道的外来蕃将。再查阅杂史资料，我们发现《唐国史补》明确指出白敏中是一个"蕃人"；《唐撷言》还记述白敏中在宴请客人的饭桌上这样介绍自己："十姓胡中第六胡，也曾金阙掌洪炉。"所谓"十姓胡中第六胡"，说他出自西域某国贵族大姓；所谓"金阙掌洪炉"，是说他家属于掌握着国家政权的王族势力。看来，作为朝中大臣的白居易兄弟在崇尚士族门第之风正盛的背景下抹不开脸面在公共场合说出实情，而胡乱与白胜、白起攀扯关系，但是处于社会较低层次的女儿、女婿却不讲究这些，把自家的真实根底透露出来。

那么，白居易究竟来自哪个胡人大姓呢？翻阅西域史料可知，位于中部天山脚下的古龟兹国（以今新疆库车为核心）王姓白氏，并且自西汉武帝时期白绛宾娶乌孙公主的女儿而附汉以来，与中原政权交往不断。大约东汉时期，已有部分龟兹白姓迁居河西走廊一带，三国时期蔓延到关中地区。北魏初年渭河以北地区爆发了一场羌胡为首的少数民族起义，其中包括白广平为首的龟兹人。遭镇压后被俘民众被强行迁居到北魏京都平城（今山西大同）一带。从此龟兹民众在官府监督下开始为统治者

217

白居易像

所用。同时，龟兹白氏的迁徙经历也开始可以与白氏兄弟的传记、墓志挂起钩来。白敏中墓志提到："元魏初，因阳邑侯（白）包为太原守，子孙因家焉。"白居易传也自叙祖籍太原。再附带查核一下其本家白孝德的来历，原来他是龟兹国王子，当安史之乱爆发唐朝皇帝到处求援之际，他自告奋勇带领三千精兵勤王，从此留居内地成为郭子仪、李光弼手下大将。他死后四十年，白敏中就中了进士，两下相去不远，记述不应有错。这样，白居易家族的来源就搞清楚了。（刘永连）

知识链接
为什么在唐朝不少名人的身份都难以分辨？

在唐代社会，白居易身世问题不是个别现象，其实有不少名人血缘身份难以辨别。其历史和文化原因何在呢？

自魏晋南北朝到隋唐，西域和北方草原各民族犹如一股股从不停歇的浪潮涌入中原，这使得中原地区变成了许多民族大杂居的文化熔炉。在大杂居过程中，胡汉民族之间不断通婚、交往、相互影响，发生了许多方面的深刻变化，使得胡汉杂糅，难以区分，自然而然使得不少人的身世变得扑朔迷离。这里仅就胡人的身世变化来分析。

有唐一代，朝廷对流入中原的胡人都给以善意的容纳和优越的待遇。如是国王酋长之类的贵族，朝廷一般都封为将军等官，赐予甲第，嫁以美女甚至郡主、公主；如是一般部族民众，朝廷也给予安置，赐予良田，允许与汉族通婚。在短短数十年内，这些胡人本人一旦与汉人通婚，就使家庭中容纳了一半汉族的血统；生了儿子女儿再一次与汉人通婚，就又有四分之三的血统被汉人占去。这样，尽管其族系属于胡人，但血统上很快就汉化了。

大致与此同时，移民进来的胡人很快改用汉姓汉名。他们有不少因立下战功而获得皇帝赐姓，自然都是姓李。例如，契丹人李楷固家族、靺鞨人茹常（改名李嘉庆）家族、突厥名将阿布思、铁勒阿跌氏（即李光进家族）、回纥王子温没斯、沙陀族朱耶氏、党项拓跋氏、苏毗国入朝王子（改为李忠信）等许多内迁胡人家族都改姓

白居易墓

为李。也有些因被汉人收为义子（唐代流行此风）而改称义父之姓（如奚族人李宝臣因曾被范阳将领张锁高养为义子初改姓张，名忠志）。还有不少胡人干脆自己做主让儿女都用了汉姓，取了汉名。如此一来，就使得我们无法通过姓名马上看出其原民族身份。

进入中原若干代以后，这些胡人祖籍、地望很快发生变化。如贞观年间内迁长安的上万家突厥人，他们就自认长安为家乡，死后埋葬在京城附近，甚至形成家族祖林。他们的儿孙们自然而然就把籍贯改成了长安或京兆地区。与此同时，不少华人为了得到中原社会的彻底认同，在籍贯地望上附和汉人习惯，叙述家世的时候总是千方百计挂靠在古代华夏祖先或名人身上。譬如，契丹族人李楷固（子辈李光弼荣任唐朝天下兵马副元帅，是平定安史之乱的主帅之一）、突厥族人李怀让都自认为是汉朝名将李陵的后代；从西域移民来的昭武九姓或波斯胡人安兴贵、安修仁家族则自认为是移民到甘肃地区的黄帝轩辕氏子孙，看起来好像都是汉人。不过，也有不小心露了马脚的。如内徙中原的吐谷浑王族慕容氏，竟然说他们是汉族上古神话中射日英雄

后羿的后代，实在是滑天下之大稽。

更为关键的是，这些胡人进入中原后，努力吸取汉族文化，主动走向汉化。他们放弃原来的马背生活，勤奋学习汉文，钻研儒经诗赋，不久之后考取明经、进士，与汉人一样为官，同时也标榜忠君爱国，追求诗书情趣，甚至学着汉人"贵华夏而贱夷狄"，其思想、行为已与汉人无异。像白居易，满身都是汉文化气息，又取得如此之高的汉文化成果，使得我们无法想象他是胡人的后裔。（刘永连）

91 唐代俗语中为什么会有"黑昆仑、裸林邑、富波斯"这样的说法？

昆仑奴俑

由于开放的对外政策，进入唐朝的外国人很多，他们或经商，或定居，或为奴，对唐代社会都产生了或多或少的影响。唐朝人对外来居民的称谓中有许多的俚言俗语，如"黑昆仑"、"裸林邑"、"富波斯"等等，来表达他们对某个地区外来人口的印象。

昆仑是古代的国名。唐代前后，在今中南半岛南部及南洋诸岛地区，有今印度尼西亚马鲁古群岛的昆仑国，缅甸南部萨尔温江口附近的大小昆仑国。当时，这里的人都是卷发黑身，从人种上来看属于南海黑人。在唐朝的昆仑人一般都是作为奴仆或者是艺人，文献当中常见"昆仑奴"的记载。由于他们的肤色是黑色，所以唐朝人又称他们为"黑昆仑"。

唐朝时，林邑是在现在越南中部的一个国家。林邑与唐朝的交往非常密切，唐

初,林邑王就遣使来唐通好。唐
高祖曾经举行盛宴欢迎林邑使
者,并赠送使者锦、彩等丝织品。
唐太宗贞观年间,林邑也一再派
使者送来驯象、五色带、朝霞布及
火珠等物。高宗、玄宗时期,林邑
仍经常遣使来唐。之后,林邑改
称环王国,仍和唐朝通好。在唐
朝统治的将近三百年期间,林邑
使臣来唐达十五次之多。在唐朝
的林邑人也很多,主要聚居在广

波斯银币

州等地。在长期的交往中,唐代人了解到林邑当地的习俗是无
论男女,一年四季都赤身裸体,因此把林邑人又称为"裸林邑"。

波斯是伊朗的古称。唐朝建立的时候,波斯正处于萨珊王
朝末期。当时,波斯与中国的经济文化交流也很频繁。大批波
斯人来到中国,其中最多的就是商人,他们在中国落户、经商,
以经营宝石、珊瑚、玛瑙、香料、药品而驰名。唐代诗文中对波
斯商胡有着很多生动的记述,而这些情况也为考古文物所证
实。建国以来,陆续出土的萨珊银币约有一千多枚。由于波斯
客商大多都比较富有,所以唐朝人又称他们为"富波斯"。(王
晓丽)

知识链接
"富波斯"(胡商)在唐朝社会中受人尊重吗?

在唐朝,以波斯人为代表的胡商拥有大量的财富,以至被唐
朝人称为"富波斯"。在文献记载当中,胡商的出现往往是跟财
富联系在一起的,就连皇帝在需要的时候都会向他们征集钱财。
然而,胡商所拥有的财富和他们在唐朝所处的社会地位是不相
吻合的,甚至有较为严重的错位。

唐朝人一方面非常美慕胡商的富有,另一方面却瞧不起他
们的行为。在唐朝人眼中,胡商狡诈贪婪,惟利是图,不讲信用,

问吧
九

重利轻义，完全不符合儒家的道德规范。据唐代张读《宣室志》记载，当时有一胡商与太学生陆颢交往，太学生们纷纷劝说陆颢："彼胡率爱利不顾其身，争盐米之微，尚致相贼杀者，宁肯弃金缯为朋友寿乎？"言辞之中毫不掩饰对于胡商的不齿。唐代人在喝酒的时候有一种行酒令用的道具叫做酒胡子，造型是一个头戴宽沿帽，蓝眼睛、高鼻梁的小木偶人，也就是波斯商胡的形象。行令时，令者转动酒胡子，根据它停下时的所向确定谁来喝酒。把商胡做成娱乐的器具，让他们成为人们日常生活中娱乐取笑的对象，也正说明了唐朝人对于商胡的轻视态度。基于对胡商的较低评价，唐朝人把胡商的性命也看得是无足轻重。据唐志怪小说《广异记》载，胡商与其他人一起渡海，"船忽欲没，舟人知是海神求宝，乃遍索之，无宝与神，因欲溺胡"。在社会发生动乱的时候，富有的胡商更是会首当其冲地成为受害者。唐代后期藩镇林立之时，叛将田神功的部众在扬州城内杀人放火，"商胡大食、波斯等商旅死者数千人"。唐末黄巢起兵攻破广州之后，也曾经大肆屠杀胡商。这些行为实际都体现了唐朝人对胡商的仇恨和嫉妒。当然，唐朝人对胡商的态度并不意味着民族歧视，更多的是反映了当时来自西方的商业文明与唐朝农业文明之间的冲突。（王晓丽）

92 唐代中国有黑人吗？他们是从哪里来的？

唐代是中国古代社会发展的鼎盛时期，中外交流非常频繁，大批来自西域甚至是海外的外来人口进入中原各地，其中就包括了黑人。在《旧唐书》、《唐会要》、《册府元龟》等古代文献中，都有关于唐代黑人奴婢的记载。另外，敦煌唐代壁画以及流传下来的一些唐代名画，如阎立本的《职贡图》、周昉的《蛮夷执贡图》当中，也都可以看到黑人的形象。20世纪40年代，在西安地区出土了唐代的黑人俑,一度引起了学术界的广泛关注。其后,唐代黑人俑不断被发现,更证实了在唐代中国,的确是有黑人的。

黑人在唐代被称为"昆仑",唐代裴铏所作《传奇》中就有很有名的一篇叫做《昆仑奴》,刻画了一个侠客模样的昆仑奴。唐诗《昆仑儿》中也有对"昆仑奴"的生动描写:"昆仑家住海中洲,蛮客将来汉地游","自爱肌肤黑如漆,行时半脱木绵裘"。根据葛承雍教授的研究,这里提到的"昆仑奴"并不是来自非洲,而是来自东南亚和南亚的南海黑人。从人种上来看,虽然两者都是体黑卷发,但是外形有明显的差异。被称为"昆仑奴"的南海黑人不是非洲的尼格罗人种,而应该是属于尼格里托人,又叫矮黑人。从服饰上来看,陆续出土的黑人俑大都上身赤裸斜披帛带,横幅绕腰或穿着短裤,这与唐代高僧义净《南海寄归内法传》中记载的昆仑人形象也正相符合。一直到现在,这些类似非洲黑人的部落和种族仍然散居在马来半岛以南的海岛上。在唐代,这些黑人大体上

唐黑人俑

通过三种途径来到中国:一种是被作为年贡送往京城长安;另一种则是作为土著"蛮鬼"被掠卖到沿海或者是内地;还有一种就是跟随东南亚或者是南亚的使节入华时,被遗留在唐帝国,并沦为奴仆。(王晓丽)

知识链接
唐朝政府对入境外国人的活动加以限制吗?

唐朝实行开放的对外政策,大量的外国人在这一时期进入中国,或者做生意,或者买田买房世代定居,甚至还有人在唐朝朝廷当中做官。根据向达先生在《唐代长安与西域文明》一书中的统计,唐太宗贞观初年(631),突厥"降人入长安者乃近万家

……其数诚可惊人"。公元787年，唐朝政府检括长安胡客田宅，共有四千家在长安置有田产，"由此推测，在长安的胡人应在五万人以上，甚至可能超过十万"。对待这么多的外国人，唐朝政府的政策是很宽松的。唐太宗曾经说过："自古皆贵中华，贱夷狄，朕独爱之如一。"这一思想长期指导着唐朝政府对外国人政策的制定。居住在唐朝各个城市当中的外国人可以保留自己的宗教信仰、婚姻习俗、葬式葬仪、生活习惯，他们可以自主地选择自己的首领，来自同一国度的移民之间还可以根据他们本国的法律和习俗来处理诉讼案件，不受歧视。

虽然如此，唐朝的外国人也不是不受任何限制的，他们必须遵守唐朝政府颁布的各种政令。尤其是在外国人与唐朝人的通婚方面，唐朝政府给出了许多限制。早在唐太宗贞观二年（628），政府就规定，如果外国人娶了汉族妇女为妻，或者纳汉族妇女为妾的话，他就得留在唐朝境内，绝对不允许外国人携带汉族妇女一起返回故土。而且正如著名汉学家谢弗所说："对于外来居民而言，最好的办法莫过于选择唐朝人的思想方式和生活习俗，而当时许多外国居民也是这样做的。"不过有的时候也有例外，据《资治通鉴》记载，唐代宗大历年间，"回纥留京师者常千人，商胡伪服而杂居者又倍之"。针对这种情况，唐朝政府颁布诏令，规定"回纥诸胡在京师者，各服其服，无得效华人"，并且严禁胡人诱娶汉人妇女为妻妾，或者以任何方式冒充汉人。唐文宗开成元年（836），卢均担任岭南节度使的时候，还曾经强迫广州的外国人与汉人分处而居，禁止他们互相通婚，不许外国人占田和营建房舍。之后又进一步禁止中国人与外国人私自"交通、买卖、婚娶、来往"。由此可见，唐朝政府对居住在境内的外国人虽然采取相对宽松的政策，但也不是不加限制的。（王晓丽）

93 《西游记》中唐僧取经途中的女儿国真的存在吗？

《西游记》中关于"女儿国"的描述令人难忘,根据史书记载,"女儿国"在历史上是确实存在的,唐代称之为"东女国"。《隋书·女国列传》中提到东女国在"葱岭之南",也就是现在的新疆境内。玄奘在西行途中也确实曾经经过此地,停留了大约一个月的时间。在此期间,他曾在雀离大寺讲经,随后考察了那里的社会风貌和地理概况。在《大唐西域记》当中,玄奘是这样描述东女国的:"东女之地,东西长,南北狭。"另外,《旧唐书》也记载东女国:"境东西九日行,南北二十日行。"东女国内有很多的河流,《西游记》里面提到的子母河也就是现在的库车河。由于这些河流的河水大多为碱性,人们长期喝河里的水,就改变了人体内决定性别的染色体,致使出生的孩子中以女孩居多,男孩很少,并由此而造成了东女国的人口性别比例失调。

在唐朝统治期间,东女国正处于从母系社会向父系社会过渡的进程当中。最初,东女国的女性是家庭的中心,掌管财产的分配和其他家庭事务,年岁最大的老母亲主宰家中的一切。东女国的国王也由国中年老的、德高望重的女性担任。随着社会的发展,东女国逐渐由母系社会过渡到父系社会,男子的地位得到提高。虽然国中女多男少的状况没有改变,但

唐玄奘法师图

却出现了由男人当国王的新情况。据《新唐书》记载，东女国"后乃以男子为王"。在唐代，东女国的国王多次遣使到朝廷朝见，并屡次被唐朝廷册封为官。据《册府元龟》记载："唐玄宗天宝元年正月，封女国王赵曳夫为归昌王，授左金吾卫大将军。"（王晓丽）

知识链接
历史上的"女儿国"消失了吗？

玄奘取经途中的女儿国在他口述的《大唐西域记》和官修正史新旧《唐书》等史料中都有记载，但是唐代以后，有关女儿国的记载就几乎中断，神秘的女儿国似乎从历史上消失了。

而在我国的四川和云南泸沽湖地区，近年来被人们普遍关注的摩梭文化，给我们展示了一个现代"女儿国"的活的模板。在摩梭人的生活模式中以女性为中心，女性控制家族资源，做出重大决定，并负责传承姓氏。摩梭人实行走婚制，很多妇女都不结婚，一生住在母亲家中，走婚生出的小孩也和她们同住。摩梭语中有"母亲"这个词，但是没有代表"父亲"的词。和泸沽湖相近似，四川省甘孜藏族自治州道孚县境内的一个大峡谷——扎坝又被称为"全世界第二个母系社会走婚习俗的地区"、"人类社会进化的活化石"。绝大多数扎坝人的家庭都是以母系血缘为主线而构成，在这些家庭中，女性是家庭的中心，掌管财产的分配和其他家庭事务，男性是家中的舅舅，女性是家中的母亲，最高的老母亲主宰家中的一切。任新建认为，历史上的东女国就处在今天川、滇、藏交汇的雅砻江和大渡河的支流大、小金川一带，也是现在有名的女性文化带。而扎坝极有可能是东女国残余部落之一，因此至今仍然保留着很多东女国母系社会的特点。而母系社会痕迹的保留，也是适应了当地生产环境的需要。这个地区处于高山峡谷之中，生产条件差，土地、物产稀少，如果实行一夫一妻制，儿子娶妻结婚后要分家，重新建立一个小家庭，以当地的经济能力根本无法承受，生产资料分配不过来。而且这一地区地处封闭的深山峡谷，和外界交流几乎隔绝，不容易受到其他文化的影响。

然而,随着近年来人们对现代"女儿国"探究热情的高涨,旅游事业的发展以及当地经济的转型,使当地人们的生活方式甚至观念都受到了较大影响,"女儿国"能否继续保持其传统本色,恐怕没人能够预料。(王晓丽)

94 民间"八仙"中有哪几位是唐朝人?

八仙是民间广为流传的道教八位神仙,分别代表男、女、老、少、富、贵、贫、贱。八仙之名,明代以前众说不一。有汉代八仙、唐代八仙、宋元八仙,所列神仙各不相同。至明吴元泰《八仙出处东游记》始定为:铁拐李、钟离权(汉钟离)、吕洞宾、张果老、曹国舅、韩湘子、蓝采和、何仙姑。那么在这八位神仙中,除吕洞宾外还有哪几位是唐朝人呢?

据《两唐书》所传,张果老原名"张果",因在八仙中年事最高,故得此尊称。历史上实有张果其人。武则天朝时,他隐居中条山,据称有长生秘术,年龄至数百岁。武则天曾派使者前去召见,但他佯死不赴。唐玄宗开元二十一年,恒州刺史韦济将其奇闻上奏皇上,玄宗召之,张果再次装死。《太平广记》还说张果老自称是尧帝时人,唐玄宗向术士叶法善问张的来历,叶法善说:"臣不敢说,一说立死。"后言道:"张果是混沌初分时一白蝙蝠精。"言毕仆地而亡,后经玄宗求情,张果才救活他。

何仙姑是八仙中惟一的女性。《太平广记》引《广异记》称有"何二娘"者,是位以织鞋为业的农妇,后因嫌家居太闷,游于罗浮山,在山寺中住下,经常采集山果供众寺僧充斋。《续通考》说何仙姑为唐武则天时广东增城县人,出生时头顶出现六道毫光,天生一副"仙科",十三岁时在山中遇一道士,吃了道士一只仙桃,从此不饥不渴,身轻如飞,并可预见人生祸福。宋人笔记中

227

河南省宝丰县白雀寺大殿"八仙过海"故事壁画

还记载了何仙姑一些为人占卜休咎、预测祸福的事迹，一时士大夫及好奇者争先前往彼处占卜，可见她不过是一位精于占卜的民间女巫。

南唐沈汾《续仙传》记述，蓝采和是唐末至五代时人。他行为怪僻，手持三尺有余的大拍板，一边打着竹板，一边踏歌而行，沿街行乞。这个仙人的人物原型本是一江湖流浪汉，仅由于他的行为癫狂，又好周济穷人，因此深得人们喜爱而被神化成仙。

据《新唐书·宰相世系表》等载，韩湘子是唐代著名文学家韩愈的侄子（一说侄孙）。在历史上韩愈确有一个叫韩湘的侄孙曾官大理丞。韩愈《左迁至蓝关示侄孙湘》诗云："一封朝奏九重天，夕贬潮阳路八千。欲为圣朝除弊事，肯将衰朽惜残年！云横秦岭家何在？雪拥蓝关马不前。知汝远来应有意，好收吾骨瘴江边。"（刘永连）

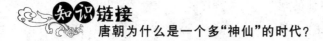
　　唐代社会多"神仙"，是与其所处的社会历史背景分不开的。唐代是李姓王朝，而唐初门阀士族的传统势力还很强大，若非系出名门，就很难得到社会的尊重。唐朝皇帝为提高自己的门第出身，便利用道教始祖李聃姓李、皇室也姓李的巧合，附会自己是太上老君李聃的后代，是"神仙之苗裔"，道教因而也就成为李唐王朝信奉的重要宗教。可见，道教盛行是有其牢固的社会基础的。

　　首先是皇帝对道教的热情。唐高宗、唐睿宗、唐玄宗都对道教宠爱有加。士大夫对宣扬长生不死的道教的向往也丝毫不比皇帝差。初唐四杰中的王勃、卢照邻，革新人物陈子昂，诗仙李白等都不同程度地信仰道教。唐代道教在民间的流传也是相当普及的。这一方面是有上层统治者大力提倡，另一方面民间本来就有浓厚的迷信氛围。据《太平广纪》卷303《纪闻》说，吴俗畏鬼，每个州县都有城隍。《道门定制》卷2载，这个城隍本是管给死魂灵发"路引"的，但唐代有了水灾，有了虫灾也请城隍消灾解厄。据统计，盛唐时，道教有1687座宫观，并有数以万计的道士，他们的存在无疑影响着百姓对道教的信仰。这样，唐朝成为一个多"神仙"的时代也就不足为奇了！（刘永连）

95

吕洞宾是怎么成为神仙的？

　　在中国民间，吕洞宾是一位与观音菩萨、关公一样妇孺皆知、香火占尽的人物，他们被合成为"三大神仙"。唐宋以来，他与铁拐李、汉钟离、蓝采和、张果老、何仙姑、韩湘子、曹国舅并称为"八洞神仙"。吕洞宾本是一介凡人，却得道成仙。那么，他是怎样成为神仙的呢？

据《吕祖全传》卷一《吕祖本传》记载，吕洞宾，原名吕岩，故乡在河中府永乐镇（今山西芮城县，现芮城县有纪念吕洞宾的道观——永乐宫）。他出生于世代官宦之家，祖辈都做过隋唐官吏，吕洞宾自幼熟读经史，有人说他曾在唐宝历元年（825）中了进士，当过地方官吏。后来，他因厌倦兵起民变的混乱时世，抛弃人间功名富贵，和妻子一起来到中条山上的九峰山修行。他和妻子各居一洞，相对可望，遂改名为吕洞宾；"吕"，指他们夫妇两口，两口为吕；"洞"，是居住的山洞；"宾"，即告诉人们自己是山洞里的宾客。

民间传说他在修炼过程中，巧遇仙人钟离权，拜之为师。修仙成功之后，下山云游四方，为百姓解除疾病，从不要任何报酬。他死后，家乡百姓为他修建了"吕公祠"，以示纪念。到了金代，因吕洞宾信奉道教，于是将"祠"改成了"观"。元朝初年，忽必烈知道吕洞宾信奉的道教在群众中颇为流传，就想利用宗教和吕洞宾的声望巩固自己的统治，派国师丘处机管领道教，拆毁"吕公观"，大兴土木，修建了"永乐宫"。从修建大殿到绘完几座殿堂的壁画，历时110年，几乎与整个元朝共始终。

吕洞宾本是一个名不见经传的普通人物，而在民间长期流传中，却像雪球的滚动一般，故事愈来愈加丰富，成为一个箭垛式的传说人物。这与当时社会的历史背景有关。一是儒、道、佛三教交融。众

河南洛阳吕祖庙中八仙壁画里的吕洞宾形象

所周知,唐代社会道教信奉盛行,上至皇帝大臣,下至平民百姓,无不对道教宠爱有加。吕洞宾修习方术,得道成仙,这是道教的出世思想。他成仙之后则要"度尽天下众生",这又体现了儒家"兼济天下"的入世思想。而那长生于人世、乐于施舍的所作所为,又是佛教思想的反映。二是不断增加的世俗化内容,如吕洞宾时常出现于酒楼、茶馆、饭铺等处吃吃喝喝,走后留下仙迹。《逍遥大仙吕洞宾》里有"吕洞宾三戏白牡丹"的记载,这使得吕洞宾这位仙人更富有人情味,赢得了百姓喜爱。三是与文人传说相结合。吕洞宾修行出走之前的儒者经历,以及他饮酒、赋诗、追求山林的情趣,更适应了中下层文人口味。在故事流传过程中,附合了许多文人传说因素,使他同时成为失意知识分子的形象的神仙代表。综合这三个方面的因素,吕洞宾广泛流传,成为"神仙"也就不足为奇了!(亓延坤)

知识链接
晚唐时期老百姓为什么特别信仰宗教?

安史之乱后,唐朝社会开始走下坡路,到了晚唐时期,整个社会已经衰微不堪,危机四伏,严重影响了老百姓的生活。

朝廷内部,首先宦官专权达到了无以复加的地步。本来在太宗皇帝即位的时候,曾立铁券(相当于长期有效的告示)于宫内,规定不许宦官参与政治,并且职衔最高不过三品。但是后来一系列宫廷政变发生,这其中难免有宦官参与政变,结果从唐玄宗开始,封赏心腹宦官高力士为一品大将军,开了宦官专权的先例。此后,李辅国操纵李豫继位,推翻张皇后集团,吓死唐肃宗;俱文珍为铲除"永贞革新"集团,操纵李纯逼夺顺宗之位,制造了"二王八司马事件";王守澄谋杀宪宗,刘克明杀死敬宗⋯⋯此后宫内政局越来越混乱不堪。史云:"自元和之末,宦官益横,建置天子,在其掌握,威权出人主之右,人莫敢言。"与此同时,朝臣内部党争猖獗,从德宗朝到宪宗、穆宗、敬宗、文宗、武宗和宣宗诸朝,一直不断,积怨成怒,最后爆发了严重的牛李党争。朝臣为反对宦官专权,也一直与宦官对抗,史称"南衙北府之争"。每当党魁变换，动辄成批高官下台；宦官动用禁军政变，更会在瞬间血流成河。像甘露寺之变，宦官血洗朝官之后，朝中几乎为之一空。

地方上，藩镇割据愈演愈烈，军阀较量兵火纷争，州县官吏残酷刻薄，肆意盘剥百姓。可以说，整个社会一片黑暗，百姓生活已经毫无出路。然而那些年代偏偏又是天灾不断，家园残破，经济凋敝，甚至饿殍满地，造成市场上人肉与猪肉同样摆列出售，但又比不上猪肉价格的惨况，可以说到处是水深火热。

这时候，有些百姓不堪忍受压迫开始起义。自宣宗以后，先有裘甫聚义于浙东，继而庞勋起兵于粤西。后来民怨积聚愈大，王仙芝、黄巢相继起义，农民军南征北战，横行黄河与长江、珠江流域，声势震动全国，黄巢甚至攻占长安，建立政权。然而，由于农民战争的局限性，这些武装斗争都没能彻底推翻唐王朝，最终被勾结起来的朝廷和军阀们镇压下去了。这些抗争的失败，使百姓彻底失去追求幸福生活的希望。

与此同时，佛教、道教已经发展起来，它们乘机宣扬因果报应等思想，用西天净土和来世福祉召唤信徒。已经对当世生活不抱希望的百姓也转而追求缔造来世的幸福，把宗教迷信作为自己的人生寄托，社会更是充满了虚妄和堕落情绪。（刘永连）

96

秦琼和尉迟恭为什么会变成门神？

我国旧时风俗，过春节时家家户户都要请门神。门神的产生与古人崇拜鬼魂有关。古人将一切坏事和怪事都看作鬼魂作祟，对此充满畏惧心理。有了房屋，给生活提供了极大的方便，门的出现和使用一为自身出入方便，二为防范敌害侵入。但古人还不放心，觉得需要有一位神明来守卫，于是便有了门神。这种习俗，至今在一些地区仍然存在。门神二字最早见于《礼记·

丧服大记》。郑玄注："释菜,礼门神也。"就是说在唐之前已有敬门神之俗。但经过唐代,门神的内容和形式有了戏剧性的变化,初唐名将秦琼和尉迟恭竟然作起了门神。

最早的门神是神荼、郁垒,后来也有把先朝名将作为门神的。这为秦琼、尉迟恭成为门神提供了铺垫。可是这两位唐朝著名武将是怎么变成门神的呢?在《正统道藏》中的《搜神记》、《三教搜神大全》及《历代神仙通鉴》中都有记载,唐太宗李世民早年为打江山,杀人无数。他即位后,经常在夜里梦见恶鬼缠身,"寝门外抛砖弄瓦,鬼魅呼呀,三十六宫,七十二院,夜无宁静"。太宗非常害怕,召来群臣商量对策。这时候秦琼自告奋勇,挺身而出,豪迈地说:"臣平生杀人如摧枯,积尸如聚蚁,何惧小鬼乎!愿同敬德戎装以伺。"太宗非常放心,夜晚让二人立于宫门两侧,一夜果然平安无事。太宗大大嘉奖了二人,但觉得以后如要二人每天晚上来守于宫门,实在太辛苦,于是命画工画出二人的身形,一身铠甲,手执钢枪铜锏,一如平时威武雄壮,悬挂在两扇宫门上,从此邪祟得以平息。这样,秦琼、尉迟恭二人便以画像夜守宫门,长期值起班来。

到了元代,这种做法逐渐流行,秦琼和尉迟恭真正被奉为门神。清顾禄《清嘉录》云:"夜分易门神。俗画秦叔宝尉迟敬德之像,彩印于纸,小户贴之。"李调元《新搜神记》:"今世俗相沿,正月元旦,或画文臣,或书神荼郁垒,或画武将,以为唐太宗寝疾,令尉迟恭秦琼守门,疾速愈。"另据今人张振华《中国岁时节令礼俗》记述:"贴门神,历史悠久。因地方不同,时代不同,贴用

浙南民居门神

233

的也不同。北京多用白脸儿的秦叔宝和黑脸儿的尉迟敬德。至今仍有住户这样做，以祈人安年丰。"表明二神至今仍然被人们所祀奉。（卢坤霞、刘永连）

知识链接
土地神信仰是怎么发展起来的？

土地神是从古至今信仰最为普遍的神祇之一，在小说戏剧乃至现实世界的乡村社区里处处可见其身影。尽管他们多像和蔼可亲的老人，并没有玉帝、佛祖那样的威严，但是老百姓对其最为信仰和依赖。

说起其信仰源头，要从我国最为古老的社稷崇拜谈起。所谓"社"，即后土之神。古代祭祀社神，要筑高坛，按方位设五方之土：东方青土，南方红土，西方白土，北方黑土，中央黄土。五种颜色的土覆于坛面，象征国土。所谓"稷"，即五谷之神，也就是农业之神。后来特指原隰之祇，即能生长五谷的土地神祇。相传共工的儿子句龙继承父业作水正，为防止洪水伤害百姓，让人们迁到高地土丘上居住，按每丘二十五户编制，称之为"社"。句龙死后，就被奉为社神。烈山氏的儿子柱做夏主管农业的稷正，在其死后被奉为五谷神，亦即"稷神"。

由于中国以农立国，依赖五谷和土地，所以社稷之神至关重要，甚至成为国家的象征。因此，以后历代帝王无不敬奉社稷之神，成为中华民族重要的神灵。

不过，各代信仰渐有变化。在帝王和朝廷例行祭祀的神祇里，上天之神逐步受到重视。反映在祭祀礼仪上，上天之神在前，社稷之神在后；祭天神坛较高，社稷之坛渐低。这样，社稷之神逐步从国家神坛上淡出，转而走向民间，成为老百姓的崇拜之神。为了使信仰更加具体形象，可以依靠，老百姓把抽象的色土、稻穗，演化成和蔼可亲的老头，请其遍布城乡角落，栖身三尺厅堂，并亲热地称呼其"土地爷"。

据学界考证，土地信仰在唐代广泛发展起来。当时人们尊称他们为社公和城隍。社公，即管理州县一区的土地神，类似于俗世基层官员；而城隍作为直接掌管城镇事务的神灵，其实属于土地神的一种，是户口"农转非"类型的特殊土地神。唐代这类故事非常之多，主要反映他们掌管庄稼收成、保境安民的职责，后来土地也掌管医治病患、安葬死者等杂事，而城隍跻身阴间殿堂，分管了收纳死鬼的职权。（刘永连）

97

乾陵的石马为什么是带翅膀的？

游过乾陵的人一定会注意到这么一个奇怪的现象：在司马道两侧排列开来的石雕像中，有一对昂首挺胸、浑圆壮观的带翅骏马，马身两翼雕以卷云纹，似有腾飞之势。而唐十八陵中的其他皇陵，如昭陵、泰陵、贞陵等许多皇陵也有这种带翅骏马的石雕像。看来这并不是工匠们的一时疏忽，而应该是有意为之；同时也不是个别工匠画蛇添足的想象，而应该是有所依据。那么，这些神乎其神的石雕像到底依据什么雕刻而成？它们有什么来历？

玄宗泰陵翼马

　　搜寻相关资料，我们可以看到这种带翅骏马的图像在敦煌等西北各地石窟壁画里比较常见。敦煌第249窟是西魏时期的一座洞窟，在其北顶就画有这种肩生双翼的骏马形象，在虚空中与仙人、羽人一样飞行。按其壁画内涵，这种骏马不是一般意义上的牲畜，而是与神灵和天界有关的神兽。在形象上，"此兽耳比马稍大而尾比马短，通身为青蓝色，而羽翼浅赭黄，晕染为天竺凹凸法"。学术界习称这种骏马为"翼马"，或"有翼神兽"。在属于中唐时期的第92窟，"涅槃经变"的举哀百兽中也画有一匹翼马，站在牛和凤鸟之间，体态俊健，口衔鲜花供养，通体白色，红色羽翼，臀部至大腿末端，有赭红色晕染的羽鳞状饰物，尾部的外侧也有赭红色忍冬纹状饰物。据说这是最典型的翼马图像。此外，还有不少画在联珠纹内的翼马纹饰出现在隋代第277、402、425、420等窟；而作为建筑装饰的翼马图案则大量出现在西夏时代的榆林石窟许多洞穴，一般作为藻井花边，多通体白色，肩生两翼，用红、绿、青、蓝等色勾勒轮廓。值得一提的是，在不少雕像和绘画中，身生双翅的神兽不仅仅是骏马，还有狮子等西域才有的猛兽形象。根据这些带翼神兽在石窟壁画中的演化趋向以及多为西域动物的情况看，这种文化似有自西向东传播的痕迹。难道这些东西都是外来的吗？

　　查阅西方文献可知，在西方广大地区，包括中亚、西亚、欧洲以及南亚次大陆上的印度，都从很早时期就流行带翼神兽的绘画和雕刻艺术。其中以西亚萨珊文化尤为典型，在绘画、雕塑、石刻以及建筑物、纺织品和金银器等外在器物的图案装饰上，都广泛存在着带翼神兽的形象。如果从文化传播角度来考察，存在于公元3到7世纪的萨珊波斯政权，一直控制着丝绸之路中段的交通枢纽，同时与中国始终保持着频繁交往，在南北朝后期至隋唐与中国关系尤其密切。而罗马等欧洲国家因距离中国遥远而难以与中国建立如此密切的文化关系，印度带翼神兽文化则明显是受萨珊文化影响而发展起来的。看来乾陵翼马应当就是萨珊文化里的东西，伴随着萨珊文化东传而流入中国，成为中国雕刻和绘画艺术中的重要内容。（刘永连）

为什么说中国人的生活里有着许多西方宗教的因素？

从探讨带翼神兽来源问题的过程中，我们可以看到许多西域文化都是通过石窟雕塑、壁画等宗教传播途径向东流传的。

法国卢浮宫带翼狮子雕刻壁画

就带翼神兽而言，它们与西域宗教密切相关，甚至大多就是宗教里的东西。早在波斯、罗马和印度的神话中，带翼骏马就是太阳神驱使巡行天空的重要工具。而在波斯古老宗教中，包括祭拜圣火、崇尚光明的琐罗亚斯德教，更是以狮子等带翼神兽作为圣火的守护神。它们在人们观念中处于崇高的地位，经常在寺庙、塔窟等宗教场所被人们渲染描绘出来，因而产生了这种带翼神兽的雕刻、绘画艺术。这种文化伴随着波斯帝国的强大而向欧洲、印度等地传播，从而对欧洲的基督教、南亚次大陆的印度教和佛教等都产生了一定影响。在后来这些宗教的雕塑和绘画里，带翼神兽也开始出现，甚至有泛化的趋势。例如在印度，反映印度教内涵的桑奇塔门上的壁画，就雕刻带翼狮子和公牛的形象；佛陀伽耶围栏浮雕中所出现的翼马，明

237

显就是西亚艺术的翻版。而在基督教壁画里，不但狮子、骏马带有双翼，那些徜徉天堂的天使、小巧玲珑的爱神丘比特等许多神祇也都插上了双翅。即使晚些产生的伊斯兰教，在书籍绘画中也把天使刻画成身带双翼的人物。由此再看中国境内敦煌等地石窟中的壁画，以及皇家陵园等处竖立的石雕作品，这些带翼神兽的宗教特色还明确存在着。石窟壁画本身就是佛教等宗教表现形式，而皇陵翼马也有作为皇帝护驾神兽的信仰内涵。

希腊神话中太阳神马车上的带翼天马

除此以外，传入中国的许多音乐舞蹈艺术，本来就是宗教仪式的重要组成部分，如印度的婆罗门舞，随佛教传入，后被唐玄宗等改造为优美的霓裳羽衣舞。许多医学、哲学等文化成果，也是作为宗教经卷的重要内容而传入中国的。而大量传入中国的胡服、胡食、胡俗以及西域建筑、工艺、文学等文化事项，都能在敦煌等处的壁画中找到些许踪迹。如果直接在后世中国人的社会生活里去寻找，那么其中来源于西方宗教的东西就更为丰富具体以致不胜枚举了。思想观念上，中国百姓积淀极深的转世轮回、因果报应的观念是直接受到佛教教义的影响；节日风俗中，中国每年隆重举行的燃灯节主要来自袄教的祭火仪式；四月八日各地百姓云集的浴佛节纯粹从纪念佛教人物发起；金银器物中，所刻绘的许多海兽蛮花本来是西域古老宗教绘画中常有的东西；文学艺术领域，戏剧等说唱形式、话本等文学体裁都是在佛教说唱和经相变文影响下发展起来的……（刘永连）

98

基督教最早是什么时候传入中国的?

基督教向中国的传入可以分为好几个阶段,而世界上公认的最初一个阶段是在唐代。现保存在西安碑林的《大秦景教流行中国碑》记载了基督教最初传入中国的情形。

《大秦景教流行中国碑》是明熹宗天启五年(1625)在西安出土的。这块碑建于唐德宗建中二年(781),碑文是由一个波斯传教士用中文和叙利亚文两种文字撰写的。这里面提到的景教,就是曾经一度被以弗所公会议定为异端的基督教的一个支派——聂斯托里派。

根据碑文的记载,唐太宗贞观九年(635),传教士阿罗本来到长安(今陕西西安),"帝使宰臣房公玄龄总仗西郊,宾迎入内,翻经书殿,问道禁闱。深知正真,特令传授"。可见唐太宗对他优礼有

大秦景教流行中国碑

加,并让他在藏经楼翻译圣经。贞观十二年(638),又在长安建大秦寺。唐高宗时期,更于全国各地每州建一景教寺,碑文记载:"高宗大帝克恭缵祖,润色真宗。而于诸州各置景寺,仍崇阿罗本为镇国大法祖。法流十道,国富元体。寺满百城,家殷景福。"武则天统治时期,曾经一度禁止景教在中国传播;唐玄宗即位后,恢复了景教的地位;肃宗、代宗时,景教继续获得朝廷的支持;一直到唐武宗会昌五年(845),武宗的灭佛政策实施之后,波及许多其他的宗教,而景教也在被严禁之列。从此以后,景教一

度从中原绝迹，不过在西北地区仍有流传。到了元朝，基督教再一次传入中原，称为也里可温教。（王晓丽）

知识链接
唐武宗灭佛的真正原因是什么？

在佛教历史上曾经有过所谓"三武一宗"的教难，分别指的是北魏太武帝、北周武帝、唐武宗和后周世宗等四位帝王灭佛的事件。其中，唐武宗灭佛从会昌元年（841）开始，到会昌五年（845）达到高潮。据《旧唐书·武宗本纪》记载，这次灭佛"天下所拆寺四千六百余所，还俗僧尼二十六万五百人，收充两税户；拆招提、兰若四万余所，收膏腴上田数千万顷，收奴婢为两税户十五万人"，佛教势力受到沉重打击。

武宗之所以灭佛，经济原因应该是很重要的一个方面。实际上，从唐初开始，就已经有人陆陆续续指出了佛教对社会经济的干扰，唐初的傅奕、中宗时的韦嗣立、辛替否等都曾指责佛教僧尼逃避租赋，大兴佛教加大政府的财政支出，使国家府库空竭。唐中期以后，随着国势的日渐衰落，国家财政的拮据与佛教所拥有的大量钱财、土地、人口之间的矛盾也日渐尖锐。唐武宗在《拆寺制》中指责佛教"劳人力于土木之工，夺人利于金宝之饰，移君亲于师资之际，违配偶于戒律之间。坏法害人，无逾此道。且一夫不田，有受其馁者，一妇不织，有受其寒者。今天下僧尼，不可胜数，皆待农而食，待蚕而衣。寺宇招提，莫知纪极，皆云构藻饰，僭拟宫居。晋、宋、齐、梁，物力凋残，风俗浇诈，莫不由是而致也"。

另外，道教与佛教之间的争斗也是武宗灭佛的原因之一。在唐代的大部分时期内，皇帝在崇佛的同时，对道教也非常重视，甚至做到了佛道并重。而唐武宗本人在还没有即位的时候就已经偏好道术，即位以后，更召赵归真等八十一个道士入宫，在宫内修"金箓道场"，受法箓。道教徒的煽动和他们对佛教的诋毁也促使唐武宗下定了灭佛的决心。（王晓丽）

99 玉门关在唐朝人的诗歌里频繁出现，玉门关究竟在哪里？

玉门关在唐朝人的诗歌里频繁出现，是一般唐朝人心中熟悉但又不曾去过的神秘地方。它代表着王化地区与荒蛮边塞的分界，是朝廷政令顺利传达的西部极限。例如，王之涣有诗曰："黄河远上白云间，一片孤城万仞山。羌笛何须怨杨柳？春风不度玉门关。"

王之涣是著名边塞诗人，他非常清楚，玉门关外就是荒蛮之地，皇帝的德音、朝廷的关照一般是不会惠及那里的。

据《史记》记载，在张骞凿空西域之后从甘肃敦煌有两条道路进入塔里木盆地，其中出玉门关一道，"自车师前王庭随北山，波河西行至疏勒，为北道"。张守节注释《史记·大宛列传》时引《括地志》云："玉门关在（龙勒）县西北一百十八里。"然而，《史记》记李广利远征大宛事，首伐失利后李广利回师敦煌，上书请求罢兵，当时汉武帝"闻之大怒而使使遮玉门曰：军有敢入者辄斩之！贰师恐，因留敦煌"。这里又说玉门关在敦煌东面，是怎么回事呢？

让人迷惑的还在后面。《后汉书·西域传》载："自敦煌西出玉门、阳关，涉鄯善，北通伊吾千余里。"唐玄奘西游的时候也是先到敦煌再出玉门关。而唐朝地理学家李吉甫《元和郡县志》则记载玉门关在瓜州晋昌县以东二十里。如果查阅甘肃地图，还发现与玉门关很有关系的玉门市竟在敦煌以东数百里之外。这究竟是史籍记述的失误，还是有着不同的玉门关呢？

认真考查玉门关地理变化，我们才恍然大悟，原来玉门关确实经历了西移、东迁几次变化。在凿空西域之初，玉门关设置在酒泉郡属下嘉峪山的石关峡。这里最早设关，并戍守数千士兵和屯民，后来撤关设县，称玉门县，后来发展为今天的玉门市。大概在李广利第二次远征大宛凯旋之前，汉朝为加强对西域控制,将玉门关向西推进,迁移到敦煌以西的龙勒县,这就是考古学界发现的敦煌西北的小方盘城,即汉玉门关故址。再后来,由于中原王朝兴替和丝绸之路形势变化,玉门关又有多次东迁或西移。在唐代亦即唐诗里面的玉门关,设在敦煌东北方向安西郡属下,亦即今安西县双塔堡一带,与敦煌西侧的汉玉门关故址也有数百里之遥。(刘永连)

知识链接
"玉门关"的名称因何得来?

玉门关几经迁移,使得它的名称来由也扑朔迷离。人们对这个问题观点纷歧,莫衷一是。有一个比较流行的看法是,玉门关是由其所依托的玉石山得名。据《西天路竟》、《重修肃州新志》等资料记载,玉门关最初设置在嘉峪山,而"嘉峪山在酒泉七十里,即古之玉石山,以其常出玉,故名之",玉门关也因此而得名。不过,玉门关几经迁移,距离相差甚远,之后与玉石山毫无关系,不可能尽依玉石山而命名。因而这一看法不确,必然另有历史背景。

玉门关遗址

放眼考查中西陆路交通,我们会发现一些有趣的现象。一般我们把从古长安西行过河西走廊,自敦煌分两道或三道入西域的道路称为"丝绸之路",然而在这条丝绸之路上最早往来贸易的却不是丝绸,而是彩陶和玉石。在殷墟考古中,著名的妇好墓出土了上千块玉石,令人惊奇的是其中百分之八十以上竟然是出自于阗国亦即今和田一带的和田玉。这说明,早在商代就有大量的和田玉从西域运销到中原地带。另据《穆天子传》说,在公元前10世纪,周穆王西行返回之时,从西域带回了玉版万只,车载三乘。可见到西周时期,玉石向东运销的规模已相当之大。出于这个缘故,有学者提出"玉石之路"的概念。这条玉石之路,各代都以玉门关为必经之路,故而衍生"玉门关"这一地名。河南人民出版社1983年出版的《简明历史词典》就采用了这一观点,解释"玉门关"云:"故址在今甘肃敦煌西北小方盘城。汉武帝置,因古代西域输入玉石取道于此而得名。"(刘永连)

100 日本为什么把鉴真和尚奉为"神农"?

唐代高僧鉴真在唐玄宗天宝年间六次东渡,最终到达日本,在日本传播佛教,被尊称为"大和上"。除了讲律授戒、建寺造像之外,鉴真还给日本带去了丰富的中国文化,包括医药、建筑、绘画、刺绣、书法、音律等等。其中,鉴真在日本医药史上的贡献是非常突出的,被日本人奉为"神农"。

据许凤仪先生研究,鉴真在日本医药史上主要有四个方面的贡献。其一,辨别药物真伪。日本当时的许多药材都是舶来品,真伪难辨。鉴真到达日本的时候虽然双目已经失明,但他靠着鼻子的嗅觉、舌头的味觉和手感,就能够准确地辨别药物的真伪,"一无错失"。甚至日本朝廷也委托鉴真辨别各种药物的真伪,并在药袋上印上鉴真的肖像,作为真药的标志,这种习惯一直持续到江户幕府时代。其二,传授药物知识。鉴真经常向僧徒和民众传授如何鉴别药物真伪,如何收藏、炮制和服用药物。其三,临症医治。日本光明皇后和圣武太上皇生病的时候,都曾经请鉴真医治。其

鉴真塑像

四，医学著作。鉴真根据自己的临床经验和研究成果，著有《鉴上人秘方》一书。日本《本草和名》、《皇国名医传》等典籍中都记有这本医学著作。《鉴上人秘方》后来虽然失传，但从日本学者著的《医心方》中还能找出鉴真的三四个方子，如"诃梨勒丸方"、"脚气入腹方"、"鉴真服钟乳随年煎方"等。其中脚气入腹方这样写道："苏方水研紫雪，服之立下。今案紫雪方，鉴真云，若脚气衡（冲）心，取一少两和水饮之；又可服红雪五六两，又诃梨勒丸。"此外，"奇效丸"、"万病药"、"丰心丹"等也都是鉴真亲自带到日本去的，几乎成为日本民间常备药。鉴真到日本后最先居住的东大寺正仓院，存有六十种唐代药材，其中就有鉴真带去的。因此，日本当时乃至 14 世纪以前，凡从事医、药两道者，都将鉴真大和尚奉为医药始祖，尊奉他为日本的"神农"。（王晓丽）

知识链接
世界上最早的医学院设立于何时？

唐代的医疗制度非常发达，医学教育也取得了很大的发展，在唐代的科举考试当中，有专门的医举；唐代还建立了世界上最早的医学院——太医署。

唐代的太医署属太常寺主管，是唐高祖武德七年（624）在长安建立的，兼备医学教育和医疗组织两种功能。太医署设有太医署令二人、丞二人、府二人、史二人、医监四人、医正八人、掌固四人来掌管日常事务。在唐代的太医署中,包括医学与药学两大部。医学部分分设医科、针科、按摩科和咒禁科。医科是太医署中最大者,其下还分五个学科,设太医博士一人,职位为正八品上,"掌以医术教授诸生习本草、甲乙脉经,分而为业,一曰体疗,二曰疮肿,三曰少小,四曰耳目口齿,五曰角法"。针科设针博士一人,职位较医博士稍低,为从八品上,"掌教针生以经脉孔穴,使识浮沉涩滑之候"。按摩科设按摩博士一人,职位比医博士低一品三级,为从九品下,"掌教按摩生以消息导引之法,以除人八疾……若损伤折跌者以法正之"。咒禁科规模虽小,也设咒禁博士一人,"掌教咒禁生以咒禁祓除邪魅之为厉者"。而药学部的学生,主要学习中药的栽培、加工、贮存、配方等知识。

太医署对师生的教学和考核有明确的要求,据《唐会要》记述:"凡学生有不率师教者则举而免之。其频三年下第,九年在学无成者亦如之";"诸博士、助教皆分经教授学者,每授一经,讲未终,不得改业。诸博士助教,皆计当年讲授多少,以为考课等级";学生"先读经文通熟,然后按文讲义,每旬放一日休假。前一日博士考试,其试读每千言内试一帖,二三言讲义者,每二千言内问大义一条,总试三条,通二为及第,通一及不全通者,酌量决罚"。

除了太医署以外,唐代对地方的医学教育也比较重视,在府州设置医学博士,并有医学生,不过跟中央的太医署相比,地方医学校的设立和教学在执行中还是不太稳定。尽管如此,唐代医学教育体制的确立,在世界医学史上也是具有领先地位的,并且影响到朝鲜、日本等国。(王晓丽)

101 中西海上交通究竟是"丝绸之路"还是"陶瓷之路"?

"陶瓷之路"本来指的是中国古代水路与陆路两条陶瓷的外销路线。陆上通道就是自汉代开通的"丝绸之路"。丝绸之路在

唐三彩骑驼陶俑

唐代逐渐演变成陶瓷之路，因为此时陶瓷作为一种新兴商品进入了国际贸易的行列。陶瓷与丝绸一样在中国古代是连接东西文化交流的纽带。与丝绸不同的是瓷器具有沉重和易碎的特点，而海上交通的发展则使陶瓷的大规模出口成为可能。所以过去将海上贸易之路说成是"海上丝绸之路"并不恰当，将其命名为"陶瓷之路"，可能更符合实际情况。因为"丝绸之路"是黄色文明，"陶瓷之路"是蓝色文明。

唐代在我国古代陶瓷发展史上具有重要的地位。陶瓷器是唐代海外贸易的重要输出品。从唐代开始，瓷器沿着一条陶瓷之路远销海外，到元明清时期青花及龙泉青瓷的外销，更是达到了鼎盛阶段。瓷器自唐代输出后，不仅作为一种商品在世界各地流通，同时也作为一种文化交流，在人类文明史上发挥着巨大作用。

陶瓷的输出到宋初达到了一个高潮。这一阶段输出的陶瓷品种有唐三彩、邢窑（包括定窑）白瓷、越窑青瓷、长沙窑彩绘瓷和橄榄釉青瓷。主要有两条海上交通路线：一是从扬州或明州（今宁波）经朝鲜或直达日本的航线；二是从广州出发，到东南亚各国，或出马六甲海峡，进入印度洋，经斯里兰卡、印度、巴基斯坦到波斯湾的航线。亚非各国中世纪遗迹出土晚唐五代宋初的瓷器，就是经过这两条航线而运输的。

宋元到明初是中国瓷输出的第二个阶段。明代中晚期至清初的二百余年是中国瓷器外销的黄金时期。在 17 和 18 世纪，中国瓷器通过海路行销全世界，成为世界性的商品，对人类历史的发展起了积极作用。外销瓷器不仅丰富和便利了各国人民的日常生活，而且影响了这些国家和地区的手工业生产和审美情趣。（李晓敏）

知识链接
海外中国人聚居的地方为什么被称为"唐人街"？

今天寓居海外的华人自称"唐人"，国外中国人聚居的地方被称为"唐人街"，生动具体地反映了唐朝在对外文化交流中的深远影响。历史上类似"唐人街"这样的称呼还有很多，如"唐人"指的是中国人，"唐姓"指的是中国姓氏，"唐衣"指的是中国衣饰，"唐舶"或"唐船"指的是中国商船，购得的中国货物则叫做"唐货"。现代的"汉语"，在宋代时海外各国称为"唐语"；外国人在中国定居不归，被称为"住唐"。这些称呼在宋、元、明时代流行一时，唐代在海外的影响可见一斑，而这种影响是与唐代发达的海路对外交通分不开的。

唐朝时与世界的联系更加紧密，商品经济进入新的发展阶段，其对外贸易亦随着国力的强大而扩展到更广阔的国家和地区。陆路的丝绸之路在这时发展到了全盛的黄金时期。同时也正是在唐代，古老的陆路交通走向了衰落。

安史之乱后，由于国际国内局势的演变，海上交通工具的长足进步，海上贸易逐渐取代了陆路交流，这就是我们常说的"陶瓷之路"。由于唐朝对海外的影响，在宋代海外诸国还将中国称为"唐"。"唐"作为"中国"之地的代称在海外一直沿用到明朝，"唐人"、"唐姓"、"唐衣"、"唐货"、"唐语"等用语足以体现唐代海外经济交流的繁盛。

当时有许多外向型城市发展起来，除了唐朝长安和洛阳是国际性的大都市，沟通的是具有全国意义和对外贸易的大市场外，还有许多的沿海港口城市，如"地当要会，俗号殷繁"的广州，唐代为岭南节度使治所，因远离全国政治中心，城市的繁荣主要依靠商品经济的发展，特别是对外贸易，其经济职能更为明显。

247

当时的大食、波斯、天竺、昆仑等地大批海船来到广州，广州成为南方重要贸易中心。长江流域的扬州和成都是东西两个商业中心，特别是扬州，当时号称"富甲天下"，超过了长安和洛阳，成为唐后期重要的对外通商口岸城市，主要是对日本列岛和朝鲜半岛通商。此外，泉州、明州、登州与莱州等都因是海外交通和贸易的重要港口而先后兴盛，并成为重要的经济型城市。（李晓敏）